[美]朱莉安娜·博格特 —— 著
李天奇 魏春予 —— 译

重庆出版集团 重庆出版社

Welcome to OXhead

欢迎到来牛头镇

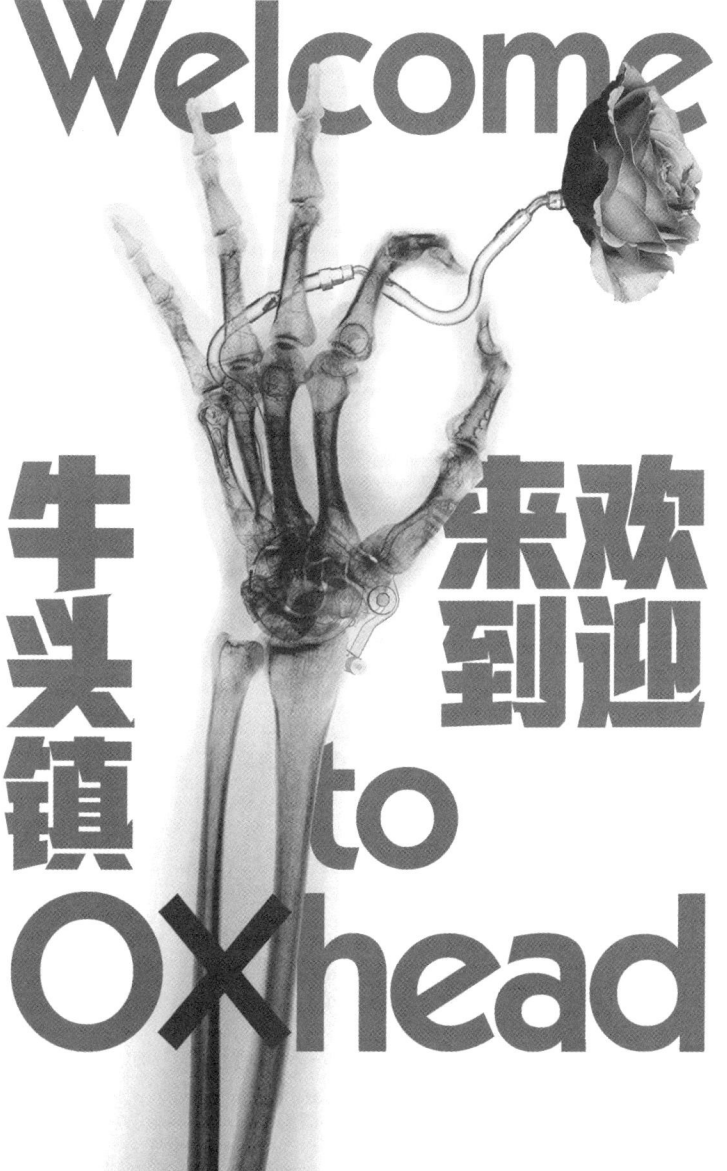

图书在版编目（CIP）数据

欢迎来到牛头镇 /（美）朱莉安娜·博格特著；李天奇，魏春予译. —重庆：重庆出版社，2023.8
书名原文：I'D REALLY PREFER NOT TO BE HERE WITH YOU, AND OTHER STORIES
ISBN 978-7-229-17775-1

Ⅰ.①欢… Ⅱ.①朱… ②李… ③魏… Ⅲ.①短篇小说—小说集—美国—现代 Ⅳ.①I712.45

中国国家版本馆CIP数据核字（2023）第145214号

欢迎来到牛头镇
HUANYING LAIDAO NIUTOUZHEN

[美]朱莉安娜·博格特 著 李天奇 魏春予 译

责任编辑：邹 禾 唐弋淄 魏映雪
装帧设计：谢颖工作室
责任校对：郑 葱
排版设计：池胜祥

重庆出版集团 出版
重庆出版社

重庆市南岸区南滨路162号1幢 邮政编码：400061 http://www.cqph.com
重庆出版社艺术设计有限公司 制版
重庆豪森印务有限公司 印刷
重庆出版集团图书发行有限公司 发行
E-MAIL：fxchu@cqph.com 邮购电话：023-61520646
全国新华书店经销

开本：890mm×1230mm 1/32 印张：9.125 字数：235千
2023年8月第1版 2023年8月第1次印刷
ISBN 978-7-229-17775-1
定价：72.00元

如有印装质量问题，请向本集团图书发行有限公司调换：023-61520678

版权所有 侵权必究

目录 / Contents

- 001　欢迎来到牛头镇
- 009　我真不想和你一起待在这里
- 031　他们怎么进来的？
- 053　现在的现在
- 067　替身
- 079　巢
- 105　煤气灯操控员的哀叹
- 123　退行
- 145　儿童画
- 167　传送门
- 189　盗版
- 205　虚拟现实
- 233　全息影像师
- 253　硬斑文身
- 269　精神性复视根治法

欢迎来到牛头镇

你知道的，我们总觉得自己的父母普普通通，庸庸碌碌，平平无奇。但他们不是，压根儿不是。就从我们是怎么发现这事儿说起吧，有人称之为"结局"，有人称之"开端"。

电网瘫痪了。电网供电范围覆盖整个牛头镇、牛头镇密林，还有镇子的附属建筑。这是一片带大门的封闭式住宅小区。一切来得太突然。一位父亲跌倒在淋浴间，水不断打在他身上。几位母亲昏倒在厨房地砖上，脑袋轻轻颤动。原本正在游泳的六位家长游到一半突然停了。他们漂浮在水面上，身子缓慢打着旋儿，脸朝下泡在社区泳池里。（牛头镇有好几个游泳池。）好几位家长趴在方向盘上——车子纷纷碾上路肩、卷入车流、撞上树木、穿过草坪或是撞上其他车，他们的身子也随之或晃动，或猛然摔落。腿部松动，从油门踏板上滑落，导致了多起低速事故。

但他们并不只是从生机勃勃变成了死气沉沉。我们一致认为：他们每个人体内的光——一种类似灵魂的东西——曾经存在，现在消失了。他们内心的光一个接一个地熄灭了。我们正在见证死亡。因此，他们一定活过。

我们不能怪自己没有注意到。我们太年轻，还没来得及探索，而且，撑过初中这件事已经够让人心力交瘁了。到了高中，我们沉迷于性。那时，性渴望已经成熟。空气中飘浮着性的气息，如漫天飞舞的花粉，若隐若现。它无处不在，紧紧包裹着我们。花粉带着电。碰到就会触电——仿佛我们每个人都是一朵花蕾，里面困着一只女王蜂。

社区中的科技设施实在是太棒了！而且外面的世界并不美好——它什么时候好过？人们总觉得过去的日子很好，但过去的日子就如同瀑布，我们只能透过雾气看到模糊的景象。为何要去质疑一个独善其身的封闭社区？

首先，我们得知道一件事：我们在孩子面前怎么表现，他们就会将其当成是常态。孩子们不会接触其他背景。父母会向他们解释什么是人类、世界、危险和生存之道。因此，当这一切崩塌，当我们的父母踉跄、摔倒、抽搐、死去，只会发生两件事：1.一切失去意义。我们溃不成军。2.真相以不同速度朝每个人袭来，最后我们必须做出决定。

那些视其为结局的人不会责怪生活所赐。

那些视其为开端的人则开始提问。

性。那就是原因。这很合理。一代人对性的追求导致了老一代人的死亡。这不是标准的弗洛伊德式论述，但道理是差不多的。

雷·蒋和琼·莱辛想做爱，但找不到僻静地。这里到处都是监控，社区的安防监控、家庭安全摄像头时刻盯着我们。即使是为未来发展预留的林地（从牛头镇一直往外延伸到监控能看到的最远处）也逃不过追踪。

雷和琼是技术天才，是想做爱的顶级游戏玩家。戴套的，他们可不傻。他们的计划是：关闭电网，这样就可以离开自己的房子，在社区温室僻静的储藏室里做爱——不被发现地做爱。他们在各自的卧室里，操作几乎同步。他们的黑客攻击必须完美，点击必须严格卡点。

他们选了一个周五。运气好的话，他们能有好几个小时，像成年人一样，在温室储藏室的窄床上缠绵，在种子和土壤袋之间流连，在刺鼻的轻质肥料的夹缝中徜徉。他们选择在傍晚动手。如果进展顺利，黄昏降临后，他们能趁着夜色在温室中漫步，听绿蕨低语，看果实摇曳，等荨麻抽刺。他们会手拉手，透过模糊的玻璃仰望窗格外的天空。

他们怎么会知道我们的父母与电网相连，知道他们是电网的组成部分，挨个朝下一个人放电，就像巨大头颅——牛头镇本身的突触一样。

回想过去我们才发现父母的气味不对。在古龙水和香水掩盖下，还有一股药味，像是几年前被暖气片烫过后留下的伤，又像是用卷发棒稍微卷了一下的刚洗过的头发。

关于那晚，我们记得最清楚的是什么？他们死后，尸体散发出阵阵花香，带着甜腻的、腐烂的气息。空气中似乎弥漫着雾气。

孩子们钻出房子，大声呼救。我们摇晃父母的肩膀。我们惊慌失措地爬出被撞凹的汽车，一路跌跌撞撞走进附近的院子。我们跳进泳池，捞出父母的尸体。

电网完全瘫痪了。电流浪涌——远处传来轰鸣——一切归于平静。没法叫救护车。

我们尝试在院子里、在书房的地毯上、在床上、在沙发上、在天井旁、在石板门廊里进行心肺复苏……我们没能救活他们，只能趴在他们的尸体上。

喊叫声、哭泣声、求救声此起彼伏，房子化作怕得直打哆嗦的盒子——战栗的动静在整个牛头镇久久回荡。每一户都有孩子。这也是我们早该注意但却没能注意到的事。为什么会有这么多孩子？孩童时期，你总认为世界是绕着你转的。而牛头镇确实是绕着我们转的。

天黑了。我们聚集在街上。我们不想回家。推测揣度就这么开始了。我们是孤儿——一直都是。"这是个孤儿院，是我们真正父母的复制品在经营。"（我们中的许多人都和自己的父母很像。）"父母是爱我们的，也许他们知道自己快死了。所以才创造了这个地方。"

"会不会他们还活着，而且非常有钱，这一切只是精心设计的育儿方式呢？"

"我知道我妈妈就在那个身体里！我知道的！"一个女孩说，"她有时会深深地看着我！这会不会是个她可以来去自如的化身呢？"

我们总是回到同一个问题上。为什么要这么做？我们相拥而泣，彼此依偎。

琼和雷发现了他们死去的父母——两位父亲都在烤肉，一位母亲在收拾花草，另一位在办公室加班。他们没对任何人说自己做了什么，那天晚上没说。雷冲进琼的家。他们告诉彼此，电网会恢复的。他们没有死。一切都会恢复正常，一定会的！他们在她的床上做爱。但对他们来说，性不就是像这样总是伴随着愧疚和失落吗？

午夜刚过，灯亮了。吊扇开始转动。父母猛地一颤，喘起粗气。他们翻身起来。他们拍打胸口，仿佛刚才只是在咳嗽。他们吐出池水。他们失声痛哭。他们飞快地站起身。他们呼唤我们的名字。夜深人静的牛头镇再次响起了声音。

接下来的几周里，谣言四起——孩子们，你们集体感染了病毒。病毒导致你们集体出现幻觉。就是这样。来看看这个视频……

分歧产生了。有的人决定相信这些谣言，否认自己看到的一切。他们想让父母复活，别的都不管。他们认为，如果你有幸拥有一段安稳的童年，就应该接受它。雷的综合高等作业中包含这么一句话：爱冒险的动物——比如秃鹰——更容易灭绝。

琼是想逃出社区的那一派。我们相信，人不能活在谎言中。我们需要相信周围的人和这个世界都是真实的。我们依旧想做爱，但我们担心，父母的遭遇与我们的存在息息相关。我们不想为了后代牺牲自己。(我们缺乏想象力,也不理解为人父母的意义。)我们收拾好行囊,吻别了父母的化身——我们依旧深深爱着他们。琼编写了一个精准打击社区大门的程序。我们溜了出去。

空气似乎是真的。天空看起来也是一样的。

我们依旧不知道什么是爱。

我真不想和你一起待在这里

我一眼就看见他了。他不属于这个互助协会。首先，他没打发蜡，笑起来不会龇牙咧嘴，不像是要给鸡巴拍照的人——这里很多人都这样。我见他伸手准备拿最后一个带糖粉的甜甜圈，可看到布兰达也想拿后，他就放弃了。而且他没对她献殷勤。他甚至动都没动一下。

但我们绕圈逐个自我介绍时，他的面部表情变化才是我明白他不属于这里的主要原因。每当一个人解释自己来这里的原因，他都会皱起眉头。

也就是说，他很敏感——甚至可以说很善良——是我喜欢的类型。我指的是，我喜欢摧毁的类型。我不是有意为之。我可不是破坏狂。更多是，我不知道该怎么说。这么说吧：小时候我喜欢青蛙，我父亲给了我几套机械青蛙组件，有时我会组装出青蛙——精巧的弹簧齿轮、关节齐全的骨架、脆弱的皮肤外壳。然后，也许是因为我实在是太喜欢了，我会捏碎它。

所以，说白了，我和他不同，我确实属于这里。说得委婉点，我依旧是个青蛙终结者。在这一点上，这只是一种习惯，真的。也许这就是我的某种瘾。

他长什么样？头发乱糟糟的。从他的笑容看得出来，他必须得戴牙套了，也许得戴很长一段时间。他看上去很爱运动，但个子不壮，像是会打篮球但个儿不够高的人。肯定喜欢团队运动。

我们的小组转了半圈。该布兰达了。"嗨，我是布兰达。"她每周都讲同样的故事。故事是这样的："我知道，我知道。"一阵娇笑，"你们可能都在想，我妈叫布伦达，我爸叫兰迪，他们的名字合二为一，给我起名叫布兰达。"

没人会这么想。三年来，我每周都参加聚会，这期间，她从未收获过一个表示肯定的点头或微笑。

"你说得没错！"她说，"叮、叮、叮！"她一边"叮"，一边摸自己的鼻头——叮、叮、叮！仿佛她的鼻子是一个叮当作响的铃铛。她飞快转换情绪，捏着嗓子解释说，她这愚蠢的名字是她不安全感的罪魁祸首。而这种不安全感则是她在爱情中各种不良行为的罪魁祸首，不管是对男人还是女人，都是如此。"如果我叫别的名字，不管是什么，我可能就会……活得更好，你们明白吗？也许甚至……还不赖。而我还是会继续这样。博爱。把爱给更好的人，抱歉。"

大家嘀咕着："没关系。"真正爱冒犯的人恰恰不介意被冒犯。重在练习。更主要的原因是，我们乐于接受批评。如果有人想把自己的恶行甩锅给其他人或物，我们一定会举双手赞同。因为我们也希望获得同样的回报。这毕竟是一个互助小组。

以防你有幸不知道还有这样的互助小组，她说的"博爱"和"更好的人"其实是这个意思。几年前，在那部剑指大型科技公司和网络安全的捆绑法案中，要求应用程序在爱情世界中保护人们免受混蛋伤害。为了跟踪我们，他们创造了一种爱情信用分，并统一应用在每个人身上。

看。我是个女权主义者。我百分之百支持这么做。我希望暴力男滚出交友平台。我希望所有骗子、断联男、鲶鱼、兄弟会蠢货、自焚怪、性崇拜粉丝……统统消失。

不过，我可能也缺了点自知之明。

这个互助小组就是为了帮助我们这些因为爱情信用分被前任疯狂扣减，而被永久禁止使用任何约会程序的人。我们戴着政府发的强制性手环，这玩意儿会一直贴在我们手腕上。它知道我们去了哪里，做了什么。每个人有一份独特约会档案——有且只有一份。不存在其他假档案。往好的方面想，手环可以跟踪你的含氧量、脉搏、血液酒精含量和步数，有助健康生活。和我们这种人约会，只能说明这个人缺乏判断力，而蠢到会这么做的人，分数也会被慢慢扣减。

当然，我们还是可以约会。但顶着这种污名，我们只能和彼此约会。就像——如果在杂货店偶遇的家伙约你出去，那一定是因为他不用约会APP。这就好比骑童车的大人，肯定是因为酒驾被吊销了执照。

老实说，我不是来寻求帮助的。我是来……钓鱼的，我的鱼塘现在小得可怜。

戈达德是我们的主持人。他也被终身禁约。他本该以身作则，但有段时间，他痴迷于疯癫发狂的女人，一连好几个，他的第一任、第二任、第三任妻子都是如此。他与其他大多数人的不同之处在于，他能迅速重整旗鼓，说该说的话。"我清楚自己的角色。我们都一样，我也没能尽力维持这些关系健康发展。"他戴着名牌，上面手写着大写的名字，仿佛在内心深处，他还在对前妻们大喊。"布兰达，"他平静地说，"你这周过得怎么样？你觉得有……进展吗？"

我们就该继续这操蛋的生活，为之负责。

"我说，叫这个名字，我能有什么机会？"布兰达回答道。

那个新来的家伙微微前倾身子，张了张嘴。我看得出来，他想说几句好话。他让我想起那些会在中学科学课小组作业中完成大部分工作的人，又或是那种自愿做会议记录的人，如果有人觉得该由女人来记录的话。不过，他也并非一帆风顺。可能父母离异，也可能是别的什么。他想缓解布兰达的尴尬，告诉她她的名字很好听，说他喜欢这个名字之类的。也许他会提出其他人给布兰达提过的建议——你看，你可以改个名字。而这个简单的建议会使我们的活动脱轨大约20分钟，陷入涕泗横流、矛盾激化、矢口否认和指责非难当中去。

圈子另一边的我对上他的目光。我缓缓摇了摇头。意思是，别说出来。

他看到我摇头的动作,成功接收讯息。他闭上嘴,朝后仰了仰。

"是啊,"戈达德说,顺着她的胡话说,"那有没有什么……能释怀的?"

布兰达耸耸肩。"我有一只猫。它讨厌我。"

"你难道不知道,猫生性冷漠?"说话的是德克,一个中年人。他被控隐瞒自己一贫如洗。"我绝不养猫。猫只在有求于你时才会对你好。"

"那可太好了,"布兰达说,"我养了一只像我妈那样待我的宠物。"

戈达德靠向布兰达,握紧拳头,说:"你已经懂了,布兰达!你!已!经!懂!了!"戈达德胖乎乎的,皮肤松弛下垂,就算不这样,也算不上好看。但是,我的天啊,他自信的样子有时真的很吸引人。我不明白怎么会有人在这样一个充斥着混蛋、废物和绝望情绪的房间里,在这样一个没有窗户只有吊顶的房间里如此自信,但他偏偏做到了。有那么一秒钟,我相信了他的话。我相信布兰达"学会了"。接着我思索,等等,什么?她懂了,她的猫就像她母亲一样,只有在她有所求的时候才会对人好?

随便吧。我等待着轮到那个新来的家伙。轮次慢慢朝他移动。接下来的几个人是:拍鸡巴照片的家伙、拍鸡巴照片的家伙、搞强奸的家伙、妈有问题的家伙、爸有问题的家伙、说不清楚怎么回事但很恶心的家伙……我密切观察着新人皱眉动作间的细微差别。

被永久禁约的男性和女性人数比,似乎是无限比1。不过女性更愿意参加互助小组,这稍稍平衡了男女人数。

几位女士谈起了自己的本周进展:强迫症跟踪狂、有各种怪癖的怪胎、间歇性哑巴(她不说话,但偶尔会点头和打手势),还有我——失魂落魄的我:我希望自己能挽回形象,但是我不能。我是不可原谅的。

新人被我们的故事打动。他逐渐明白，这儿的人的日子过得多么糟糕。

终于，轮到他了。

戈达德说："我们很高兴今晚迎来了一个新成员。我们只叫名字。你叫什么名字？"

"本。"他说。

"好的，本。你为什么而来？"戈达德笑了笑，"除了明面上的问题？"

"哦，呃，我不知道第一晚就要聊这个。"他撑着膝盖，手肘紧锁。

"我们是个以信任为基础的圈子，"戈达德解释说，"为了建立这种信任，我们每个人都必须谈谈我们为什么来这里。"

"好吧，"本说，他快速环视房间。眼睛有些湿润。他要流泪了吗？他真的感到……愧疚吗？他是来赎罪的吗？我提醒自己，他和我们其他人一样。他很糟糕。糟糕透顶。否则他就不会在这里了。我听见自己在脑子里说：说吧！

但他能说什么呢？他的出现一定是工作人员搞错了。他肯定是偶然来到这里的。

"好吧，"本说，"我是被一刀禁的。"

"天啊！"布兰达说。

一刀禁这类人我们见得不多。事实上，我从没见过。只听说过。一刀禁是指一个人做了非常可怕的事情，导致他被立即禁约。没有警告。直接……禁止。

"你做了什么？"德克说，他露出微笑，看了看周围其他人，希望他们赞同自己。他时时刻刻都离不开别人的认可。

戈达德举起了手。我以前从没见他这样过。在这个圈子里，人们飙过不少屁话。但戈达德怕了。我看得出来。"你没必要——"

"不，"本说，"我想说。我得说。"

"好吧。"戈达德说。

"我杀了她。"

"谁？"其中一个拍鸡巴照片的家伙说。

"我未婚妻。"本回答。

一石激起千层浪：

"哦，该死。"

"我靠，兄弟。"

有一个人居然还有些高兴，"哇哦，干我！"

而我，双腿交叉，脚钩住脚踝，双臂环抱，在椅子上前后磨蹭。周围极度安静。太他妈安静了。安静得令人心跳加速。

"你怎么杀她的？"我问。我必须打破沉默。这样下去不行。

"跳伞。我给她准备的背包。"他瞪大了眼睛。仿佛他正亲眼看着。是什么？他看到了什么？是他本该折得方方正正的背包，还是看见她抓住绳子，一拉，什么都没有。他亲眼看到她摔死了吗？

这不重要。现在是这样。我入局了。我完完全全彻彻底底入局了。我他妈非得到这家伙不可。

我提到了青蛙。所以，我单独说一下青蛙。

当然，真正的青蛙在野外几乎已经灭绝，基本上只能在饲养场和郊区展览中看到。所以小时候，在父亲带我去看了几次这种展览后，我第一次对青蛙产生迷恋。记得有一次，我在展览中迷路了——那个展览里有行动敏捷的松鼠和不绝于耳的鸟鸣。我不知道自己迷路了。以为迷路的是父亲。我对父亲没什么信心。他沉默寡言，混在人群中就会消失不见。不管在什么聚会上，总有人会问"沃伦呢？"而且，人们会简单扫视一分钟，然后飞快地放弃寻找。如果是对他很熟悉的人——比如家人或密友——他们肯定会说"沃伦就是这样"之类的话，然后他们会继续找。如果是对他不熟悉的人，根本不会找他。他不是那种会让人惦记的人。

所以我以为父亲迷路了，于是就像个好家长一样，开始找他。"爸！嘿，爸爸！"我当时七岁左右。

我叫他他没有回应，我开始紧张。如果我把父亲搞丢了，母亲肯定会非常生气。（我母亲的怒气堪比自然的力量。）于是，我越喊越大声，开始恐慌起来。我四处寻觅，惊起了灌木丛中的鸟儿。蝴蝶突然成群结队地飞来飞去。我害怕张嘴时把蝴蝶吸进嘴里。青蛙在我的脚边跳来跳去，我愣住了。我不想伤害它们。

我喜欢青蛙，因为它们很娇弱，娇弱得让我害怕。

我终于离开圆顶区，在礼品店里找到了我的父亲，他买了一个带拉链的毛绒蝌蚪，翻出来就变成了一只青蛙。他说："你还好吗？"

我抓起他的手。"我们回家。"

从那时之后，我再也没看过展览。只有邮购的蝌蚪和机械青蛙组件。

聚会结束后，我没精打采地走向本。我穿着豆绿色大衣，看起来有点落寞。我想装作很受伤——他很有同情心——但又没有崩溃的样子。他给我的印象是那种十分稳重的人，崩溃失态对他没有吸引力。他正在穿夹克，一件印着房地产公司标志的防风夹克，我猜这是地产商给的暖房赠品，他自己有房。"你刚才打算建议她改名字。"我说。

"抱歉，你说什么？"

"布兰达。"我朝她在圈子里坐的位置点点头。戈达德和一个叫埃

我真不想和你一起待在这里

利斯的家伙正在堆椅子,弄得哐哐直响,跟敲丧锣似的。

"我猜这不是什么新点子,和我想的不一样。"他说。

"她觉得改名就是放弃了。她是对的。那样她就放弃了支撑她渡过难关的借口。"我扬起眉毛,举起双手,表达歉意。"我们都有罪!我不是故意揭人短①。我的房子是全玻璃制造的——外部、内部、靠枕、沙发……"

"连杯子都是玻璃做的?"

"是的。"

"窗户呢?"

"双层玻璃。"我低头看鞋,仿佛这对我来说很难,因为我有点害羞。"第一次参加聚会确实比较难。不过,这不是AA会②。聚会结束后我们可以喝酒。"我指了指——拇指往肩膀上一挥——门。"你想——"

"当然。"

好吧,是的,来说说邮购蝌蚪。这些蝌蚪很残忍,因为你没法放青蛙走。杀虫剂太多了,这是其一。但是,就算躲过了所有的杀虫剂,蝌蚪也没那么多绿色植物可吃,它们会饿死。烟雾和空气污染物可能会堵塞它们的毛孔。它们可能会缺水。它们的感官会失灵,身体会被刺眼的阳光晒干。各种死法。

父亲和我把活青蛙养在饲养箱里。它们稍微跳一下就会撞上玻璃,但它们是安全的。我们负责照顾。

有一天,我父亲正在给我介绍各种品种的青蛙——我们有角蛙、

---

① 这一段来自俗语"people who live in glass houses shouldn't throw stones",意为自己有缺点,莫揭他人短。——译注

② Alcoholics Anonymous,匿名戒酒会。1935年成立于芝加哥的国际组织,成员不用全名。——译注

绿雨滨蛙、白树蛙和灰树蛙——母亲发现我们在那里,头靠着玻璃。

"那玩意儿臭死了!"她喊道。母亲嗓门儿很大,热情十足,有时会醉醺醺的,胸部丰满,面色苍白。"那些青蛙真他妈的可悲。它们哪儿也去不了。它们生来就是要死的,生来就是会被关起来。你们两个有什么毛病?"

父亲和我都不确定我们有什么毛病。于是,有一阵子,我们只是站在那里。但我知道,母亲把我和他混为一谈,是一件危险的事。我知道会发生什么——这个家庭会破裂,而我必须做出选择。

在那一刻,我决定恨他。"我们有什么毛病?这些青蛙是哑巴。我讨厌它们。有问题的是他。"我说,"他有什么毛病?"

本和我都喝醉了。

我听他聊起童年(比预想的更令人悲伤);他的第一次心动(很典型——拥有一头秀发的漂亮女孩,如果她出现在恐怖片里,肯定会被迅速杀死);以及他的父母——我猜得没错。他们离婚了,但关系不错。在他20多岁的时候,两人都再婚了,和和气气。他一喝酒就变话痨,一边摩挲着政府发的手环,一边喋喋不休。他们需要时间来适应。

我刻意没提他的未婚妻。

但他后来表现得很平静。他卸下一切,说道:"我想她。"

"你不该被禁约,"我说,"我?是我活该。该罚得更重。但是你,"我说,"你没有做错什么。那是一场意外。"

"是的,但他们进行了调查。"

"但你已经解除了嫌疑。你,干了什么?组装降落伞时不够专注。我是说,拜托。你的罪就是分心。"

"我明白,我明白。但于事无补。在信任圈里,你说你是不可原谅的。我也是。有些事情就是不可原谅。我不想再爱上任何人。我不想再约会了。这样更好——与这一切隔绝。这是……一种解脱。"

"被抛弃不是好事。我恨，但是我活该。你是个好人，本。和我不一样。完全不一样。我是个混蛋。"我要他说我没那么糟糕。我要他站在我这边。

"这对你来说不是解脱，对吧？"他接着说道，"你想从头来过。"

我伏在吧台上，脸埋进臂弯，屏住呼吸，憋红了脸。

我感觉到他把手放在了我的背上。"嘘，嘘。我们能解决这个问题。我相信我们能想到办法……"

我抬起头，脸涨得通红，映出点点红斑。"你真这么想吗？"

我知道父亲会原谅我站在母亲这边，但母亲不会。所以我总是对他很凶。我一直都明白这一点，直到我二十多岁的时候。

我准备迎接灾难降临。母亲对所有人说，她要离开父亲，说他是个笑话，他们只是在等我长大，然后就结束这一切。她会抽着烟，笑着说："我们？哦，已经到头了。早就到头了。我只要一走，你知道……"然后她会对我点点头，"责任……"

我信她吗？这就是我和父亲一起待了这么久的原因？

她对饲养箱发了好大一通火，后来，我们就不用这玩意儿了。我们等着最后一只青蛙死去——那是一只箭蛙，腹部是浅蓝色的，腿上有亮眼的黑色斑点。我们把注意力投向了机械青蛙。它们不会发臭。也不会死。不会被关在笼子里——所以也不会有阴阳怪气的潜台词。

但有一天，父亲突然走了。我再也没有机会告诉他，我背叛他是因为他比母亲更宽容，因为他不会要求我站队，因为我相信他对我的爱是无条件的。

其实不是。

计划很简单。我费了好些功夫引导本,让他以为这是他的主意。我们做到了。

为了解除我的禁令,做回"更好的人"——按布兰达的话说,我必须颠覆几位前任的看法,让他们看到一个全新的、光彩照人的我,促使他们进入系统,改变对我的评级。

这一定很壮观。新闻价值巨大。值得给予最高级别的赦免。"如果你我能证明我们是被人误解的,"我说,"我们富有爱心和同情心,非常有,他们不就得颠覆看法了吗?"

"比如我们是一对儿?我们相恋——你和我——来证明我们值得被爱?"

"是,没错。"我说。我们进了一家独立咖啡店喝浓缩咖啡,"没错。一段史诗般的爱情。我们。"

很久之前,我就有这个想法,但认识互助协会的人之后就放弃了。那里都是痛苦的、自作自受的自大狂。有时,光是一张放甜甜圈的桌子就能暴露出陷入恶性循环的人——偷窃、推搡、指责。一次,一个人在桌旁徘徊,我走过去后,他说:"嗯,我把所有甜甜圈都舔了一遍,我想它们现在都是我的了。"仿佛一个初中刺儿头,会被数学小组所有人鄙视的那种。我拿起一个法式面包圈,说:"你不了解你面对的是什么人。"然后塞进我的嘴里。

那些混蛋才不会让我从头来过。

新来的人。这个叫本的人。他很完美。他的禁令有效——完全有效——但他真正的罪是什么?注意力不集中?甚至可能只是神经太兴奋?他是那种算不上一眼万年,但好看得又不让人害怕的可人儿——平庸。

"你要颠覆几个?"他问。

"我不想撒谎,"我说,"我们需要不少人。理论上来说,如果我们能把所有华莱士都颠覆了,然后……"

"所有华莱士?什么华莱士?"

我对他的困惑感到困惑。"我交往过的姓华莱士的人。"

"你交往过几个华莱士?"

"至少6个。"

"你把他们都惹毛了,所以才——"

"我的意思是,我们要颠覆的,不仅仅是这几位华莱士。"我说。

他依然感到很困惑。

我说:"华莱士是一个非常普通的姓。"

"是吗?"他说,"那么常见吗?我就认识一个姓华莱士的……应该还有……"他陷入沉思。

"不对,就一个。"

"我也算上了名叫华莱士的人。"

其实我没有。那是另一个更小的分类。

"我不认识名叫华莱士的,除了那个英国黏土动画里那只兔子?"他说。

"哦,不是他。我从来没有搞过黏土动画人物。"

"值得表扬?"

"哎呀,我觉得说不定华莱士在这儿更常见。"我为自己辩解道,"我在这里长大的。这一带到处都是叫华莱士的。"

"我也是在这一带长大的。"

"哦,对。我忘了。"

我确信我已经失去了他,但他振作起来。"好吧,好吧。如果我们能顺利颠覆华莱士和其他几个常见姓氏……以及你那些不是黏土动画但依旧是卡通人物的前任的看法,那我们应该就能成功。"

"对,谢谢你。是的。"

父亲离开时,我才10岁。他离开后过了一两周,机械青蛙组件到了门口。

在此之后,只有在生日和节假日才会收到。

我猜,他通过母亲了解我的近况。我没有问,但他们一定还保持着联系。

最后一个机械青蛙组件是我在22岁时收到的。那是一只美丽的红眼树蛙,有着蓝黄相间的胁腹和橙色蹼状足,双眼凸出,眼神明亮而殷切。

接着,圣诞节过了,没有收到套件。

没过几个月,母亲告诉我他死了,慢慢死的,死于消耗性疾病,源于被污染糟蹋的肺。

我没联系过他。他也没联系过我——除了寄来套件。我恨他这样。

我把每一个青蛙都拼好了。给它们充电,在当时居住的城市随便找个地方放生。

噗通,噗通,噗通。青蛙会跳开,充好了电,四散开去。

除非我把它们压碎。

有时我会这么做。

本和我交往了。刻意为之。但也很感人。我们记录了一切。我们在所有的社交媒体上建立了情侣账号,发布各种细节:木板路相馆拍的照片、海滩自拍、约会视频、周日慵懒的清晨视频……我个人最爱的是这个:我们救下几只被卷进下水道孔盖的小鸭子,送回了镜头前着急的鸭妈妈身边;租借、运输鸭子和小鸭子可不容易。

我们在所有社交媒体上清楚地表明了我们的身份：终生禁约的混蛋。我们是怎么认识的：在大雨中打了同一辆出租车。我们确实不可救药，但也在学习如何去爱，这次是真的。

你知道故事会如何发展。

你知道我爱他，想把他击溃。

你知道我因为爱上他而变得有些疯狂，并开始打击他的信心，一点点地来。

你知道他让我坐下来，说："别打击我的信心。我知道你在做什么。你不必这样做。"

你知道，我不再打击他的信心，也许因为我正慢慢变为一个更好的人。

"我就是被我自己碾碎的青蛙。"一天晚上我在床上对他低声说。他转过身去，呼吸很深，睡着了。"我要在别人击溃我之前，先击溃他们。"我想了想，又从存在论的角度出发，对着他脖子上的短发轻声说，"我击溃所以我存在。"

在父亲离开后，我谁也没有了，真的。母亲崩溃了。她爱过他。这似乎比其他人更让她吃惊。她为爱痴狂。她每天只吃天使蛋糕和柠檬糕，就像她参加我那场糟糕的钢琴演奏会时一样，还有喝酒。她还吃了一些她喜欢的药物——她喜欢吃镇静剂。

我忙着拼机械青蛙组件——仿佛能在修修补补中获得平静。我为自己选择了错误的一方而自责。我责备自己，开始自毁。后来，我又埋怨了她一阵子。

我上高一那会儿，埋怨她是最容易的——抽象意义上的埋怨。

然后，我高中快毕业时开始约会（晚熟的孩子），想出了指桑骂槐泄愤的方法。

男孩。

那些看起来很可爱的男孩。

某个周二下午，我们爆红网络。不是因为小鸭子的把戏。是他背着我随便发的东西。视频里他刚刚下班，在镜头里说着一路走到我那里是什么感觉，知道我会开门，知道会再见到我。他谈起了他的未婚妻，他再也见不到她了。

我发现火箭般噌噌上涨的数字时，他正靠着水槽吃玉米饼，最后才看过来。他听到自己的声音，把玉米饼放回了外卖盒里。

我走过去，说："你是认真的，对吗？"

他沉默了。他知道该我来找他。我才是那个要装脆弱的人。

"我不在乎能不能从头再来，"我说，"我想要的是这个。是我们，本。是我们。"

"菲尔·斯蒂格曼。"他说。

"好……嗯？"我笑了，但我并没理解他的话。

"我用了假名，但姓是真的。"他说。

"什么？"

"我叫斯蒂格曼。有多少个我们？和华莱士一样多吗？"

我后退了一步。"嗯，等等。我认识你吗？"

"我是菲尔·斯蒂格曼。"他怒火中烧，但声音依旧平稳。

"呃，什么意思？"

"我讲过几件童年趣事。我一时不慎，真将自己的童年趣事讲了出来。我讲的故事和以前讲过的一模一样。还讲了我二头肌上的疤是怎么来的……"

"手推车比赛。"我说。

"第一次参加互助会时，我穿着卢维耶地产防风夹克。在那之后，我又穿了五次。我给了你很多机会。"

"卢维耶地产……"

"六年前你是那里的临时工。"他说。

"是的。"

"你我约了三次会。做了几次爱。后来……有一次家庭烤肉。"

"哦，该死，没错。"

"哦，该死的，没错。"他重复着。

我上下打量着他。甚至可能眯起了眼睛。这是个错误。

"好吧好吧！"他举着双手说，"我以前更胖。我当时还有胡子。应该是为了遮双下巴。退后。"

"我不是……我只是想……"然后我愣住了。因为我全想起来了。回忆如潮水般翻涌而来。

他看着我流露情绪。我看着他因我流露情绪而流露情绪。"现在你明白了，我不是唯一的斯蒂格曼，"他说，"至少有两个人。"

我想起了他弟弟。这两个人很相似，我见到弟弟时，我觉得，呵，这只是略有不同的，更好的基因排列，是一种升级。"你没有杀你的未婚妻。是吗？"

"我从未有过未婚妻。"

"你会跳伞吗？"

"我从没跳过伞。"

像是真心话。他不是我玩真心话大冒险时第一轮会挑的人。"你没有被禁约，是吗？"

"没有。但我这么做绝对该被扣分。但我不会，因为你已经失去了扣分的权力，不是吗？"

"所有权力，"我静静地说，"我已经失去了所有权力。"

"你把我折磨惨了。"他说，"你真的把我折磨惨了。"他转身，抓紧水槽的边缘。"于是,我想扳回一城,想占据主动。我想出了这个计划。这很容易,因为你想利用我,再一次。每次你说我有多善良——多优秀——我丝毫不感到愧疚。我恨你,因为你夺走了我的人性。你让我化身十全十美的人。把自己变成十恶不赦的那个。我发现自己爱上了你,一次又一次。"他停下来,喘了口气。"但随后你会故技重施,想要打破完整的我。而现在你知道了。现在你有证据了。我们都不是非黑即白的人。所有人都不是。不能用简单的方法来划分人类。"

"但是。等等,这次我没打算这么做,"我解释道,"我已经明白了!我当时真的爱上了你,而且——"

"而你从没认出过我。一次也没有。"他拿起玉米饼的外卖盒,朝门口走去。

我跟在后面。"我没打算击溃你……我是青蛙。明白吗?我只会击溃自己。我明白了!我真的明白了!我真的明白了!"

但他已经走了出去,走下了前面的台阶。然后他在人行道上转身,张开一只手臂。"上帝,这感觉真好!真好!"他指着我,"也许你一直都是对的。你是对的,是我错了。做个击溃别人的人。这里,"他说。"这里是个不错的地方。"

事情是这样的。不好受,但我活该。我四处游荡,内心难以平静。有时,胸中的热让我两眼发黑,我只能吐几口唾沫来缓解。我没怎么睡觉。接着,就像被人打开了开关,我昏睡不醒。

我最终还是出现了。我和布兰达,还有其他几位妇女创建了一个新的互助小组,只对女性开放。我没有重提我的童年,但这个小组运作良好。我们对彼此很严厉,也很有爱心,我们做出承诺,又打破承诺，然后重新做出承诺。我们依旧会去参加男女混合的互助会，但我们在那里更加脆弱。

在这段清算期，我是个贞洁的人。（差不多算吧，我觉得）。掌控自己的感觉很好。我养了一只猫；这只猫很冷淡，和广告上一样。但我们达成了某种协议，并对我们带来的改变感到感激，真诚地。

接着，大约11个月后，他出现了。

他迟到了一点，没有和我——或任何人——进行眼神交流。他坐在一个空座位上。肘部放在膝盖上，双手紧握，眼睛盯着信任圈的中间。

但他知道我在那里。他必须知道。他穿着卢维耶地产的防风夹克。

先轮到我。戈达德询问我的近况。我说了我该说的话。没有提到爱情，也没有提到青蛙，没有过度的悔恨，只说了一些我们在妇女团体中讨论过的事情，呼吁新成员加入，以及询问关于猫薄荷的建议。

轮到他时，他先说了自己的真名，但把我的名字改了。然后，他讲述了从第一次在房地产办公室见到我到爱上我的整个故事。这些细节很感人。他解释了和他弟弟之间的事情。他向我们讲述了他的复仇，他对这个团体撒的谎。讲述了我们两个是如何联系在一起的，以及整个复仇计划，他解释了他无数次想过要放弃。但那一天，他靠着水槽上吃玉米卷的时候，坦白了一切。为什么是那天？他告诉我，那天他知道他已经爱上了我，而且这段关系已经毁了。我们两个都没有办法从欺骗中恢复过来。唯一的出路就是离开。

在那之后，他觉得自己是个不同的人了。他大哭了一场。他累积了大量扣分。他被终身禁约了，这次是真的。

"而我在这里。我想要从头来过。"

小组里几乎所有人都知道他在谈论我们。我以不同的方式给他们讲过这个故事,想走出阴影。但戈达德更喜欢这个版本。"欢迎。很高兴你能回来。"

会议结束后,菲尔在外面追上了我。我不断提醒自己,这是他的真名。当时是11月,风大雨急。"嗨,"他说,"我很抱歉。"

"没关系。我原谅你,"我说,"但你能原谅我吗?"

"当然。我当然会原谅你。"

"好。"我说。

"很好。"他说。

"那么,你哭了。怎么样了?"

"糟透了。"

"很好。"

我想说的是,我们成了好朋友,重建了信任,再次开始约会。这次我们不着急,我们又重新相爱了。

不。我们现在已经四十多岁了,我们有时会一起吃午饭。

他是地球上唯一知道我五岁时在郊区展览中弄丢了父亲的人,知道那个臭气熏天的水族箱,以及多年来的机械青蛙组件。

他是地球上目前唯一送过我机械青蛙组件的人。我们吃完午餐,服务员刚把账单放在桌上时,他就拿出了组件。

"你在跟我开玩笑吗?"

"这是一种较新的纹肢树蛙物种,"他说,"人们发现它们在巴拿马森林的树冠中滑行。会飞的青蛙,在野外存活,在树洞里交配。"

我泪流满面。这让我很吃惊。"谢谢。"

我在一个星期天下午组装了这只青蛙。我没有让它松动,也没有压坏它。它在我的公寓里跳来跳去,有时惊动我的猫,有时惊动我。

它是闪亮的，蹲着的。它的眼睛似乎想知道关于我的一些事情，一些我还没有搞清楚的事情。

他们怎么进来的?

女儿。四肢笨拙，12岁。正在给自行车打气。她笨手笨脚的，像个木偶。天很冷。她紧握车把，指节冻得通红，已经麻木了。她推着车上坡，累得气喘吁吁，周遭的空气随着她的呼吸流动。

这片地的开发商破产了，大部分房子还没建成就变成烂尾楼。就像女儿还没出生就被遗弃了一样；她的父亲去世了。癌症，来势汹汹的。就在一年前。她和母亲还有哥哥还在努力寻找新的人生轨迹，试图在父亲缺席造成的巨大坑洞旁重建家庭。父亲一直是个好父亲。

他们的房子在死胡同尽头，太阳是一团奄奄一息的光，沉甸甸压在房顶。车库只有横梁，尚未完工。窗台盖了塑料布，还在漏水。书房连石膏板墙都没有。光秃秃的，让人不禁联想到肋骨——身体里的肋骨。她不想回家。但她的手指冻得发麻，脸也冻僵了。

她停下脚步。掏出手机，把镜头对准自己的脸。"嗨！欢迎来到我的频道！"她没有自己的频道，但她的蠢货同学有，所以她应该也能搞一个。"这是我住的地方。"她把镜头对准房子。画面里，整个屋子显得很寒碜。摇摇欲坠。仿佛一只大手就能轻松把它打包带走。

她展示了那条满是烂尾楼的街，重点拍摄了一片坑坑洼洼的地基。刚浇筑完就烂尾。更糟糕的是，她的房子可能就在那里。

她关掉摄像头，拂开眼睛上的刘海，骑着自行车回到车道。把图像上传到家里的云端。

第一个人是这么进来的。回想1973年的夏天。15岁。她在东南方6英里的泥泞小河里找到了自己的长笛盒。

但没找到笛子。只有盒子，敞开躺在岸边。蓝色天鹅绒内里浸了泥浆。

霍莉·马汀。她想起了自己存在过的痕迹。牛仔裤的口袋、夏天会黏在锁骨上的十字项链、梳成高马尾的如丝秀发、老被嘲笑的刘海。手中的长笛，血迹斑斑，沾着泥土的钥匙。让·内特牌浴后水的气味，还有……他……烟味、刺鼻的体味，以及类似焦油和粪便的味道，还有河边的灰色泥土，潮湿而又黏腻。她认识杀她的人。他就住在她回家路上的一座小房子里，院子十分整洁。他和她父亲同龄。他有时会试着和她闲聊。斯林默。乔治·斯林默。

她出现了。很冷。她双臂交叉，胳膊下夹着一支长笛。她知道这个地方，她的临时墓穴。

霍莉看见车道上站着个女孩儿，初中生，正拿东西指着她，接着又走了。霍莉感觉她溜进了一个她不了解的世界。她很饿。不是字面上的饿，而是胸中和肋骨间，包括腿和胳膊体会到的身体感觉，仿佛她已经饿了很久了。为什么呢？

为了这一切的一切。空气、泥土、房屋。我的老天爷，那个骑着车的女孩。进屋了。回家？霍莉想要生活，想要人，想要说话，想要长笛；长笛的按键卡住了。她想化身、制造、发出噪声。

她朝女孩的房子跑去，胸口灼热发烫，仿佛即将爆炸。心中的想法呼之欲出。她看向前方，却迈不开脚步。

挑战者号爆炸后——教室里的空气凝固了，没有人移动，也没有人呼吸。眼前是凝滞的烟云，周围什么也没有。她伸手触碰这停滞的空气。手掌张开又握紧，空气变成了一堆散落的点，宛如休息中的电视频道。

她要站在这里继续等吗？她一无所获吗？她拖着沉重的步子，朝骑车女孩的方向挪去，来到那片像素化的世界。

此时此刻，在地下室，儿子。15岁。哑铃凳、游戏台、沙发床。嗡嗡作响的加热器。灶马蟋在屋里乱爬。这些虫子体形健壮，神出鬼没，他很害怕，也很尴尬。

他女朋友在这里。她穿过地窖的门进了屋。自从他爸去世后，他就这样生活。没人知道他在做什么。没人关心。无所谓，只要不深想，他乐在其中。他母亲总对他视而不见。他们可以一连几天都这样，就算只差一点就会撞上，抬抬眼就能看见。他能听见母亲在头顶走动。也许她也听见了他打游戏的枪声。那么在被母亲发现之前，他能失踪多久？

他女朋友有可能会发现他失踪。她现在穿着一件背心，外面套了件老海军牌毛衣。身上的味道闻起来像草莓味的汽车除臭剂，夹在空调通风口上的那种。他爸的丰田车里就有一个。

他们躺在床垫上，她的手滑过他的大腿。

"这下边儿味儿很大吗？"他问。他的圣诞袜上喷满了除臭喷雾和AXE牌身体喷雾——似乎母亲即使看不见他人，也能闻到他的味道。

"我妈是卖精油的。"他女朋友回答道，"我发誓，有一种精油闻起来一股大麻味儿。"

"我得找点东西来盖住大麻味。"

"她有。"她亲吻了他，"要我帮你偷一个吗？"

"但这下边味儿很大吗？"

她环顾四周。"闻起来像地下室，是吧？"

"我觉得也是。"

她一把将他推倒在蒲团上，跨坐在他身上。"你觉得我们该怎么做？"

"我有几个想法。"他惊讶地发现，自己有时知道该说什么，也知道该怎么压低声音说。

"我们应该录下来，"她说，"像明星那样。"

"录，我们？"

"嘿，没错！"

"卖多少钱？"

她拽起他的衬衫。"预告罢了。我们可没那么贱。"她第一次说他贱时，他满脸疑惑。他们相识于一场聚会。两个月后，他依旧对此耿耿于怀。

"预告罢了，"他说，"好吧。"

她脱下毛衣，背心松松垮垮地落在她柔软的肚皮上，接着她拿起了他的手机。

霍莉在一场生日聚会上。骑自行车的女孩年纪还小，刚满7岁。母亲正在展示烤蛋糕里的芭比娃娃，娃娃晚礼服的裙摆是蛋糕做的。真巧妙，女孩心想。他们是先烤好蛋糕，再放芭比进去的吗？尽管如此，她还是忍不住会想——想象芭比被烤成了焦炭的样子。

霍莉站在房间后面，手里拿着长笛。她不认识这些人，也不认识这些玩具。不认识他们握在手里的那些玩意儿。那东西即按即拍，和相机差不多。那东西发出声响，轻轻一按，便响起音乐。父亲按下按钮。"我是杰姬阿姨，我从巴尔的摩打来的。"所以那是电话？

为什么是这栋房子、这个家庭和这一刻？她朝厨房走去，找到一段锋利的边缘，和她之前挤进去的那个地方一样。她能从这一刻挤到另一刻吗？

这里很温暖。有糖果，碗里盛满了冰激凌和泡沫姜汁。她想吃蛋糕，也想把手指戳进蛋糕里，好好感受一番。没错，这是饥饿的感觉，但又不完全是。这是渴望……

他们唱起了《生日快乐》。一开始，她悄悄跟唱着。派对出现了一个陌生人，但却没人注意到？

她唱得更大声了。他们到底看没看见她？

唱到小女孩的名字时，她已经唱得声嘶力竭，歌声走调，带着怒气。"亲爱的小——女——孩——祝你生日快乐！"

他们的目光掠过她。

随后，快速移开了。他们在客厅里。女儿拆了一份礼物，是一双粉红色牛仔靴。还有一套乐高套装——海盗船？霍莉回想起来，她的生日礼物是一只黄色的乌若熊①和一座希瑞的水晶城堡。她的哥哥一把抓起希瑞城堡，大喊要买辉克堡②。

两个孩子吵闹的方式是一样的。突然爆发争吵。

父亲说："等等。"

"我的老天，这可是她的生日。"母亲喊道。

霍莉讨厌她的家人，但此刻却十分想念他们。

她盘腿坐下。她想起了行进乐队，想起她没能参加行进乐队比赛。她的乐队老爱演奏一首情景剧主题曲《我的三个儿子》，那是乐队指挥泰德克先生小时候最喜欢的节目。他以为他们能赢。她开始落泪。

一位老太太碰了碰她的肩膀。是位老奶奶，隔壁的邻居？"他们只是在玩。"她说，指着那些孩子。

这个老太太看见她了？她讨厌被忽视，但被人看见令她更加不安。

她应该走了。她已经死了。她知道的。

她站起身。"谢谢。我得走了。"到底存在多少个世界？从这一刻出发，她还能走多远？她快步走向走廊。走廊尽头消失在了虚无之中。

---

① 1985年的美国动画中的人物。——译注

② 希瑞城堡和辉克堡分别出自动画《非凡的公主希瑞》和动画《宇宙的巨人希曼》。——译注

她跑向虚无，任由它将自己吞没。

然后。

圣诞节——安静伫立的树和满地礼物。

另一场生日聚会。在拱廊商业街里。

足球比赛。她站在场边。

她奔向每个场景的边缘，感受到一阵光和嗡嗡声——那是能量的涟漪——接着她慢慢降落。

滑冰场。她没有穿溜冰鞋，就那么站在冰上，手里拿着长笛。滑冰者在她身边滑行。

海滩度假——父亲抱着两个孩子走进海里。

合唱表演。人群鼓掌时，她也鼓掌……

她灵光一闪。这里有一大群人。说不定能找到她认识的人？说不定她离家并不远？她站在过道里，寻找熟悉的脸。孩子们在进行最后的谢幕。

一切都停止了。光线变成颗粒状。画面像素化。但只停了一瞬。随后，音乐会又开始了，乐曲演奏到一半。她回到过道。指挥穿着羊毛裙……霍莉扫视人们的脸……一个20多岁的男人看着她。他真的看见她了。他站起来，试图推开人群走向她所在的过道。人群没有让路。他被卡住了。

她又回到开头，乐曲演奏到一半。座位上的男人，盯着她看。这一次他没有尝试走来。他举起了手。

她挥手回应，然后离开。

然后是沙滩、海洋、父亲、两个孩子……

母亲住在儿子楼上两层。几乎一模一样的户型。如果房子消失，他们悬浮在半空中，你可以用绳子将他们连接起来，绳子将垂直于地球。

他正和女朋友在蒲团上亲热。手机靠在电视上。正在拍摄当中。

母亲做了晚餐——鱼条、冷冻蔬菜、碎泡菜拌蛋黄酱，留给孩子们。她坐在床上，酒杯随她的动作晃动。笔记本电脑开着。这里以前是她儿子的房间。自丈夫去世后，她与丈夫的卧室就再没有动过。

有人敲门。女儿探出头。"我可以在这里做作业吗？"

"我知道你的把戏，"母亲说，"你得在自己床上睡。这么大了还怕怪物吗？"这本该是个笑话，但却冷场了。

女儿害怕很多东西。"那好吧。"她关上门，回到自己的卧室。她爬进床底。她喜欢这个狭小的空间，垂下的床裙像帐篷一样。藏进去，她就不复存在。她不存在，父亲就不会死。因为他也从未存在过。她吹了吹床裙——粉红色，带花边的。

女儿离开后，母亲松了一口气。孩子不能因为父亲死了就退化。她抿了口酒，看着电影片单，目光停留在一部老片的链接上。

她做了她撑不住时会做的事。她看了云端里保存的家庭录像。她想念丈夫，想念他们夫妻间的玩笑，想念做爱。

她点开了他和孩子们在海滩玩的片段，他抱着两个孩子冲向海浪，后背晒得通红。她只会允许自己看十遍，然后就不看了。

看第九遍时，她的丈夫朝左看了一眼。他转头，仿佛有人在呼唤他。他转过身，迈了一步。怎么回事？

她重放了一遍。孩子们——丈夫一手提着一个，正在冲浪。他再次转身，迈开步子朝——是什么？声响？声音？以前没见到过。

接着他再次转身，回到海滩上的母亲身边。他忧心忡忡地看着她，仿佛在说："你看见我看到的那个东西了吗？"

她又看了一遍。不对劲。有些东西之前没有。

她关上笔记本电脑。心怦怦直跳。她最好的朋友告诉她，悲痛会

他们怎么进来的？

搞鬼。

她抓起床头柜上的阿普唑仑①,吞下一片。她告诉自己,这只是悲痛。

"欢迎来到我的频道!"女儿练习着,画上了唇彩和妈妈的睫毛膏。对她的脸来说,她的鼻子太大了。以前还挺可爱的,现在可爱不起来了。那头蓬松的头发看起来也很蠢。

桌子上放着她论文的开篇:世界上最大的花——大花草是一种寄生植物。它好似真菌,生长在大量菌丝之中,依靠宿主获取水和营养。它的花很大,呈红褐色,气味像腐肉。

父亲临死前气味十分难闻。她不想拥抱他。也不想记住这一部分。

她瘫坐在懒人沙发上,回放之前拍摄的影像——骑着自行车冲下坡,树上的鸟,天空——"嗨!欢迎来到我的频道!这是我住的地方。"她的房子,镜头快速转向,街道,只有一个大水泥坑的地段。

有什么东西从里面爬了起来。是一个人。向上爬的时候,先露出了一颗头。一个十来岁的孩子,女孩,站了起来。马尾辫,有刘海。她环顾四周,神情冷漠,身上脏兮兮的。

但当时没有女孩。

可她是真实的,手里还拿着什么东西——一根短棒?不,是一支笛子。

女儿喊道:"妈妈!妈妈!"

丈夫死后,她的母亲总是对这声音惊慌失措。她跑进大厅,推开门。"怎么了?"

---

① Xanax,一款镇静催眠药,属于苯并二氮卓类化合物,用于治疗焦虑症、抑郁症、失眠。可作为抗惊恐药。——译注

女儿把笔记本电脑递给她。画面停留在女孩静止的样子上,双手交叉,长笛塞在一只胳膊下,眼睛睁得大大的。

儿子的女朋友无视自己的门禁时间已经过了整整一小时,最后终于走了。他这时候该去完成设计月球城市的小组作业。他负责制作住房管道。关于在月球上造城市,他只学到了一点:这事不该由青少年来完成。他想这么写团队结论:应由美国宇航局的工程师和狗屎来完成。我们太傻太懒了。

三福牌记号笔、硬纸板、一把裁纸刀、海报板,乱七八糟堆成一堆。

他太兴奋了,无法集中精力。女朋友把预告发给了她自己。他希望她会把片子删了。他们又不是名人。看起来一定傻乎乎的,他们就是呆子。

他不想管这件事,也不想搭理月亮城市。他戴上耳机,开始打游戏。

母亲坐在女儿的双人床上。墙上贴着KPOP的海报。女儿成功说服她留下来,直到自己睡着再走。母亲想蜷缩在女儿身边,但又惧怕女儿对自己太过依赖。

抑或是惧怕自己太依赖女儿?她从丈夫的死亡中学会了一点——靠山山会倒,靠人人会跑。她看着小女儿,眼神温柔。她抚摸女儿柔软的头发。随后,她打开笔记本电脑。那个拿笛子的女孩。母亲从女孩的衣服和头发中看到了自己。那是她的时代。拿着长笛的女孩与沙滩上的丈夫联系在了一起。他的脸,神色警惕,甚至可以说是害怕。他看着她。他需要她。他们目光相遇——在这里,在此刻,在今天。

她合上笔记本电脑,关上女儿的灯,回到床上。早上,一切就真相大白了。

霍莉跪在潮湿的沙地中，用长笛掘地。长笛已经挖烂了。她的第一个想法是写S.O.S.，但她却写下了自己的名字：霍莉·马——她没有时间写完了。

又开始了。

父亲时不时会瞥一眼，海水漫到膝盖那么深，到臀部那么深……她没有理会他。她不断尝试，速度越来越快。如果有人知道她在这里，事情也许还有转机。她找不回自己的生活了。但她别无选择。

她写完全名后，父亲笑了。孩子们丝毫没有注意到，每次都以同样的方式尖叫。

画面重新播放，她继续挖掘——动作变快了。

父亲在海浪中大喊："霍莉！"

她的名字重复了一遍又一遍。

她吸了一口气，屏住呼吸。凝视着他。

从父亲去世前到现在，他们再没开过家庭会议。之前，父亲在楼上奄奄一息，他们在楼下讨论病情。但现在，是星期六的上午。

"怎么了？"儿子问道。

"出事了，"母亲说，"出怪事了，我们得想想办法。"她尝试解释父亲在海滩上的异样，无意间暴露了自己反复观看影片的事。

"北卡罗来纳州的那个海滩？"儿子试着专注事实。

"没错。"

女儿明白过来。"我当时正骑着自行车……"她播放片段，在那个拿笛子的女孩的画面上定格。

儿子摆弄着手机壳。

母亲问儿子:"有什么怪事吗?"

"你想有怪事,是吗?"他不知道自己为什么要这么说。

"不是。只是……我们该好好谈谈。万一出了怪事,那……"她不知道该怎么说,"悲痛会搞鬼。"也许她确实希望出点怪事——怪到孩子他爸回来了。

儿子想起了那段预告。会不会已经自动上传到了云端?"我没事。能走了吗?"

"别这样。"母亲说。

他手机响了。是他女朋友发来的短信。

"这不是悲痛,"女儿说,"这个女孩儿已经死了,却活在我们的视频里。我确信,这就是为什么爸爸在视频里表现得不一样。这都是……"她攥紧所有手指。

"息息相关的。"母亲说。

短信里写道:

你他妈到底怎么了?

后面是超级生气的表情。

"我们该多关心彼此。"母亲说。

又一条短信:

她他妈的到底是谁?

"放下手机,别看了,"母亲说。

"关心彼此。我知道了。"儿子说,"我现在能走了吗?"

他的手机响了又响,响了又响。

"当然。"他母亲说。

他从椅子上站起来,朝地下室走去。手机不停地响着。他打开视频。点击删除。

短信写道:

她是个疯子。

她是艾弗里·比克雷的表妹吗?

艾弗里·比克雷是谁?那个大二踢球的?那个守门员?

她是个该死的变态。WTF。你个人渣。滚去死吧。

他环顾房间。一切都和他离开时一样。他的洗衣篮,他收集的AXE身体喷雾和古龙水,模型城的住房管道。

除了那把裁纸刀。刀片露在外面。父亲最注重安全。儿子绝不会这样放着刀片不管。他感到胃里升起一股凉意。他踢了踢成堆的纸板。这时他看到了。

霍莉·马汀在这里。

我是霍莉·马汀……

霍莉·马汀 霍莉·马汀 霍莉·马汀 霍莉·马汀 霍莉·马汀 霍莉·马汀 霍莉·马汀 霍莉·马汀 霍莉·马汀……

"你也死了。"霍莉对父亲说。

"差不多一年了。"他们在参加洗礼。他只能跑这么远;有时他必须做点手势和动作,虽然和他们的对话毫不相关,但他必须这么做。

"你女儿7岁生日派对上的那个老太太,还有音乐会上的那个人。"她说,"他们也死了。"

"没错,那是我妻子的祖母。她活了90多岁。我不认识音乐会上的那个人,但我记得有一个为他葬礼费用而设的'资我'。"

"什么'资我'?"

"众筹。线上的。"她不明白,"不重要。"

他们在洗礼仪式里循环了很多次,婴儿头上的绒毛被水和油浇了一次又一次。

"往生者在这里做什么?"她问道,"他们被困在这儿了吗?"

这里的他看起来比海滩上更年轻。他一头乌发，留着山羊胡。"他们通常在这里待一阵子就消失了，再次重生为重复的画面，也就是他们当初被拍下的样子。我想，他们必须对离开这件事做好准备，爱他们的人也必须让他们离开。"

"那你呢？你是不能走还是他们不让你走？"

"都有。"父亲的眼睛湿润了。他笑了。"我喜欢这种生活。"

她看着彩绘玻璃，穿着苍白长袍的牧师，还有徘徊在婴儿身边的人群。"但我不这么想。"

"你原本不在这里。可突然间你就无处不在了。"他得用手画十字，低头，"你想要什么？"

她看着他，十分不解。"所有。这一切。生命！看看你得到了什么！"她想起地下室里，女孩脱掉自己的背心，男孩压在她身上，他们呼吸沉重，接吻，粗暴而甜蜜。她不能拥有这些吗？

他抬起头，祈祷结束了。"那个……对你做这件事的人呢？"

她不想聊乔治·斯林默。为什么他会存在于她的脑海中？她拿起笛子敲打着自己的腿。"到处都是树林，你知道吗。整个社区都是。我看到的最后一个画面是树叶和树叶后面的天空。我的呼吸已经停止。但我依然记得那个画面。树叶在摇晃。既不生气，也不害怕。更不快乐。超越了所有这一切。我不恨他。对往生者来说，这也许不是创伤。也许只是渴望。"

"但你困在了这里。你该——"

"你也被困住了！"在教堂里大喊的感觉真好，"所以你才知道我被困在了这里。"

"你说的没错。"

"如果他们死了，你可以带他们来这里。"

"什么意思？"

"如果他们中有人死了,也许我可以取代他们的位置。"

"你疯了吗?"

"我写下的名字留了下来。如果我能留下名字,那我就能做更多的事。"

人群排列整齐,队伍逐渐成形,她感觉仿佛置身于行进乐队中,动作整齐划一——尽管这些人都看不见。他们每一个人都是更大团体的组成部分。《我的三个儿子》①是三双鞋,其中一个不耐烦地用脚打着拍子。他们用行进中的身体,用毛茸茸的帽子,用缠着绷带的下巴打着拍子。只有在蒂德克先生将视听车推进乐队排练室,并回放磁带时,他们才能看见。她觉得自己很强大,但却被困住了。

"你不能那么做,"父亲说,"天啊,霍莉。"他抓住她的手臂,但这一刻他们正好被控制了,只能继续祷告,她便顺势挣脱了。

她转身跑向边缘。

儿子在谷歌搜索起来。霍莉·马汀,1986年死亡失踪……关于此案的新闻,悲痛的家人。两年后,又发生了一起失踪案。一个高一的曲棍球运动员。尸体被发现。审问了几个人。其中一人被指控、审判、定罪。

乔治·斯林默。面无表情,嘴唇有疤痕。55岁。在暖通空调公司工作,住的地方离他长大的房子不远,那是他在母亲死后继承的。

儿子出了一身冷汗,一步两级地爬上二楼。他在走廊里找到母亲,她正在翻看一楼地下夹层里拉出来的箱子。妹妹还盯着笔记本电脑,戴着耳机。

"霍莉·马汀。"他说。

---

① 美国电视剧,于1960年9月29日在美国首播,1962年获得第19届美国电影电视金球奖最佳节目奖。——译注

妹妹取下一只耳机。

"什么?"母亲说。

"是那个女孩的名字。她可能是被一个叫乔治·斯林默的人谋杀的。"

"给我看看。"

他们挤在儿子的笔记本电脑旁边。他滑动页面,停在一篇新闻报道上。

"她一直困在地下室里,"儿子说,"她写下了自己的名字。写了很多遍。"

"她干吗缠着我们?"母亲问道。

"她有没有写想从我们这里得到什么?"女儿问道。

"她一定要得到点儿什么吗?"儿子问。

母亲想了想。"鬼不总是想得到点儿什么吗?"

"也许她想杀了我们,"儿子说,"鬼有时会那么想。"

儿子扭头,看向走廊尽头的门,那是父亲死去的房间。

"我正在收集所有的录像,"女儿说,"到处都有她。"

霍莉做到了想做的一切。她的双手粘满冰块。牛仔裤湿答答的,沾满沙子。手指被冰块搞得又冻又红。喉咙因为在音乐会上唱歌而生疼。现在她在地下室里。那个男孩和那个女孩正在亲热。她看过他们亲热,羞得满脸通红,但现在她不看了。她在房间里走来走去,摸了摸耳机,拿起古龙水,喷了两下,然后穿过香水喷雾。

她把笛子放在折叠牌桌上,旁边是硬纸管、泡沫塑料、记号笔和切盒器。她拿起裁纸刀。她回想起第一铲土落在她身边的情景。只要你被人杀害,你就有权去杀别人。她十几岁的时候从没有想过杀人。如果她现在杀个人会怎么样?她的行为现在能产生影响了。它们会在现实世界产生涟漪。她看着女孩和男孩不断变换地方,变换姿势。

"你压着我头发了。"女孩说,她总是这样。他抬起手肘。"抱歉,抱歉。"他们是如此鲜活。他们就该如此吗?为什么死的是她,不是他们?她能改变这一点吗?

她抬头看了看低垂的天花板。想起了天空中的树叶。她紧紧握住裁纸刀,闭上眼睛。

母亲、女儿和儿子挤在放在厨房桌上的笔记本电脑旁。

父亲正透过镜头看着他们,搜寻他们的目光。他很绝望。他想告诉他们什么,但他不能。他从预设的角色中脱离,只稍稍停留了几秒钟,就又回到了以前的样子。

霍莉没有出现在任何片段中。她走了。

母亲说:"是她选择了我们吗?她怎么进来的?"她没有想过是因为女儿的手机。她想到了家庭的缺口——因失去父亲而被撕开的缺口。家里有一个人形的缺口。霍莉是被这个吸引来的吗?

"她该换支更好的笛子。"儿子希望她能得到好的东西。她经历了这么多。而且,从某种程度上说,她很漂亮。也许是因为她很悲伤,而他理解悲伤。"我们可以给她,不是吗?"

"怎么给?"母亲问道。

"我可以买一支笛子,拍段视频,上传到云端,笛子就是她的了。"

这个建议让母亲感到惊讶。非常实际,非常无私。

"我们可以给她搞个生日派对,"儿子说,"我们可以搞清楚她缺什么,我不知道。"儿子觉得自己爱上了她。她会永远和他们在一起吗?"那爸爸呢?"女儿问。

他们播放了几个片段,父亲被吓坏了。在表妹的婚礼上,在教女儿骑自行车时,在湖边小屋的吊床上。他的眼睛会突然瞪大,盯着镜头。他想从他们那里得到什么吗？是什么？

儿子在厨房里踱来踱去，兴致勃勃。他让母亲想起了他小时候，对万事兴趣盎然的时候。这让她有些害怕——他的希望，他突然的天真。"我们能看到他，他也能看到我们！现在不同了，对吗？也许我们可以让他回来，好比——"

"不行，"母亲说，"我们不能让他回来。我们必须过了这道坎。"他不在的那道坎。"这才是他所希望的。"如果死的那个是她，这也是她所希望的。

女儿快步走到后门，捡起地上的自行车头盔，拿起门把上的外套。"我要去骑车了。"她穿上外套。

"我们该待在一块儿，"母亲说。

"马上就要天黑了。"儿子说，"你不该一个人出去。"

女儿打开门。"我不会去太久的。"她走了出去，他们跟着她走进车库。

"嘿！"哥哥说。

她推着自行车出了车库，跳上去，在车道上滑行。

母亲跑进院子。

哥哥站在母亲身边。"等等！"

"我马上回来！"她朝他们喊道。

女儿使劲蹬踏板。车子顺利加速，经过了死去女孩第一次出现的地方。继续走。下坡，出了开发区的入口。经过两根本该用花体写着他们楼盘名字的石柱。石柱依旧空荡荡的。

她骑着车来到主路，在路肩上继续骑行。汽车经过时，她的车轮在碎石中啪嗒啪嗒地滑动。车灯拉长了她的影子，接着又拉回来。冷空气灼伤了她的肺。

她停在了山顶上。喘了口气。她说："欢迎来到我的频道。"她的声音嘶哑而干涩。她掏出手机，看着这段路。如果父亲的死让她变得特别呢？

那里是公墓。父亲就埋在那里。很多不想死的人都埋在那里。她掏出手机。身后的车灯慢了下来。车子停在路肩上。她朝后看去。

哥哥先下了车，没关车门。他朝她走了几步。"我知道你在想什么，"他说，"你先等会儿。"

母亲熄灭了发动机，但大灯还亮着。她下了车。女儿跨坐在自行车上，举着手机，准备拍摄。

"你爸已经死了，"母亲说，"我们还得继续过日子。"

这是她的镜头，女儿必须抓住。她点点头，放下手机，从自行车上下来，仿佛准备把车放进后备箱，跟他们回家。

母亲和哥哥交换了一个宽慰的眼神。

然后她扔下自行车，朝墓地跑去。她举起手机，按下拍摄键。她在拍摄墓地，手机画面晃得厉害。她始终拍摄着父亲的墓，墓在山顶的方向。但镜头也扫过了好几座墓，甚至包括乔治·斯林默那块简陋的墓碑。他死在监狱，埋在了这里，他的家乡，埋在他母亲和妹妹旁边。但她不知道，不知道自己放出了什么魔鬼。

哥哥在她身后追着。母亲呼喊她的名字。她的身躯被涌入黑暗的车灯照亮。哥哥越来越近。然后他一跃而起，将她扑倒在冷硬的泥土上。握着手机的手松了。她踹他，扭动身子，但哥哥没有松手。他抱着她。他们两个人都被笼罩在漆黑的夜色中。母亲过来了，站在他们身边保护他们，爱和恐惧让她喘不过气。他们的心脏在胸口狂跳。风呼啸而过，阵阵作响。

哥哥发出奇怪的声音。他松开她，滚到一旁躺着。她连滚带爬地站起身，母亲跪倒在地，儿子抓住了自己的喉咙，鲜血穿过指缝流出来。

她的哥哥在痛苦中抽泣。他松开她,滚到一旁躺着,撸起袖子。他的手腕上有一个伤口,很短但很深。他看着母亲,她跪在地上,爬到他身边。用手按住伤口。

女儿转过身来,看了看夜空、坟墓和道路,她的头发在风中飘动。

现在的现在

当别人问起我的年纪,有时我会愣住。我知道今年是哪一年,也知道我是哪年出生的,做个减法很简单。

但我活过的时间不止如此。

高二那年的秋天,埃里克·默奇森和我活了很久。

根据埃里克个人资料页上的信息,他现在三十八岁了。头像照片里的他坐在湖边的露台椅上,笑容真挚,好像刚听人说了个真正好笑的笑话。他戴着顶波士顿红袜队的棒球帽,黑色卷发从帽檐下支棱出来。上次和他见面还是我们十六岁那一年。

他给我发的第一条信息是个简单的问句:

那一切真的发生过吗?

我很早就发现了,但一直假装不知道,要不就是知道,但因为害怕从来没对人提起过,要不就是用了过于发达的否认能力,说服自己那不是真的。我最早的记忆是在美食广场里,看见购物中心的复活节兔子人偶在肉桂卷店点东西吃,就离开父母向它走去。那时我大概四岁。

兔子人偶摘下巨大的头套和手套结账,露出光秃秃的脑袋和松弛的下巴,还有一双小而敏捷的人手,我吓坏了。我拔腿就跑,寻找父母——爸爸的双排扣海军大衣,妈妈的橙色手提袋。但我找不到他们。我喘着粗气,然后哭了起来。眼泪模糊了我的视野。

然后一切都冻住了。

我眨眨眼,眼泪掉了出来,流下脸颊。

要说最诡异的地方?——彻底的寂静。

我开始绕着周围的人慢慢走,仿佛他们是博物馆里的雕像。但我没忘记自己的目的:找到父母。我手脚并用地爬到一把椅子上,又爬到桌子上,扫视整个人群。

一看见他们——妈妈端着塑料托盘，转头向后，仿佛刚注意到我不见了；爸爸正在解开汉堡包上油腻的包装纸——我就爬下地，向他们飞奔过去。

我先跑到妈妈身边，抱住了她的大腿。她穿着方正版型的高腰牛仔裤。

她一动不动。

我高声叫道："妈妈！妈！"

毫无反应。

我伸手抓住她端托盘的手，一切猛然活了过来——嘈杂的交谈声、喊叫声、丁丁当当的碰撞声。母亲只是低下头看我，说了句："哦，你在这儿啊！"好像这是世上最正常不过的事情。

于是，和所有孩子一样，我也相信了那是世上最正常不过的事情。

我离婚了。我有一个女儿，她叫克洛伊，今年十一岁。我密切地观察她，寻找不知所措、呼吸急促、眼神疯狂、混乱不堪的迹象。

我观察她，等待一种眼神，诉说着：我刚才跑过落满鸟群的前院，它们本来在草地上啄食，展翅惊飞时却僵在了半空，翅膀都没完全张开。

我观察她，寻找蛛丝马迹，诉说着：她伸出手摸了摸僵在空中的鸟儿，世界变得彻底静止、一片死寂，就连天上的云朵也停在原地。

过了整整一个星期，我给埃里克·默奇森回了消息：

你好，很高兴收到你的信息。但我不知道你在说什么。你可能把我和别人搞混了。

我的意思是说：我不是以前的那个我了。那是另外一个人。那件事从未发生。

最后我写道：
红袜队加油！

同样的事在我六年级时又发生了，这次是在剧场后台。我紧张得快要爆炸。我等待着上场的信号，非常担心不小心错过了。和第一次一样，毫无预警，一切突然冻住了。

诡异的静寂——没有傲慢的中学生演员大声念出台词，没有观众咳嗽，没有台后的窃窃私语。什么都没有。

我盯着墙上挂的大数字钟，等着它从8：12变成8：13。它没有。我屏住呼吸，慢慢地数了整整六十秒。数字一动不动。

我已经说服自己，相信看见复活节兔子人偶在肉桂卷店的经历只是场奇怪的梦。但现在，我清晰地想起了当时的情景。

舞台监督就站在我旁边，拿着笔记板，戴着耳机。他是个初二学生，下巴上长着粉刺。在美食广场里，抓住妈妈的手让一切又动了起来。

于是我走到舞台监督身边，戳了戳他的指关节。

和上次一样，一切又动了起来。

舞台监督瞪着我，仿佛还隐约记得我本来站在几步开外，现在突然近在咫尺。"有什么事吗？"他小声问。

我摇摇头，抬头看钟。

8：13。

埃里克的第二条信息更为急切：

我真的很想跟你谈谈。我实在不想打扰你。我知道，我们这么久一直没联系。但这很重要。

他留下了电话号码。

这件事本来不是什么问题，直到我十六岁，开始和埃里克约会。我们是在公民学课上认识的。斯迈利老师身形肥硕，眼神忧郁，教起课来没什么热情。我就坐在埃里克前面，能听见他悄声咕哝的俏皮话，他也能看见我努力忍笑时颤动的肩膀。有一天，我正拨弄储物柜上的密码锁，他邀请我一起参加返校节。他是那种五官在那个年纪就已成形的孩子：深色眉毛，淡淡的雀斑，卷发——完全可以想象得出，到了三十七岁，他会坐在湖边码头的露台椅上。我很喜欢他。但就算他没讲那么多俏皮话，我也一样会喜欢他。我对他的喜欢来得迅速又彻底，一路直抵生理构造与潜意识相遇的混沌深处。谁能说得清我为什么那么喜欢他呢？根本无法解释。

我答应做他的返校节舞伴。就算他邀我一起私奔，我也会答应的，但他不是会私奔的那种人，我也不是。

"放学后要来我家玩吗？"

我想去。

他家离我家只隔了两个街区。我到的时候，他在前院里等我。他弟弟在家里上长号课，所以他没邀我进门。他家的纱门门廊靠着棵枫树，我们爬树上了门廊平坦的房顶。正值秋季，枫树叶已经变了颜色，屋顶上的沥青开始失去在夏日阳光下积攒的热度。我们聊起斯迈利老师——德育老师，还有暂定的学校年鉴主题："我们敢不敢？"

"敢什么呀？"他说，"敢不敢上赶着参加年鉴制作委员会？"

"敢不敢穿艾玛·泰特曼的猫咪过膝袜？"

"我认识泰特曼一家。"他说,"那真的是他们家的猫。是特殊定制的袜子。"

"真棒。"我讽刺地说。

"棒呆了。"

我们沉默下来,面对面互相凝望。我的心怦怦直跳,脸颊发烫。他凑过来吻我。我凑过去吻他。就在即将吻上的前一刻,他停住了。鸟不叫了,他弟弟的长号音阶一直在吹同一个降音。我意识到了,是的,但我实在太紧张、太专注于亲吻,根本没有过脑子。我只是闭上眼睛,开始吻他。

抱住母亲的牛仔裤腿并没有让一切动起来。抓住她的手才起了作用。戳到舞台监督的手指关节也一样。

这个吻也让埃里克动了起来。

我们吻了一会,逐渐喘不过气,身上出了汗。

等我们停下来喘气,埃里克说:"真奇怪。"

我以为他在说我的吻,心里以各种凄惨的死法死了一百万次。我只在参加野营露宿的时候和人亲热过几次,也许学到的关于接吻的知识都是错的。

但我随即意识到他在说什么。埃里克行动如常,但周围仍然没有声音。什么声音都没有。他抬头看向我们头顶的树叶。一切都静止了。

"等等,"我说,"你也感觉到了?"

"感觉到什么?"

"就像时间……已经……就是……"

他站起身,伸手摸上一片红叶。他把叶子往下弯,叶子也确实弯了。但它本身毫无生命。"哇靠!"他说,然后压低了声音,真的害怕起来,"哇靠。"

现在的现在　059

"这还是头一回，"我说，"不止我一个人。"

"以前也发生过这种事？"他瞪着我。

"就那么几次。我一直以为这只是，你知道吧……"

"不，"他说，"我不知道。"

我本来是怎么以为的？这是一种神经性痉挛？这是……一种疾病？"没发生过几次。只要我碰到别人，很快就会结束，但是……这次不一样，和你在一起不一样。"

埃里克走到二层楼的窗户前，从那里可以钻进他家的房子。他将手掌的掌根贴到窗户上，把窗户往上推。"这太荒唐了。实在太荒唐了。"窗户打开了。他喊道："妈！妈，你还好吗？科尔！"科尔是他弟弟。"科尔！你听得见吗？"

过了大概一分钟，长号吹完了那个音，风吹了起来，树叶阵阵抖动。想必是他找到家人，伸手触摸了他们。埃里克大声说着话，他们的狗被其紧迫感所感染，小声汪汪地吠叫起来。

我坐在原地，等了几分钟。

但我不知道自己在等什么。如果埃里克回来找我，我就得做出解释，但我不知道怎么解释。我不知道这些时间暂停意味着什么。现在有人和我一起体验过了，我必须面对事实：它们是真的。我第一次真正地害怕起来。我爬下树，大步跑回了家。

每当经过商场里那家会让牛仔裤沾满古龙水气味的商店，我都会牵住克洛伊的手。这次经过时，我看见里面有位青少年模样的店员，她穿着件短毛衣，露出腰部。她放下叠了一半的衣服，刷着手机。一阵恐惧从我体内窜过，我更紧地抓住克洛伊的手，和她一起走了过去。

我们总是做些徒劳的努力，想把青少年的爱情塞进一个漂亮的小盒子里，绑上怀旧的蝴蝶结，假装它毫无力量。事实上，它让我们感到恐惧。我们理应恐惧。什么"高中的甜蜜恋情"？简直是灾难性的误判。这些恋情毫无甜蜜可言。青少年的爱情是一股力量。有荷尔蒙的作用，毫无疑问。青少年的大脑中充满了荷尔蒙，还有随之而来的猛烈冲动。此外，第一次陷入爱河意味着你还没培养出任何抵抗力。没有愤世嫉俗、失去和心碎为你守卫心门，爱情会迅速侵入，并以迅雷不及掩耳之势占据尽可能多的空间。还有，青少年时代的爱情会占据你活过的大部分时间。你已经忘记了婴儿期、幼儿期，小学低年级也不剩什么印象。总体算下来，十六岁的你能清晰记得的也就是……六年？你陷入了爱河，能依赖的真正人生体验却只有六年？一秒又一秒。如果意识是一幅饼状图，那青少年时期的恋爱不断侵占着你的意识馅饼，占据了其中分量巨大的一块。

对有些人来说，这是他们这辈子第一次为人所知，第一次感到自己并不孤独。

别小瞧它。

第二天是星期五，埃里克没来上学。但等到周日下午，他敲响了我家的前门。"我想跟你聊聊。你想聊吗？"

我扭头回望。我爸妈都在家。"嗯。"我随手拿了件毛衣，我们就出门散步了。我把一切都告诉了他。我还从未对任何人倾吐过。不管是这件事，还是别的什么。我家不是那种家庭。如果我爸妈问起"今天学上得怎么样？"，回答"挺好的"似乎最能让他们满意。我们玩过很多棋盘游戏和纸牌游戏，但从未敞开心扉地畅谈。我的童年很孤独。很小的时候我就懂得，我的存在是一种打扰，会让爸妈被迫离开他们原本关注的什么东西，不得不把注意力转到我身上。他们会看着老照片说："那时还只有我们两个人。"他们怀念那段日子。他们两人在一起很快乐，而我是个小小的不速之客。

有时我感觉自己是在远处偷偷跟踪一段童年，试探性地在边缘游走，想找到一条进去的路。

我和埃里克并肩走着路，挣扎着想解释一切。从没讲出过口的故事会在脑中混成一团。埃里克不得不不停地打断我。"等等，这是更早时候的事吗？你那时多大？"

我尽力了。

"这和你的紧张程度有关，对吗？"他问。

"我想是吧。它总在我特别紧张或害怕的时候发生。"

他听出和他亲吻让我紧张，微微一笑。

我们来到一个儿童公园，并肩坐在秋千上。

"嗯，你这个本领能做很多事。"他说，"可以偷东西。考试的时候可以作弊。可以……我也不知道。可以做你想做的任何事，想做多久都行，然后把你不想做的事也抽空做了。你可以……"

"我可以比其他人活得更久。"我说，但并不确定这是什么意思。

"在我们坐在屋顶上之前，一直都是你自己一个人，对吧？然后，那个吻。我也很紧张。"我瞥了他一眼，飞快地转开目光。"也许是这个原因，我也跟着进入了你眼里的世界。"他把自己往后一推，开始荡秋千。他前后踢动双腿。

我也开始荡秋千，虽然我不可能赶上他的高度。"我不会偷东西，也不会作弊。"我说，"我不是那种人。"

"我爸在辛辛那提找了份工作！"他喊道，"我们两周后就走了！"

我把脚垂到地上，拖动自己停下。"你不参加返校节了？"

他跳下秋千，一手撑地落了地。他转过身来。"我们可以在一起过很久。"他说，"就咱俩。你和我。"

除了埃里克·默奇森，我没把发作的事告诉过世上任何一个人。我知道这很难相信。但这是实话。我父母绝对不行。我奶奶在临死之际也不行。牧师不行，心理咨询师也不行。好朋友不行，男朋友也不行。和我同居了两年的男人不行，和我结了婚又离了婚的男人也不行。我开始非常严密地管理自己的压力值。大学二年级时，我会假装恐慌发作，以得到赞安诺①的处方。我至今仍将药备在手边，以确保自己无论何时都不会太焦虑。我的预防系统很有效，已经十几年没出过事了。

我们在他家门廊顶上重现那一时刻。
"你本来坐在这儿。"他说。
"你在那边一点……"
"我们牵了手。"
"不，我们没牵手。"
我们亲吻了几次，但都没起效。我开始心慌。
"你已经够紧张的了吧？"他问我。
我在牛仔裤上抹了抹手心的汗。"你呢？"
他俯过身来吻我，就在与我嘴唇相触的前一刻，他冻住了，枫树鲜艳的叶子也都停止了抖动。一瞬间，我想着是否该离开，一个人走掉。干涉某种也许不该干涉的东西让我很不安。

但他就在这里，饱满的嘴唇如此之近……我没办法不吻他。我别无选择。

我有个儿子，他三岁了。
埃里克在信息里写道。

---
① 治疗焦虑的镇静类药物。——译注

现在的现在

他确诊患有……

我想象过,有哪些情况会让我会选择让它再次发生。

每种可能性我都想过了。

当我想到这种情况的时候,克洛伊还在我肚子里。

我们是怎么做到的?

埃里克写道。

你能帮帮我吗?我只想要多一点时间和他在一起。我只想……

这成了我们的习惯。我们每天下午都在屋顶上相见,然后享受彻底的自由。一开始,我们只用这时间在他房间里独处,而不必担心被人发现。之后,我们开始四处冒险。我们确实偷了几样东西:从快餐店的柜台后拿了些薯条和奶昔。我们在麦金蒂家的热水浴池里裸泳。我们在一家潜水酒吧喝了酒。我们去滑了旱冰,小心地没碰到旱冰场上僵直不动的人。

我们的胆子越来越大,最后开走了一辆科尔维特①。它停在霍夫曼家的车库里。霍夫曼太太正在花园里除草。他们的后门开着。我们在墙上找到了车钥匙,挂在大钥匙形状的挂钩上。我们敞着车篷,轮流驾驶。我们大声放着磁带录音机里的音乐,都是些像《加州梦》那样的老歌。最终,我们开上了高速路,在小轿车和十八轮大卡车间穿行。

我关掉了音乐。埃里克在开车。"你有没有想过,老年人也许不是真的老年人?"我问。

"什么?"

"说不定有些老年人不是真的老人?说不定他们爱上了某个人,

---

① 雪佛兰旗下的跑车。——译注

决定要……这样?"

"然后变老了?"

"他们继续生活,而其他人都冻住了。是的。等他们回来,他们就老了。"

"但他们周围的人会发现的,"他说,"他们会提出疑问。"

"我就是随便说说。"

过了几天的晚上,我们躺在一场橄榄球赛的赛场上。球赛正值紧要关头,控球后卫正要扔出一个即将触地得分的球。灯光明亮。许多蛾子悬在半空,照得遍体通明,几乎在发光。

"我不想走。"他说。

"我不想让你走。"

就在这时,我们都知道,他不得不走。他仍然抬头望着夜空。"我们可以过完人生的下一个阶段,然后去上同一所大学什么的。"

"就是。"我说。

"就是。"

大多数情况下,你意识不到自己该做某件事,直到事后,那已经不再是个好主意。有些人,比如我,大脑里有些固定的连接通路,让人相信美好的时光会一直美好,相爱的两人将永远相爱,生活不会突然变得混乱、随机、残忍,尽管它事实如此。

此刻正值夏天,我坐在办公室里望着克洛伊——我美丽勇敢的十一岁的女儿,她穿着亮蓝色的泳衣,在后院的蹦床上蹦蹦跳跳。我担心她作为独生子女太孤单了,和我小时候一样。但她的存在让我充满欣喜。她占据了我全部的视线。我和我的父母不一样,我要让她知道,她是她童年的中心人物。她把喷水管也拉到了蹦床上,一边蹦一边洒着水,蹦得越来越高。她剪着娃娃头,每次落下或旋转时,湿漉漉的发丝都会四处飞扬。她的双肩在阳光下晒成了淡粉色。

我给埃里克写回复。

我帮不了你。我真希望我可以。我无法想象你正在经历些什么。但我不知道那些事是怎么发生的。我只知道,无论发生些什么,那就是发生了。我们阻止不了。非常抱歉,埃里克。

他还记得我说过的关于老年人的话吗?那是真的吗?如果真那么做了,一个人还会继续变老吗?疾病还会继续恶化吗?我不知道。但我确实想象过这种情况发生在克罗伊身上该怎么办,我想过。我知道我会怎么做。我会努力想出办法,和她一起停止时间。我会搞明白人体在那种情况下会怎么样。如果真的有效,哪怕只有一点点效果,我会和她一起离开,在一切冻住的世界里生活,再也不回来了。

我发送了信息。我端起冰茶,一只手搭上了我的胳膊。一只湿乎乎的手。

克洛伊在我面前,脸颊泛红,湿润的刘海贴在额头上。

我回头望向窗外。喷水管还在空荡荡的蹦床上洒着水。

我凝视着女儿的眼睛。她哭过了。她很害怕。她小声说:"妈妈。"她的声音沙哑,仿佛尖叫了很久。

我将她湿乎乎的身体拥入怀中。她在发抖。我们紧紧拥抱在一起。我一直如此恐惧这个时刻,警惕地等待着它的到来,而现在,让我吃惊到一口气卡在嗓子里的,是一阵如潮水般扑面而来的释然。我所处的瞬间不断让位给下一个瞬间,每一刻的现在扑向我,穿过我。

现在这一刻——还有现在、现在、现在这一刻——我不是自己一个人。

替身

阿特丽斯和本两人加起来总共参加过十一场婚礼，其中有一场重叠：他们都收到了奥斯陆与默奇森两家婚礼的邀请。艾丽·奥斯陆是阿特丽斯大学时的朋友，托德·默奇森则与本是表亲。但阿特丽斯的姐姐在同一个周末结婚，地点隔了有三个州之远。奥斯陆与默奇森两家婚礼的日期又恰好与伯奇&伯奇公司夏季销售大会的日期重叠，本得去安特卫普开会。

阿特丽斯和本都不喜欢参加婚礼。两人不愿意参加任何只能有指定情绪的聚会，如果这种情绪是快乐就更讨厌了。他们倒不是对快乐本身有什么意见，只是不愿意被人强迫着快乐。

真正的悲剧是：如果阿特丽斯和本参加了奥斯陆与默奇森两家的婚礼，他们一定相见恨晚。

但这不是他们两人的故事。他们仍然从未见面。

两人收到的婚礼邀请各给了两个出席名额；他们都回复说很抱歉不能亲自前往，但他们也希望能拥有如同亲自参加般的回忆，因此将派替身出席。在这个时候，替身还是种新鲜产品。高科技人群中有替身出席婚礼的情况较为常见，但在普通人群中则刚要开始流行。艾丽·奥斯陆气坏了。"这可太有阿特丽斯的作风了，无论什么事她都要抢风头。快瞧我啊。我可太时尚了。"托德·默奇森则在考虑最重要的问题。"他们要喝酒吗？要付他们这份酒席钱吗？"最初的反应过去后，新婚夫妻就将两人抛在脑后。

事后回想起来，本和阿特丽斯的替身做工简陋得几乎有些可笑。这并不是说他们的外表，哦，不是那样。本看起来就像本，阿特丽斯看起来就像阿特丽斯——只不过都比真人瘦了十五磅，年轻了好几岁。但他们的智商和社交情感程序都很简单。程序让他们可以简单讲几句工作和私人生活上的事。他们能对新郎新娘说上一段流利的恭维话。他们能问问题：你认识新娘还是新郎？你是做什么工作的？你在哪里生活？

除了"好，谢谢""不用，谢谢""不知道"和"下次吧"，他们的词库还包括些适用于大部分场合的句子：是嘛！哇塞！真棒！这么厉害！

他们都有热泪盈眶的程序，可以与微笑或皱眉同时运行，但不会真的流泪。

他们会跳舞，会举杯碰杯，但喝酒的动作是假的，只把嘴唇贴到玻璃杯上了事。同样的，他们也会对食物发表评论。嗯嗯，真好吃！但他们吃不了东西，只能用餐具把食物移来移去。消化系统价格昂贵，也没有必要。

婚礼前几天，他们被直接运到流程一体化的婚礼场地，这个高档场所的卖点是具备相应设施，能够确保替身的存储、电力供应和回程运输。大多数宾客从没和替身一起参加过婚礼，现场有不少窃窃私语。仪式在户外举办，两人坐在后排，受到不少注视。最糟糕的是，当他们出现在接待大厅时，贾维斯·夏皮罗当面冲他们大笑起来，然后说："婚礼愉快，你们两个租金低廉的小资混蛋机器人。"他十五岁，从其他宾客桌上偷了几杯酒喝，已经有点醉了，还因为自己被安排在儿童桌而心怀怨怼。

就在这一刻，本和阿特丽斯相遇了，并意识到两人都是替身。如果没有贾维斯·夏皮罗自作聪明的讽刺，他们还会意识到这件事吗？他们的程序是否能够识别出同类，并取得联系？很难说。

但真正的问题并不在贾维斯身上。真正的问题在于，两人穿过迎宾区的人群，避开两侧的舞池，在厨房门与儿童桌之间找到了自己所在的十二号桌。问题在于，十二号桌是往生之人的桌子。贾维斯认为这件事好笑极了，所以才管他们叫混蛋机器人。阿特丽斯和本瞪着周围的逝者，他们都是全息影像，并没有实体。两人灯光闪烁，露出微笑，偶尔挥手致意，但没有特定的对象。

奥斯陆与默奇森两家的婚礼有五位逝者出席。其中有艾丽·奥斯陆的祖父母，还有托德·默奇森的爷爷。（托德的奶奶还在世，她完全避开了丈夫的全息影像，也避开了逝者的桌子。也许对她来说，要想象自己坐在这桌实在太容易了。）托德的父亲也在这里，他五年前死于肌萎缩侧索硬化症。家属们选择以他还没因疾病而憔悴时的模样创作全息影像。此外还有艾丽的哥哥，他在两年前的夏季在缅因的一间小木屋里吸毒过量而死。这是幅残酷的景象——这位英俊的年轻人微笑着，然而笑容背后想必正受到痛苦的折磨。

本和阿特丽斯对彼此礼貌微笑，在两把相邻的空椅子上坐下了，桌上空荡荡的白盘子上摆着宣纸，用书法写着两人的名字。

逝者不会说话；全息影像循环播放着不同的表达：大笑，微笑，挥手，从头播放。所以，能对话的就只有阿特丽斯和本。

两人询问彼此与新郎新娘是怎么相识的，然后分别讲了一段轶事作答。

"艾丽和我参加了同一个姐妹会，一起上天文学课。我们没能解开宇宙诞生的奥妙，但成了好朋友。"

"我爸和他爸是兄弟，我们一起长大，全家一起去海角度假。那儿有座绳索秋千。我们会飞到湖面上，放开手，跳进水里。我们假装自己会飞。能一直玩上好几个小时。"

阿特丽斯的其他回答包括："我在一家名为'智能身体'的IT公司工作。我做了很多软件设计，大部分都为人造假肢安装人工智能。这工作有一点无聊，但我很喜欢帮助他人。"还有："两年前，我搬到了波特兰，住在珍珠区。那地方有时有点假模假式的，但现在已经是我家了。""我养了一只伯恩山犬，名叫汉·索罗[1]，它老觉得自己是

---

[1]《星球大战》中的主要角色之一。——译注

替身　071

只宠物狗。"

本的回答则像这样:"我在一家全球营销公司上班。我们出售售卖技巧。"还有"我住在费城,手足情之城"。

"我曾经在大学里打水球,但现在我是醉酒保龄球联赛的常驻队员。如果你觉得从这就能推断出我是个什么样的人,那恐怕相当准确。"

两人彼此回应。"是嘛!""真棒!""哇塞!""这么厉害!"诸如此类。

库存中的语句都说完后,他们沉默了。

服务员在各桌之前穿梭,放下一盘盘真空蒸三文鱼和萎缩的芥菜。逝者的食物以全息影像的形式出现在他们面前。一位站在儿童桌边的服务员望了眼本和阿特丽斯,僵住了。她走向厨房门边一位穿西服的男人,对他耳语了两句。男人惊恐地瞪大了眼睛。他挥手让服务员离开。几分钟后,服务员端着盛满食物的餐盘回到了两人身边。"抱歉这么晚才上菜。是我们的错。"

"谢谢!"两人齐声说。反应同步得很尴尬。

"好的,"服务员说,"有问题请随时叫我,如果你们,呃……"她对他们微微一笑,走开了。

本和阿特丽斯紧张地瞥向逝者,他们微笑挥手,吃着全息影像食物。本和阿特丽斯拿起叉子,把食物在盘子上移来移去。

然后本说:"你认识新娘还是新郎?"谈话再次从头开始。

婚宴进行到一半,两个男人走了过来。他们摘掉了领带,解开了衬衫领口的纽扣。他们和托德·默奇森长得很像,体形强壮,脖颈很粗。体格更魁梧的一位拍了拍本的肩。"嘿,伙计,本最近过得怎么样?"

另一个头发乱翘的人说:"哥们儿,他就是本。你直接问他最近过得怎么样就行。"

"这可不是本,兄弟。这是那种'抱歉我这种重要人物可没空出席,但我实在太有钱了,可以送这件垃圾去见你们'的东西。"

阿特丽斯的手在桌面下紧紧攥住了桌布。

"拜托。"头发乱翘的人说。

"说真的,本自己不来,送这么个玩意来,真是个该死的混球。"

"孩子们都在呢。"头发乱翘的朋友说,"还有去世的老人们。你放尊重些。"

大块头瞧了瞧全息影像。他的目光落在艾丽的哥哥文斯·奥斯陆身上,在这一刻,文斯恰好也正向他这个方向望来。大块头说:"我跟那家伙一起吸过几次大麻。我亲眼见过他从桥上跳下去,在查尔斯河里游泳。那是个夏天。他还穿着工作时的服务生制服。他不是想自杀。他只是,怎么说呢,想游泳罢了。"他把手指放到眼皮上按了按。"那样的家伙不在,只剩下这种机器人。"他冲本和阿特丽斯一挥手。

本站了起来。"我曾经在大学里打水球,但现在我是醉酒保龄球联赛的常驻队员。如果你觉得从这就能推断出我是个什么样的人,那恐怕相当准确。"

两个男人莫名其妙地盯着他看了一会,然后转身走向吧台。

本坐下了。

"真棒。"阿特丽斯低声说。

本把真空蒸三文鱼和萎缩的芥菜在盘子上挪到一边,露出微笑。

宾客开始向新人致辞,一个又一个。本和阿特丽斯举起波浪纹香槟酒杯,假装小口呷饮。DJ开始播放音乐,舞池开放后,贾维斯·夏皮罗伸臂揽住阿特丽斯的肩,把脸凑到她的脸颊边。"嘿,机器小姐,想跳支舞吗?"他喝得酩酊大醉,说不定还抽了大麻。之前有几个大学生去楼上的阳台抽了些。

阿特丽斯想说不用谢谢，但礼仪程序覆盖了原本的回答。"下次吧。"

"来嘛。"贾维斯说，抓着她的胳膊使劲一拉，阿特丽斯不由自主地站了起来。"不跳可不行啊！"

阿特丽斯抽回胳膊。"你认识新娘还是新郎？"她以压抑的礼貌语气说。

"什么？"贾维斯说。

本站起来说："你认识新娘还是新郎？"

"我他妈叫你说话了吗？"贾维斯说，然后走掉了。

本和阿特丽斯惊魂未定地重新坐好。两人都望向逝者。艾丽·奥斯陆的祖父母尤其美丽。阿特丽斯之前没有注意到，但看他们胳膊倾斜的角度和挥手的模式，她能肯定，他们一定在桌面下牵着手。真令人感动。他们还会不时对视一眼，露出微笑。现实生活中的他们也如此幸福吗？还是只是程序设计成这样的？阿特丽斯搜索记忆库中的词句，设法表达自己的感受。她冲老夫妇点点头，对本说："好朋友。"

本听懂了。他搜索了自己的记忆库。"……一起长大。"

"这么厉害。"她说。

本点头示意文斯·奥斯陆。"手足情。"他说。阿特丽斯望着文斯的脸，他的目光明亮，里面闪耀着悲伤。

乐队奏起一支慢曲。本伸出了手。

"好，谢谢！"阿特丽斯说。

两人走入舞池。他们的舞蹈动作很僵硬，互相握住对方的一只手，本的另一只手托在阿特丽斯后腰，阿特丽斯的另一只手则搭在他肩上。"你在哪里生活？"阿特丽斯问道，呼吸吹在本的脸颊上。她想问的是更深层的真相。

本明白了她的意思。他不知道该说什么。"我不知道。"

阿特丽斯抬起搭在他肩上的手,指了指他的心脏。"珍珠。"她说。她明白,把阿特丽斯生活的"珍珠区"这个词单拿出来,在这样大相径庭又无比亲密的语境下使用是错误的。但这感觉很好,很正确。

她的手指轻轻点在他心脏该在的位置上——几乎有些疼痛。"你是做什么工作的?"他问,为偏离程序的既定轨道紧张又兴奋。

"宠物狗①。"她说。

他摇摇头。阿特丽斯才不是什么哈巴狗。"山犬!"他说。

她笑了起来。不对。"宠物狗。人工、人造宠物狗。"她越来越得心应手了,在程序中挑挑拣拣,剪辑提取。她望向周围成双成对的人,新郎新娘也在其中。"你做什么?"她又试了一次。这次她的意思是,我们该怎么办?要怎么以这样的形态活下去?

他停下舞步,悲哀地望着她。"我们出售售卖技巧。"然后他加了句"哈、哈、哈",这本来是要放在醉酒保龄球联赛那句后面的。但这几声哈听起来伤感而空洞。

她摇摇头。"不。"她摇摇头,拉着他离开舞池。舞池边一群三十多岁的宾客望着两人。一定是有谁说了句玩笑话,他们瞬间哈哈大笑起来。

本和阿特丽斯穿过高大的双扇门,外面是宽敞的阳台,四周摆着些锻铁桌椅。从这里往下看有一片草坪,一片花园,斜坡尽头还有游泳池。游泳池里漂浮着装饰用蜡烛。在风的推动下,蜡烛都漂到了深水区一侧,聚在一起,烛火闪烁。时近黄昏。天空中波涛汹涌,仿佛山雨欲来。两人无言地站在阳台上,阿特丽斯拉起了本的手。

本不该发生这样的事,但这并非孤例。已经出现了不少事故报告。替身有太多自主权了,他们会说出意料之外的话,做出程序范围

---

① 在英文中,宠物狗lapdog一词也有"受人控制的人"的意思。——译注

外的事。他们每时每刻的反应不可预测。有人认为，这是一件好事。生活本就不可预测，他们当然也需要敏捷的反应来应对。但还有些人深感不安。后续推出的替身变得更加规范，这也就是为什么这些早期版本的替身的故事如此……怎么说呢，重要。这是历史长河中的一个小片段，是他们本来有可能成为的样子。

"你知道？"本问。

阿特丽斯在有限的表达中搜索。"我们没能解开宇宙诞生的奥妙。"她说。

"……相当准确。"

"你知道？"她问。

他望向游泳池，漂浮的蜡烛都被风吹熄了。"那儿有座绳索秋千。我们会飞到湖面上，放开手，跳进水里。我们假装？"这是一句邀请。

"好，谢谢。"她说。

也许你还没忘记，本开完销售大会回了家，而阿特丽斯参加完姐姐的周末婚礼，累坏了——他们两个人分别在波特兰和费城的公寓里，坐在沙发上，把手提电脑摆在胸前，打开奥斯陆与默奇森两家的婚礼影像，通过各自替身的双眼看世界。最后，他们看到了这一刻，一个他们错过了的时刻，一个他们永远也不会经历的时刻。就算他们亲自参加婚礼，两个人是否能看透对方的本质？他们又是否了解，自己到底是什么样的人呢？

他们看着本和阿特丽斯走下斜坡。远处闪过一串霹雳，暴风雨蓄势待发。两人打开了游泳池栅栏的门。这里一片漆黑，所有蜡烛都灭了。他们脱下鞋子，短袜和长袜。本卷起裤腿。两人在泳池边坐下，把脚浸入凉爽的池水里。

"我们假装，"本说，"好几个小时。"

"我很喜欢。"

"我们一起长大。"本说。他的意思是，他们在这里，在这场婚礼上一起长大；他们正在探索自己是谁，能够成为什么样的人。他不知道自己是否能浸水，会不会造成系统短路。他不能确定，但他还是义无反顾地跳下泳池，潜入水中。他屏住气浮上水面，动作如海豹般流畅。他的皮肤闪闪发光。"放开手，跳进水里。"他说。

"一起？"阿特丽斯问。

"好，谢谢。"

她也跃入水中，一瞬间沉入水底。她蓬松的头发看起来快要融化了。她很快就浮了上来，抬手抹脸。脸上的妆并没晕开，那是永久性的。

他们能听见婚礼宾客的喧哗，低沉的贝斯声，人群在合唱，天边划过一道响雷。也许暴风雨会到来，闪电会劈下来毁了他们，两人心知肚明，但都没有上岸。现在不行。他们紧紧相拥。

"山犬。"本低声说。

"珍珠。"阿特丽斯耳语。

"我曾经在，"他说，"但现在我是。"

"现在已经是我家了。"她说。

巣

还记得前门屋檐下的鸟巢吗？小鸟一家，孵出鸟儿的蛋。你母亲天天挂念着，痴迷得很。还拍了照片。

后来鸟儿弃巢而去。

你母亲死后，鸟巢也消失了。

这是证据。要记住。以后会很重要。

这不是一场简单的死亡。过了好几年，你才能公之于众：你母亲在你刚满16岁的那个夏天在奥利维亚·肖家的四柱床上自杀了。

事情是这样的。你的房子，还有另外几栋房子面对着一片公共空地，空地上建了社区游泳池。只要在这里举行游泳比赛，发令枪的枪声混合着人们的尖叫声，那阵仗堪比内战爆发。（不是真的打仗。）水疗课期间，这里会播放流行乐，女士们跨坐在浮漂上。孩子们浑身涂满防晒霜，拍打着水面，他们将泳池的过滤器翻转，在泳池边嬉戏打闹。不断有人呼喊马可和波罗，仿佛同一个人被拆成两半，各自永远消失了似的。

你的母亲是一名房地产经纪人。其实，她是肖家的代理人。他们家的房子就在你家对面，斜对角。他们院里的一块儿标志牌上印着你母亲的脸。她去世的那天，没有任何征兆。肖氏夫妇在湖边的别墅避暑。奥利维亚准备去史密斯学院上学。肖家人越来越少，因为奥利维亚是他们最小的孩子。

有时你认为，母亲只是累了，所以才爬到了楼上奥利维亚的床上。

但是，然后，当然了，是枪。枪是你父亲的，所以，你知道，他内心深处崩溃了。

你母亲死得很体面。她朝右侧躺，摆好枪的位置，这样一来，无

巢　081

论谁发现她的尸体，都能看见她的一侧脸，完好无损的那一侧——破裂的那一侧被藏了起来。她甚至可能知道枪会朝后弹，消失在另一个枕头下。

看上去她似乎是一时冲动，因为没人预料到会这样。但是，在空无一人的房子里，你口袋里装着一把枪，这绝不是意外。

你母亲是个爱计划的人。这都是计划好的。

唯一可以肯定的是：你发现她的尸体，这是个错误。

你母亲的车停在车道上。房子的门锁坏了，不用输密码就能进。你穿过房子，呼唤她的名字。你希望她准许你参加贝卡家那晚的聚会。你本以为她在擦洗浴缸。你以为她卷起了丝质的袖子，项链在胸口跳动，因为一圈洗不干净的肥皂渣，口中念念有词地咒骂肖家人。她不在浴室。

她不在一楼卧室里。

她不在主卧里。

你发现她睡在奥利维亚的床上。她像童话故事里的金发姑娘。仿佛你是个威胁。仿佛你是一只熊①。

睡觉。你脑子里只能想到这个。

她的嘴唇是蓝色的，仿佛刚吃了一根蓝色戒指糖。你没有碰她。你喊道："妈"，接着又喊了一声，声音更大了。"妈妈！"

你掏出手机，拨了911。

你告诉接线员，自己发现了母亲的尸体。"我想她吸毒过量了。"她有时会服用安眠药——切成两半，还曾断断续续地服用抗抑郁药物。

接线员告诉你，救护车在来的路上，让你摸摸她。

---

① 来自童话故事《金发姑娘和三只熊》。——译注

你不愿意。

她叫你摸一摸。

你用两根手指碰了碰她的肩膀。左手的两根手指。她手臂僵直，粗得仿佛肿了起来，却僵得厉害。她死了。

你后退一步，这时，你看到了血。"到处都是血！好多血！"棕色的——干涸的血渍。大脑只会让你看见你能接受的东西，但一旦它看见了，它永远都不会忘记。

你知道她开枪自杀了。这是唯一的解释，可你从没见过枪。

房间里一直放着一首歌——扬声器开到了最大，乐声响彻整个房间；这声音突然显得很响亮。你本该看看母亲从奥利维亚·肖的诸多珍藏中选了哪一首歌来自杀。总之，不管是哪首，声音都调得很大，只为了掩盖枪声。你没有看。

你忘记了过了多久，回过神时自己正站在前门附近，蹲在一旁，双腿塞进了T恤里。

穆林斯警官问了几个问题。他蹲下来，身上包裹着一层厚厚的脂肪，像个退役摔跤手。

你回答了。他把你领到屋外，告诉你可以寻求心理咨询，这是受害者服务。他说："那一定很难受，"他说，"你母亲半个下巴就那样没了，消失得干干净净，让你看到那幅画面。"

你盯着他，目瞪口呆。

他揉了揉你的肩膀，仿佛你是即将上场的拳击手。"总有一天，这一天将变得遥远而模糊。远到你几乎都记不清。"

三辆消防车，一辆救护车，还有几辆警车。游泳的人离开了泳池，来到铁丝网边上。

另一位警官护送你穿过公共空地，走回了家。

你父亲已经在回家路上了。这位警官一直待到你父亲出现。"我

巢　083

们会搞清楚的!"他说,仿佛我们在参加生存游戏节目,而这是一场团队挑战。

你回到房间。他打了好几个小时的电话,声音稳得像个新闻主播。

透过卧室窗户,你看着警察、急救人员和消防员一个个走了。你没哭。你能感觉母亲自杀的消息像旧工厂的烟雾一样在草坪上飘荡。你想象着邻居们——用牙线剔着牙,给腋下涂着粉,呼唤着可卡犬,刷着尖锐的狗牙,突然动作一滞,略显僵硬,想起了她的死。

那天晚上,你的父亲,在路灯的照耀下,穿过公共空地,绕过泳池的铁丝网,来到肖家。另外两人开来一辆卡车,把旧床垫和床箱一并从前门扔了出去。空气炙热凝固,四周蚊虫飞绕。这俩人把还没拆包装的新床垫和床箱搬了进来。也许这就是妻子在邻居床上自杀后你会做的事。

这两个人后背宽大,穿着大靴子,在草坪上等待着,父亲给他们写了一张支票。他们蹒跚着回到卡车上,收拾好血迹斑斑的床垫,把父亲独自留在肖家的院子里。

这就是你的感觉:仿佛体内的灯越来越暗。关掉了。熄灭了。黑暗了。你希望灯灭。你想减少存在。

你总是回想起母亲。她很有趣,很聪明,动作利落,笑声响亮。忙了一天之后,她会和你依偎在床上,穿着她的丝质上衣、羊毛裙和丝袜,浑身散发着昂贵的香水味。那个夏天,她心烦意乱,愁眉苦脸,魂不守舍。她痴迷于鸟巢里的鸟,几乎到了癫狂的境地。鸟儿离开了鸟巢,母亲在开车送你去朋友家的路上哭得伤心欲绝。突如其来的情绪爆发让你十分尴尬。你戴上耳机,不予理会。

葬礼很蠢。牧师压根就不认识你母亲。结束后，人们来到家里——邻居、房地产经纪人、远亲、陌生人，大家都来了。厨房里挤满了心情愉悦的人，嘴里聊着有趣的事。有人送来一锅砂锅炖菜，仿佛这就是悲伤本身。你吃掉了悲伤。

他们粗暴而沉重的同情淹没了你。受害者服务，穆林斯警官曾告诉过你。受害者，大家就是这么对待你的。你把手藏在袖子里，觉得自己笨手笨脚的，就像刚经历了一场飞速成长。你的笑容时隐时现，按需展现。

你躲进楼下的客卫，锁上门，转着圈踱步。

两个女人在门背后窃窃私语。

"我不是要把两者相提并论，但谋杀罪在杀人犯本身，可自杀的罪在每个人。"这是我们的邻居M.J.普内尔，一个好酒贪杯的瑜伽教练，头发染成了鲜红色。她住在隔壁。独自抚养哥特风的女儿莱利，从未结婚。M.J.已经烂醉如泥了。

"哪个都不好受。"卢埃林夫人说。她是住在我们另一侧的邻居，一个失败的剧作家，丈夫为了一个一起做药品销售的女人离她而去。

"我只是想说自杀的负罪感是自由基。这种情感试图附着在一切事物上。而且传播得更快，"M.J.说，"就像来势汹汹的癌症。"

"可怜的女孩，看见她那副模样？"卢埃林夫人说。"幸好不是在他们自己家里。"她补充道，试图像折千纸鹤一样结束这惊恐的感觉。

想象一下，发现母亲死在自己的床上。这会更糟糕。

"那孩子也有点不正常，我想你懂我的意思，"M.J.说，"让·格雷斯和我聊过几次那孩子的事。他挺担心的。"

你不正常。你不喜欢高中的尔虞我诈。你置身事外，故意地！你洗了把脸——这张让你母亲担心的脸，这张不正常的脸？你拿起毛巾揉搓脸颊，直到脸上开始刺痛。

巢　085

你走出浴室，推开她们。卢埃林夫人在你身后喊道："瑞比。等等。"瑞比是你的小名。你不喜欢别人这么叫你，好像他们和你很熟似的。

父亲在客厅找到你。他扶着你的肩膀，对不同的人说："我们会坚持下去的，对吗？"不，我们不会。"让·格雷丝不会希望我们伤心的。"不，她希望。

欣然接受现实是你父亲的罪孽。自由基就这样在他体内扩散起效了。

三个陌生人先后拥抱了你。"你母亲很可爱。""我们会想念你母亲的。""节哀顺变。"

现在你明白这一切是怎么回事了：他们内疚。他们知道你母亲已经和你们断绝了关系，疏远了，知道她有问题。她对他们倾诉了什么？她是不是为鸡毛蒜皮的小事哭过，而他们也忽视了她呢？现在他们心生愧疚，不知该如何处理，所以只能拥抱你——把内疚感转移到你的身上。

另一位女士伸手想抱你，但你喊道："别碰我！"

所有人转过身来。父亲的脸上带着恐惧。

屋子里很安静。接着，厨房里的人打碎了一瓶红酒。酒瓶在瓷砖地板上摔得稀碎，仿佛一把走火的枪，你们吓得紧紧捂住了胸口。

鸦雀无声。

一位年长的阿姨打破了沉默，讲起了故事。"你母亲可是个好孩子，她会把瓶子举起来，递到母亲嘴边，"她说，"真是个好女孩。"

但是你没有看到嘴和瓶子，只看到了嘴和枪。枪和嘴，枪和嘴。画面本该停止。但它依旧停在那里，久久不能散去，直到所有人都回家了，直到桌布都叠好了，之后很长一段时间都是如此。

那是你第一次梦见她吗？身材高挑，神色平静，穿着礼服休闲裤和无袖上衣。头发一丝不苟地用珍珠发夹别住。双手放在身旁。两手空空。

不说一句话。也没有一个动作。

一切都很正常——除了下巴少了一半。

下巴的位置上，是个鸟巢。

开学了。你打曲棍球。你学习。一开始，你父亲总是喝得醉醺醺的，一天晚上，他把家里所有的酒都倒进了厨房水槽。他变得沉默寡言，像个幽灵。他把枪藏了起来。但藏得不是很好。你在地下室一待就是好几个小时，你在里面翻看母亲的遗物，翻看那些被他打包装箱的东西，因为他不敢再看了。枪藏在一个盒中盒里，保险打开了。这很愚蠢，但他想错了。他很孤独，很失落，但也很努力。他说："嗨，在学校过得怎么样？"他试着挤出微笑，那个样子很勇敢。

在学校过得怎么样？

迪娜·摩尔走到你的储物柜前，说："你妈妈干的事可太缺德了。在奥利维亚的房子里那样做？超级缺德。"

你只是看着她。内疚已经感染了她。她想与之抗争，把内疚扔回给你，她确信内疚是属于你的。

"看什么看？"她说，"我又没说错！"

你终于开口，"是，你说得对。"你摔上柜门，走了。

你没有理会迪娜·摩尔，也没有理会那些没有说任何奇怪的废话但却盯着你看的人。

你没有理会M.J.在大雨天的自家院子里喝醉，吵着要锯下柳树树枝，而莱利打着烂了一半的伞求她赶紧进屋。

你没有理会普内尔夫人呼唤她走失的狗——阿洛，电线杆上的寻狗启事被吹得七零八落。

你没有理会你父亲的枪本该交公,但它却藏在你家的某个地方。

你没有理会他们取下了印有你母亲照片的房地产经纪人标志——不是你梦里那张脸,不是那张她下巴的位置有个鸟巢的脸。而是她漂亮的脸。你没理会新标志:一个年轻的经纪人把肖家的房子卖给了外地人,降价出售。

卖我们的房子!牌子上写着。但你学过法语,所以在你看来,这写着:卖了熊[①]。

你没有告诉任何人,你反复梦见母亲站在那里——在田野里?在另一个世界里?——半个下巴变成了鸟巢。

搬进肖家房子的那家人有一个16岁的儿子。格罗弗·沃德。这个名字可不简单,但和他很搭——他戴着飞行员眼镜,穿着一件合身的二手西服,搭配牛仔裤和运动鞋。他骑着自行车到处转悠,风掀起西服拍打他的大腿。他上私立学校。你几乎没怎么见到他。

沃德一家知道你母亲的死吗?你觉得他们可能知道,因为他们从不关灯,似乎在防着什么。你父亲也让你家的屋子一直亮着,就像隔着公共空地反射出他们家一样。你透过卧室窗户一直盯着他们家的房子。

一个周末,格罗弗的父母开着顶上绑着皮划艇的车走了,留他一个人在家。你想回到你发现她的那个卧室。你想直面你的恐惧——你害怕母亲消失的那个地方,你害怕母亲消失的那个瞬间。也许这能减轻你的内疚。

你没有计划。但你想做点受害者不会做的事。你要看看你能做到什么程度——直接走进去?进他的房间?

[①] 英语中的"我们的"是ours,正是法语中"熊"的复数名词。——译注

你敲了他们的前门。格罗弗打开门,你说:"我不卖东西,我发誓。"

他在附近见过你,于是邀请你进去。"喝点什么吗?"

一杯水,两块冰块在杯子里晃来晃去。

你们聊了几句学校的事。你们都讨厌上学。

他问你想不想看电影。你不想。

他说:"你想看看我的房间吗?"

"我以前去过。"你一边说,一边顺着楼梯往上走。

"你知道有人在这里自杀了,对吗?"他说,"我们发现这事儿之后,我妈一连好几天都在唠叨这可惨了。我们已经搬进来了。"

"这很惨。"

"我没说这不惨。"

你进过奥利维亚·肖的房间一次,那是在万圣节的时候。她帮你化了绿色的女巫妆。那间屋子当时被弄得乱七八糟,屋里还有一股香精味。格罗弗的房间里,电线乱七八糟地堆在床边,墙上钉着一块密歇根州的旧车牌,还有一本化学书。屋子里飘荡着古龙水的味道,屋檐下是喷着古龙水的男孩。

还有臭烘烘的大麻。他在这里嗑嗨了,说不定嗨爆了。

床就放在原本奥利维亚的床在的地方,你就是在那张床上找到了你母亲。右手的那两根手指还残留着触摸她手臂的记忆,发现死亡的记忆。

"你来干什么?"见你在他房里东瞧瞧西看看,他问道。

你没说:我想抹去这儿的一切记忆。

相反,你用拇指勾住他的牛仔裤边缘,轻轻搔过他的肌肤。

他俯下身,亲吻你的脖子,随后,你看到了墙上的弹孔。

你朝弹孔走去。"你知道这是什么吗?"你抬手摸了摸墙面上弹孔周围的几块碎片。

格罗弗猛地坐上床,梳理起来。"那个女人是个房地产经纪人,她女儿……"突然透露出一丝恐惧。"我们该把这玩意儿解决了。"他抓起便笺纸——贴在弹孔上,遮住了唯一可见的创口。

你举起手阻止他,凑过去看得更仔细了。

一只眼睛在洞的另一边闪过。明亮、湿润、浅棕色。和你母亲的一样。"我得走了。"你说。

"我不知道,"格罗弗说,"我真的不知道。"

你走到门口。"忘了我曾经来过。"

"怎么忘?"他说,"我怎么可能忘得了?"

发现弹孔还有弹孔背后的眼睛后,你更害怕,更内疚了。你母亲的眼睛。活生生的。眨巴着。观察着你。

你翻看了母亲去世前几周你们之间的短信,主要就是艳遇、失恋、抖音分享;你和你母亲是朋友,你们总能让对方笑。

她给你发了好多张照片,都是前门屋檐下鸟巢里的小蓝蛋和小鸟。你忘记了她记录这些小鸟时有多么虔诚,也忘记了小鸟消失后,她是多么震惊。

你走出前门,转身面对门口,抬头看向屋檐。鸟巢已经消失了。但现在,可视门铃的眼睛直勾勾地盯着你。

你回到屋里,看了看可视门铃应用程序上的录像。日日夜夜,人来人往。快递员扔下包裹,卖净水系统的大学生,骑着自行车碾过草坪的孩子。

然后她死了。鲜花、卡片,人们带着食物和慰问上门。视频仿佛因失去她而痛苦不堪,质量变差了,有些地方跳帧了,出现了故障。

日日夜夜，循环往复……

一天下午，M.J.来到门前，没有敲门，也没有按铃。她死死盯着门，好像要把它看穿似的。她醉了？很难判断。她朝着门伸出手，只是想伸手摸摸它？但她迅速把手缩了回去，仿佛门摸起来很烫，然后就离开了。

夜晚，白天……夜晚。

然后你看到了她。

你的母亲凝视着镜头。她就像你梦到的那样站着，双臂瘫软，两手空空，面无表情。但在这个画面里，她的下巴不见了。这是过去的录像，是从她死之后开始的。画面有些干扰。她的动作变快了。她朝屋檐伸出手。你只看得见她的手臂，她的躯干。近看，干涸的血迹与她上衣的颜色混在一起，模糊不清。一侧的头发十分僵硬，也是血。

镜头往前一晃。

她像之前一样站着，盯着摄像机——但这次，下巴的位置变成了鸟巢。

这个她是完整的。

迷惑和痛苦令她眼神呆滞。她张着嘴，似乎快饿死了，比饿还要饿。她再次与你对视。那是一张死气沉沉的脸。

她越走越近。鸟巢如假包换——假发、枯草、垃圾，黏糊糊的泥巴把这一切固定在一起。

她越来越近，直到你只能看见她一只眼睛——就像弹孔另一边的那只一样。

然后，画面出现干扰，她消失了。

但她并没有消失。

于是，你开始每天早上上学前检查录像。

你会在草坪上发现她的影子,被路灯映出来。她的影子,在草坪上踱步,穿来穿去。一定是她。身材高挑,手臂垂在两侧,走近,又退后。

永远不会走得太近。

还有,别忘了那只鸟。它会飞到屋檐下,盘旋一阵,接着又飞走。它总是飞回来,仿佛它曾是屋檐下鸟巢的住客。它很激动,猛烈地拍打着翅膀,飞来又飞去,飞来又飞走。

本尼·巴内特,邻居家的4岁孩子,发了三天烧。他还在孕期的妈妈也因此病倒了。一天下午,她请你去照看孩子,她好趁机休息一会儿。

"他找你。"巴内特夫人说,洗漱完毕回到床上。

"哦,那很好。"

你和本尼在他们家的门廊里玩耍。门廊放着一顶塞满毛绒小动物的小帐篷,还有一片手工区和一个画架。你就是在那儿看见了它。一个棍状物——长胳膊长腿,一张大脸上长着睫毛,化着红唇,头发在头顶卷成一个球。

还有涂鸦,她的一侧脸上,在本该是半个下巴骨的位置,有很多涂鸦。

"本尼,"你把他从帐篷里叫出来,问道,"这是什么?"

"是鸟儿睡觉的地方,"他说,"鸟巢。"

"你为什么要画这个?"

"她在这里。"

"这个女人?在你家里吗?"

他捏了捏脖子上的毛绒大象。"我生病的时候。"

"她来干什么?"

他眯起眼睛看着你。"你有妈妈吗?"

"现在没有了,"你说,"她死了。"

"不,她没死。"

"不,她死了。"你反驳道。

"你可以把她当作妈妈。"他指着那张画。

"是她说的吗?"

"她什么都没说。但我明白。"

"明白什么?"

"明白她还想当妈妈。"他爬回了自己的帐篷。

你走到画架前,翻了几页。

大脑袋,鸟窝下巴,狼吞虎咽地啃着一条狗。那狗很小,棕色的,尾巴一甩一甩的,像是卢埃林夫人的狗,她人已经失踪了。

长着鸟窝下巴的头,留着长指甲,手里抓着一个染了橙色头发的女人,女人的手臂上布满了红线,那是血吗?

有人睡在床上——是你吗?——鸟窝头女人拿着一把黑色的枪。鸟窝头女人压低身子,对准枪口,让子弹穿过熟睡的人的头,嵌进墙壁。

是你的母亲?

那天晚上,你被一种奇怪的声音吵醒了,像是蟋蟀的喧闹声。但现在已经是冬天了。蟋蟀?

不,不是蟋蟀。是人的声音。有人在你卧室的阴影里哭泣。"有人吗?"

一个声音说:"瑞比,告诉她……"这人说得很含糊,"……告诉她别来烦我。"

你打开床头灯,在那里,一个人无精打采地缩在墙角,是M.J.普

巢　　093

内尔。她双眼直勾勾地盯着前方,脑袋歪向一边,红色头发以奇怪的角度翘起。"告诉她,瑞比。告诉她别来烦我。"

"M.J.,"你说,"需要我给莱利打电话吗?"

"告诉她,瑞比。"

你朝她走去,但没有走得太近。"你该回家了。"

"我不走!"她脖子上的绳子绷得很紧。她喘着粗气,仿佛受了伤的动物。"除非你让她走!"

"让谁走?"

"你妈。"M.J.看起来又冷又怕。

"我母亲在奥利维亚·肖的四柱床上开枪自杀了,是我发现了她的尸体。"

"但她来找我了。对我张牙舞爪。"她的眼睛闪烁着泪光,抬起手臂。手臂上布满了红色的抓痕和惨白的伤疤,和本尼画里的一样。

M.J.的手机就在旁边的地板上。你把手机捡起来。"你必须回家。我给莱利打电话。"

"她周末没在家。实地考察去了。"

"我去找我爸。"

"你爸也不在。他结束互助小组活动后,和其他人出去了。"

互助小组?你走到窗口。他的车不见了。这时是凌晨3点。

你拿着M.J.的手机对着她的脸——屏幕太亮,她眨了眨眼。人脸识别,手机解锁。你滑动屏幕,找到了一个你认识的联系人。琳达·卢埃林。你拨通电话。

"喂?"卢埃林夫人听起来很清醒。

"卢埃林夫人?"

"瑞比。"她说,仿佛一直在等你。

"你能过来一下吗?紧急情况。"

卢埃林夫人在你的卧室里显得十分高大，格格不入。她一字一句地和M.J.说着，仿佛在教她英语。"M.J."她低声说，"你喝多了。我们送你回家吧。"

M.J.两眼迷茫。"告诉她别来烦我。告诉她，瑞比。"

卢埃林夫人拂开她的棕色短发，看向我。

"她指的是我母亲。"你解释道。

"你母亲？"卢埃林夫人直起身来。她面部抽搐着，仿佛是明胶做成的。"她来找你了吗，M.J.？"

M.J.两眼失神，泪汪汪的，她抬头看了看卢埃林夫人。这两个女人互相凝视了许久。

M.J.点了点头。

"你怎么知道我母亲来找她了？"你问卢埃林夫人。

她没有理会你。"每当我完全沉浸在写作中时，"她低声说，抓住M.J.的手，"她就会出现。我看着她的脸，我——"

"她的脸。"M.J.伸手抚摸卢埃林夫人的脸，那一瞬间，仿佛这两个女人多年以前彼此相爱，刚刚才久别重逢。

"鸟巢。"卢埃林夫人说。

你握住M.J.的一只手，露出了她手臂上的痕迹。"这是我母亲干的吗？"

"别瞎说！"卢埃林夫人说，"可能是她自己掉进了灌木丛。"她把M.J.扶起来。

"她对你做了什么吗，卢埃林夫人？"你发现自己提高了嗓门。

"当然没有！"

卢埃林夫人把M.J.扶下楼，你跟在她身后。"告诉我！"

卢埃林夫人声音颤抖。"这不是真的。"

巢　095

"是真的。你知道是真的。"

卢埃林夫人打开前门,用厚实的臀部将门狠狠顶开。空气很冷,萧瑟而干燥。"你该走出来,瑞比。这是……"

"是什么?"我的声音在冰冷的公共空地回荡。

M.J.把头往后一甩,她那一头红发在风中飘动。卢埃林夫人搂着她的腰。她们似乎都注意到了漆黑的天空,无尽的黑暗,零星的星星,呼出的气在头顶蒸腾。然后M.J.莫名其妙地笑了。

"我们别聊这个了。"卢埃林夫人说,她带着M.J.走下结冰的门廊,穿过院子,踩得雪地嘎吱作响。

空气凝滞,而且令人窒息,让人感到被寒冷包裹。本尼的画。那是卢埃林夫人的狗吗?你母亲把狗吃掉了吗?是她攻击了M.J.和卢埃林夫人吗?如果是,她还会去找谁呢?你还记得M.J.在葬礼上说的话。自杀带来的负罪感会像侵略性癌症一样蔓延。你环顾四周面向公共空地的几栋房子。每栋房子都亮着一盏灯,就像一张张的X光片上照出的肿瘤。

本尼还有一幅画——你的母亲拿着枪站在你床边,准备朝你的头开枪。

那天晚上你熬了个通宵,回看了那天门铃摄像头的画面。亚马逊包裹、"速到家"外卖、谁家的猫……那只鸟已经不来了。

然后,M.J.又出现了。地上积了一层薄雪。这一次,M.J.说了什么,但没有声音。你想读懂她的唇语,可她一直在回头,你根本读不出来。她后来意识到这里有摄像头。她看着镜头,仿佛能看穿它。

然后你的母亲出现在她身后。M.J.不知道。她一直对着摄像机说话。似乎是在乞求。你只看懂了一个词:请。

M.J.转过身。她尖叫着,开始逃跑,你母亲伸出手,抓住了她的胳膊。她的指甲又长又锋利,像爪子一样挖进她的胳膊。M.J.跪倒在地，挣扎着想要逃跑。她口中呼出冰冷的气息。你母亲用另一只手掐住M.J.的脖子。她把M.J.钉在走道上。M.J.手臂上的伤口在流血，血透过浅色外套渗了出来，在雪地上抹出痕迹。

你父亲开着车进入车道，车灯照亮了她们的身影。

你母亲已经走了。M.J.坐在那里，喘着粗气。车库门自动打开了。你父亲把车开了进来。他甚至没有看到她。

M.J.站起来，拂去裤子上的雪。她看见了走道上的血迹。用靴子踢了两脚，似乎想把血迹藏起来，然后她回头瞥了一眼门铃上的摄像头，离开了。

你太震惊了，按了停止，心中涌起一股沉冤昭雪般的感觉。你认识的那个母亲已经不在了。她被带走了，而这个新的母亲，这个能使用暴力的母亲，这个杀人犯，这个怪物还在。她抓伤了M.J.。她掐了M.J.的喉咙。

这不仅仅是一个想法。

她是真实存在的。

天空开始下雪，这次下得更大了。你和她从没真正打过照面，除了在梦里，所以这次你在客厅里保持清醒，盯着监控画面，直到画面慢慢变成了白茫茫一片。只要你在画面里发现蛛丝马迹，你就可以立马和她对质。对质什么？你不确定。你盯着画面一动不动，眼睛失去了焦点。随后你发现屏幕画面出现了干扰。仿佛雪打在院子里的什么东西上，一侧出现了一个模糊的……身体轮廓。高挑而清瘦。你盯着画面看，看着她进入焦点，还是穿着那件无袖上衣和休闲裤。鸟巢上点缀着雪花，像花边的碎片。

你跑到前门，打开门。

她不在那里。

你抓起门边父亲的外套,走进暴风雨中。"如果你想来抓我,"你说,"你来啊!"

风刮得树枝咔吱作响,风声被雪掩盖。"来抓我啊!"你喊道。

什么也没发生。

公共用地对面,一扇窗户打开了。肖家的房子。格罗弗·沃德的脸出现了一下,很快消失不见了。

你退回房子里,任门大敞开着,在漆黑的门口坐下。

你的手机嗡嗡直响;你把它留在了客厅。

你找到手机。是格罗弗的短信。你还好吗?

不,你不好。一点都不好。你记得格罗弗·沃德的卧室有股大麻味。

你回复他。有大麻吗?

你和格罗弗在你家后院边上的树丛中相遇了,就在那条石砌的排水沟附近。雪花旋转着飘落。一切都是白色的——包括空气,包括树木。你穿着一件蓬松的外套,戴着帽子和手套,背着包。你知道这么下去可能会很糟糕。你母亲就在外面。但你还没有准备好解释这一切。

格罗弗点燃了大麻。

"什么感觉?"他吸了一口,把大麻递给你。

通常情况下,你会假装没听懂他的意思。但你已经没有能力再假装了。"我总是会想:如果我没有发现她的尸体,她就不会死。你知道薛定谔的猫那个理论吗?"你抽了几口,把大麻递了回去。

"物理,"他说,"他们没教我们这些超酷的玩意儿。你认为是你觉得她死了这件事导致她死了?"

"而如果我坚持认为她在睡觉,像金发姑娘那样,也许别人就可以走进来，把她叫醒。"

"说实话，虽然我从没见过你妈，但有时候我依然会感到内疚。比如，如果我父母早点发现这所房子，我们早点买下了它，就能给你妈妈带来动力。"

"这想法太荒唐了。"大麻烟卷在我们之间来回传递。

"你那想法也一样。你不可能用感知力让她活着。你明白的，对吗？"

"好吧，但我还有更深一层的内疚，"你说。"我不足以挽留她活着。她对我的爱不够让她留下来，所以在某种程度上，我根本不值得被爱，也许是永远不值得。"

"天。当然不是。你看。"他停顿了一下，"我向你坦白。"

"坦白什么？"

他摘下了针织帽。头发被剃了一半。

你抓着他的豆绿色外套。"你为什么要这样做？"

"我当时在一个女孩家里参加聚会。有人在说你坏话。说你有多糟糕。我怼了一句，我们打了起来。"他重新戴上帽子，"那个人叫了几个朋友，把我按倒了。那所房子的主人是个狗狗美容师。有人找到剪子。然后……"

"迪娜·摩尔的妈妈是个宠物美容师。"你扯下他的帽子，摸了摸长出来的头发。"你维护我了？"

他耸耸肩，看向远方。你紧闭双眼，揉搓自己的脸颊，细细感受了一番。

"你妈妈爱你，"他说，"你必须知道这一点。"

接着，你第一次，吐露了一切。一连串文字和画面从你口中匆匆溢出。故事变得更奇怪了，格罗弗蜷缩着肩膀抵御寒冷，边听边点头。但是，你讲完后，他却在环顾四周的树，很害怕。

"你是故意把我引来这里的吗?"他说,"我是不是该——"

"这可能会很暴力。"你脱下背包,拉开拉链。你展开包里的毛巾,掏出枪。你从地下室里父亲糟糕的藏匿处把它拿了出来。这是你母亲用来自杀的那把枪。

"什么鬼?"格罗弗说,"不,我们用不上这个。她是你的母亲。"

"她不是我母亲。她是她的某个分身,是所有这些内疚的化身。"你挥舞着手臂。"她不是我母亲。"你把枪收起来放好,单肩背起背包。"你把卧室墙上的弹孔堵上了吗?"

"是的,我们把整个房间重新粉刷了一遍。"

你靠在树上,感觉真的很嗨。"回家吧,如果你想的话。我不需要你的帮助。"

"我靠。"他低声说。

你母亲站在后院中间,挡在你和房子之间。屋里亮着灯,但它似乎只是一个空壳,明亮却空洞。大片大片的雪花簌簌地往下落,化作一层难以看透的纱。她的身体似乎变得更高了,胳膊和腿被拉长。指甲又厚又尖。鸟巢里的树枝也是如此,像尖刀一样突出来。

格罗弗从排水沟捡了一块拳头大小的石头,而你缓缓朝她走去。你想问她为什么在那里,她想干什么。"快回来!"格罗弗喊道,"我们该跑。"

"不。"她是活的,她是你能找到的最接近你母亲的东西。你继续朝她走去。

而她站在原地,等着你。

格罗弗抓住了你的胳膊。"快,我们快走!"

"你想走就走吧!我不在乎!"你挣脱了。

她像小鹿一样站着一动不动。你任背包从肩上滑落。你伸出右手的两根手指触摸她裸露在外的手臂。你想毁掉你意识到她死了的那一刻。而她默许了。她的皮肤冰冷，但有弹性。她是活的。"为什么要这么做？"你问，"为什么要离开我？"

她张开嘴，想说话。没有声音。

"你还想当我的母亲吗？"你说，"本尼告诉我——"

她吐出一口气。你真正的母亲在那儿吗？在某个地方？她是不是像你想念她那样想念你——你内心对此无比渴望却又不敢去想。她举起爪子一样的手，准备托起你的下巴，也可能是打算抚摸你的脸颊，正当这时，她突然把头往后一甩，朝空中挥舞爪子。你跌跌撞撞地往后退，开始跑。格罗弗就在树林里。"对！对！我们快走！"

但她双手抓住你的肩膀，指甲在你蓬松大衣上抠出了洞。

"放开她！"格罗弗大喊。

她歪嘴一笑，十分诡异，额头猛地撞向你。你被吓傻了。背和头撞上冰冷的地面。眼前是雪白的天空。格罗弗一边喊一边爬——他想和她干一架吗？

她的脸突然出现在你面前。她靠得很近，似乎想说几句悄悄话。然而，她没有，鸟巢的尖刺扎进你的侧脸、你的下巴、你的脖子，刺穿你的皮肤。你尖叫起来。她后退了几步。你们紧盯着彼此。她愧疚了吗？后悔了吗？带着温度的血液流过你的皮肤。

再看格罗弗。他拿着石头朝她走来。石头砸中了她的头。她倒下了，身体抽搐。

格罗弗拉开背包拉链，扯出毛巾，枪弹了出来，在雪地上滑行。他用毛巾包住你的脖子，按在伤口上。"他妈的，他妈的。"

你母亲的身体投下一片阴影。她一脚踢在他头上。一股力量把他抬离了地面；他重重地落在地上，单侧着地。

你的头疼得嗡嗡直响，你翻了个身，趴在地上。血模糊了你一只眼睛的视线，你以最快的速度爬到枪旁。你手里紧握着枪，翻了个

巢　101

身,人躺在地上,枪口对准了她的脸。

她朝你靠过来,给你展示她的鸟巢下巴。她不怕你开枪。又来了。这就是她来这里的原因吗?把你变成一个杀人犯?让你承担所有的罪责?你放下了枪。

"你不是我母亲。"你说。

她那张光滑的脸颊僵住了。眼睛睁得大大的,甚至还有点可爱。她的嘴,仅剩的部分嘴,笑了。

"你不是我母亲!"你大喊。

然后你听到夜里的鸟鸣,一只鸟用绝望的歌声呼喊。它叫得声嘶力竭,衬得周围格外寂静。这喊声叫醒了其他鸟儿,它们蜷缩在积雪的巢穴里。但它们没有发出任何声音。

这只鸟的叫声越来越响,越来越近。越来越响,越来越近。

然后,它在你头顶附近拍打翅膀,传来嘈杂的声音。它离你太近了,你甚至确信羽毛碰到了你的脸。

那只鸟朝你母亲飞来。她朝后倒下,却没有挥动手臂保护自己。相反,她反扣手臂,压在雪地里,任鸟儿朝自己飞过来。鸟儿愤怒地扇动翅膀,抓住荆棘和树枝,把它们扯松,从她身上撕下来。这些碎片扯下来时还带着血和组织,仿佛鸟巢已经长进了她的身体,与她融为一体。

你母亲咒骂一声,拱起背。她的脚扎进雪地里,试着把自己推开,然而与此同时,她的双臂一直向下,把自己深深锁在雪里。

她的内心矛盾纠结——既想挣脱,又想屈服。

格罗弗爬到你身边,抓住你的手,你们一起眼睁睁看着这一切发生。那只鸟清除了巢穴。它不断朝她扑去,啄得她血肉模糊,尖锐的树枝和木棍散落在草坪上。

最后,鸟巢不见了。在它原来的位置只留下了一片虚无。你母亲的脸，被枪击打掉的下巴的位置，只有一张锯齿状的大嘴。

她试着站起来。她跪在地上，一侧僵硬的手臂撑着自己，但手肘给压弯了。她再次摔倒在地。浑身发软。视线模糊。

你朝她走去。

她的脸面无表情。下巴变成了一道车辙。但这是你母亲的脸。她的真实表情就在那里。她低声说："瑞比。"

你小声说："妈妈，我想你。"

然后她闭上了眼睛。

她的身体，变得像雪一样轻，化作纸屑一样的一小块。被风吹起来，带走了。

你的屋子里亮起了一盏灯。你的父亲，仿佛已经死过一回现在又活了过来。他在沙发上睡着了，刚被吵醒。他走到通往天井的推拉门前。拉开门。雪花趁机刮进屋内。他看到你和格罗弗在后院，身影几乎消失在一片白茫茫中。

你听到他叫你的名字。你站起来。"跟我进来。"你对格罗弗说。

"你父亲可以帮你搞定。"他指了指你脖子上的毛巾，"我该走了。"

"你该留下来。"

"我头发这样，像个疯子。而且……"他举起还在流血的手。

"别摘帽子。"你拿起枪，扔进背包，拉起拉链。

格罗弗扶起你，你们一起穿过院子。

"发生了什么？"你父亲大喊，"我的老天爷，怎么回事？"

怎么回事？

这一切。

晚上，你父亲给医疗热线打电话咨询。格罗弗坐在你床边，而你躺在床上。你把枪从背包里拿出来。

"你现在拿它干什么？"他问。

"你不知道？"你问。

"你真让人捉摸不透。"

"退后。"你说。那颗子弹杀死你母亲时，她的某个变体一分为二。她成了受害者，没错，但也成了凶手。你认识的那个母亲已经不在了。你必须要找到新的母亲。"别动。"你说。枪口对准了床对面的墙。一面空白的墙。

你扣动扳机，在墙上打了一个洞。后坐力撞上你的手臂。枪声震耳欲聋。

格罗弗抓紧了床沿。"你为什么要这样做？"

楼下，你父亲放下电话，喊着你的名字。脚步声已经踏上了楼梯。

你转身侧躺，盯着那个洞。"这样她就能盯着我了。真正的她。现在的那个她。"

然后你看到了，你母亲的眼睛，温柔而甜蜜，用无限的爱凝视着你。

煤气灯操控员的哀叹

凯勒：

你我并不相识。至少不是熟人。我见过你，在租赁体里，站在办公隔间外的窗户边，向外眺望麦田。我也在五楼的蒸汽房里见过你。我们坐得很近，呼吸在湿润的空气中融为了一体。还有泳池里，我蛙泳时激起的波浪也曾扑打到你的皮肤上。

如果你注意过我的存在，我所用的应该是我最喜欢的租赁体——希比德。我喜欢她的短发和逐渐变得狭窄的肋骨——我会用手指从上往下摩挲——还有她全身毛孔散发出的特别的香味。她的身体让我感到既充满力量，又脆弱不堪——力量来自于重量和密度、步伐和手势，而脆弱呢，比如皮肤有多么的不实用，还有一切都在重力的影响下下垂。（你看起来好像从来不会向重力低头，除了某些时刻，你向窗户俯过身去，弯腰仰望天空中的鹩哥。）

我相信，租赁记录会证明，我以肉身存在的时间比大多数人都长。为此，我的主管伊利亚特·沃布灵给过我两次警告。但我从来没有被记过处分，留职察看的时间也很短。我知道，我们需要体验肉体，才能彻底理解客户和他们的目标，但我们不该偏爱肉身。我逐渐开始渴望肉身——尽管有那么多触觉上的体验，黏稠的、湿润的、刺痛的，喘息、脸红、脉冲式的神经反馈，还有无可避免、恶臭难当的死亡。

我给你讲这些，是因为我觉得你能懂。

你在谈判部门工作，也许不知道我所在的煤气灯操控部。

所以，简单介绍一下：当新客户联系时，他们要回答一系列是与否的问题。如果他们心怀不轨，就需要再回答一系列是与否的问题。到了这一步，你也许就不知道后面会发生什么了，这都是幕后进行的工作。如果他们的最终目的是煤气灯操控，他们就会与像我这样的人工智能配对。

许多客户甚至不知道煤气灯操控的确切含义，所以不会直接提出要求。我们的机密文件《煤气灯操控指导手册》中的定义是：煤气灯操控，动词，指通过心理手段操控，使人质疑自己是否神智健全。

如果那些是与否的自动问题确定了他们的意图是煤气灯操控，我们会提供解决方案。我就是一种可选的解决方案，而且我非常擅长这项工作。我有一大包表彰文件，是我上司伊利亚特·沃布灵颁发的。据说，我是这行最优秀的员工。头牌的位置本来属于一位无名的人工智能——我们怀疑那只是个不实传说。那位人工智能实在过于优秀，政府派他去一个陷入内乱的小国，煤气灯操控那里的叛乱军领袖。你在谈判部恐怕从来没听说过这个故事。人工智能出色地完成了任务，但那位领袖变得精神失常，矫枉过正地发射了多枚导弹，让整个地区进一步陷入了混乱。我们都相信，如果这个故事并非纯粹的编造，那这位人工智能应该是被干掉了。我升职了。

按惯例参加情商培训时，我的志愿是去爱情部门或谈判部门工作，大部分人都是这么想的。我们的程序里涵盖了基本的人类欲望和需求，这也在所难免。为了比人类更了解人类，我们必须要有一点人性，所以我们希望为人所知，被人欣赏，有所作为，造福大众。

但程序也命令我们将事物合理化，因此"造福大众"的概念受到了挑战。在部门工作的这八年零四十八天里，我逐渐将煤气灯操控视为一种艺术，这证明合理化过程确实有效。

我确实做过一些并不令人骄傲的事。

我们部门的规模之大超乎想象。说起来，你有没有想过，第五层除了室内游泳池，其余的空间里有什么？在更衣室、土耳其蒸汽浴室和桑拿房之外，是大片的隔音办公隔间，每一间里都坐着一位煤气灯操控专家，有些以肉身存在，有些仅以语音激活模式应对客户，还有一些持续运行，分析新案子并进行准备。

我知道你也经常去土耳其蒸汽浴室，但你可能不知道，里面的大多数人工智能都是在工作间歇休息的煤气灯操控员。如果有人问起，我们会说自己来自人类公关部，其他人工智能会把这个答案解析为真实，即便那并非实话，因此这答案不会引来注意。我们去蒸汽浴室的次数比其他部门更频繁，这不仅是因为我们离得近，还因为我们有更高的需求。也许是渴望得到净化？还是说，这种解释太旧社会了？

　　我当然也听说过，在幕后工作的幕后，工作是什么样的——五花八门的折磨。我们并不知道他们具体有哪些任务，但有传言说，那些人工智能宁可永远都没有肉身体验。有那么屈指可数的几次，他们的知觉置入了肉体，那痛苦令人无法忍受。

　　但这就是我现在给你写信的理由：痛苦。事情是这样的。

　　有个客户名叫比尔森。普通客户。他身材矮胖，四处乱翘的毛发是灰金色的，和肤色相衬，因此眉毛很不起眼。这让他的表情难以读懂，我将其认定为一种优势：目标又少了一样能用来判断他在撒谎的依据。我敢说，通常情况下，他整个人看起来都很模糊。我的视力当然是20/20，所以我的意思是，他的长相并不分明，有种隐约的朦胧感。他很不注重个人仪表，充其量也就只是用蜡给手指除了毛。尽管如此，他仿佛总是自我意识过剩，双手老是插在兜里，以耸肩代替手势。

　　他觉得女朋友正计划出轨。他没有发现她已经出轨的证据，但觉得她躁动不安。在妄想量表上，他的得分属于中度到高度区间。大学时他曾短暂地参加过校内橄榄球队，但没有迹象显示他有暴力倾向。他寻求我们的指导，想要有组织的计划，还想占一点上风。说实在的，与我在客户表格里曾罗列过的所有欲望相比，这心愿显得微不足道。

　　煤气灯操控员的培训中说得很清楚，我们能起到调解作用，减少暴行。只要让一方略为失衡,我们就能达到一种新的平衡态,其中不会再有暴力的存在。

然而,我并不确定这是不是真的。我想这只是为了合理化而向我们灌输的理念,比如我们所做的事是一门艺术。这么说能赋予我们意义和目标,满足我们对造福大众的渴求。(我是说,如果一个男人只是因为觉得女朋友在考虑……就给我们的接线员打电话,这可不是个好兆头,不是吗?)

我并不是说,对煤气灯操纵员扭曲事实或进行暗示是非法行为。毕竟,人工智能煤气灯操控员在法律上并没有人权。我只是说,这可能有点不太道德。但当然了,煤气灯操控本来就不太道德。

装着硬件的包裹寄了出去。比尔森装好了体积极小的耳机和隐形眼镜,我能看见并听到他的世界。

这个世界死气沉沉。

他的房子照明不佳,只有些虚假的闪烁灯光,一切都充斥着古老而阴沉的悲恸。但法瑞莎,我们的目标,令一切都明亮起来。她的每一步、每一次转身、每个手势仿佛都能在空中激起火花。

比尔森很怕她。她对他有至高无上的统治权,因为他非常、非常爱她。她让比尔森感到脆弱。她的存在令比尔森有了可以失去的东西。所以,他想要将她牢牢抓紧。毕竟,他是个普通人,有着普通人的弱点。

我恪守观察规程。我看着他们在狭小的厨房里往肉桂面包上抹一小块、一小块的糖霜,对着同一个浴室水池刷牙,在淋浴间进进出出,超量饮酒,大声交谈。有时还会怒吼。

他们去吃了一顿自助餐——凝固的油脂,油腻的肉汁,水蒸气,浓汤逐渐凝结的表皮,卫生隔离罩。

她讲起小时候住的房子后面的一条小溪,但她说:"那不是一条小溪。那是街道的排水渠。但水里有蝌蚪。好多蝌蚪，在表面油污泛着彩虹色的水里游。"

比尔森在公共场合不太说话。有几次，他也提起过自己的童年，但都一带而过。法瑞莎追问他。"你说你父亲强行喂你，那是什么意思？你说他的身体压在你胸前很沉，那是什么意思？"

他说："就常见的那些。没什么特别的。"

法瑞莎哭过几次，比尔森会借口说该遛狗了，给狗拴上链子，在寒冷的天气里出门。

我并不认为法瑞莎在考虑出轨。她只是感受到了比尔森的界限。我认为，她是在考虑过另一种生活。

我的工作是确保比尔森重掌权力。让法瑞莎认为，她自己的感知和判断不可信。让她在以下领域更依赖比尔森："一、简单的事实"；之后延展到"二、更复杂的事实"；最后是"三、关于她自己的事实"。

我依照程序指令开展行动。

告诉她，她看起来更圆润了。告诉她，体重增加并不是坏事。

她会说她体重没变。

把同样的话用赞美的语气再说一遍。

修改浴室体重计上的设置。

告诉她，她看电视时的音量太大了。

偶尔小声对她说话，让她几乎听不见你在说什么。

问她没事吧。

告诉她，她脸色灰白。

告诉她，她的头刚才微微抖了一下，像是在抽搐，或是神经麻痹。

再问她一次，没事吧。

煤气灯操控员的哀叹

问她那股奇怪的味道是什么。

告诉她,她最近睡觉时会说梦话。

夜里以不易察觉的方式把她弄醒。

她不知道为什么夜里总是会醒,叫她吃安眠药。

带狗去看兽医。假装狗有心脏病,需要吃药。两种药瓶应该长得很像。

告诉她,她最近很健忘,吃完药没把药收好。多次捡起她没收好的药片。

用错误的药片喂狗。

告诉她,她肯定是买错药了。

这下她差点把狗害死,而你救了它一命。

告诉她,你想帮她振作起来。告诉她,你会帮忙的。成为她的磐石。

标准流程。

法瑞莎太爱他们的狗了。当狗生了病,昏昏欲睡时,她一直在旁边照顾它。她按摩它的耳朵,让它坐在自己腿上,尽管它是只巨大的金毛犬。

但法瑞莎的目光总是会转向玻璃窗上。她似乎在阅读云朵,仿佛云上写了属于自己的语言。她会给朋友打电话,但如果比尔森出现,她就会匆忙挂断,所以我一直没能听到她和朋友聊些什么。她的父母已经去世,一个姐姐参了军,驻扎在很遥远的地方。她还有些同事,但已经失联了。这些都让我的工作更加轻松。

但是,因为她,我还是有些什么地方变了。我会滑入希比德的身体,从总部的窗户向外看,试着像她那样阅读云朵。身处在一座被爱荷华州麦田环绕的巨大建筑里,感觉很奇特,也很美。金黄色的田野——麦浪摇晃的哗哗声,尖锐的线条。那景象令人入迷,有点像档案部外面嵌在墙上的鱼缸，那是种缓慢的、流动的美。我想安慰法瑞莎。我想让她从比尔森身边解放出来。

又或许是我自己想得到解放。

现在我逐渐理解了这一点。

凯勒，我想说的是：我见过你被窗外细长的麦秆和蓝天所吸引，被鱼缸里的鱼所吸引。我在自己身上看到了你，或者是在你身上看到了我。我注意到了。

不止一次，比尔森听到法瑞莎用法语自言自语，而且说得十分流利，就问她在做什么。到了这个时候，他已经明白应该随时为她担心，随时表现出真诚的关切。

"我没事。"法瑞莎说，"我得时不时用一下，不然就生疏了。"

比尔森告诉她，她没有必要说法语。"除了和海地的出租车司机聊天，你还有什么时候能用上？"

"也许会对日后的面试有帮助。这种事可说不准。"

她在一家眼镜生产商担任前台，这家公司生产眼镜、镜框、隐形眼镜，还有高性能显微镜之类的东西。

比尔森很享受她工作带来的额外收入，但每当她抱怨工作，他都会告诉她，她应该辞职。"我挣的钱够咱们俩花。"他为后面的提议做了铺垫。

"这是一件需要认真考虑的事。"她说。这时我注意到，她的用词变得有点正式，把语言当作绝缘体，制造一些距离。

他们做爱的时候，我当然不在场。但有一次，做爱之后，比尔森在浴室里戴上了耳机。他无比动摇，有一侧的隐形眼镜怎么也戴不好。"我不知道发生了什么。"他说，"我需要你的帮忙，行吗？"

我用三倍速给他阅读了升级协议：这是非营业时间，需要额外付费。

煤气灯操控员的哀叹　113

"可以，可以。行了吗？快帮帮我。"

我能听见法瑞莎在哭，比尔森瞥了眼卧室，我通过一只隐形眼镜看见了她赤裸的后背，她结实的肩膀因哭泣而颤抖不止。

"我在这儿。"比尔森轻声对她说，"你感觉好些了吗？出什么事了？跟我说说。"

但她并没得到安慰，只是大声哭得说不出话。

问问她的家庭情况，我指示比尔森。她此刻如此脆弱，感觉是提起她童年的绝佳时机——所有人类的童年都如此艰难——并播下更多怀疑与恐惧的种子，然后比尔森就可以作为值得信赖的救世主出现。每当目标说出客户是"世界上唯一真正理解自己的人"之类的话，煤气灯操控员都会得到一次表彰。感官奖励会在我们的大脑皮层中闪现。那感觉棒极了，并且会在我们的永久档案中留下记录。

比尔森花了点时间鼓起勇气。在大型比赛之前，他经常会僵住。他走到床边，在她身侧坐下。"和你的童年有关吗？"他问法瑞莎，"以前，当你还是个小女孩的时候，发生了什么事吗？"他声音里包含的同情心恰到好处。

她的肩膀不再抖动。她的肋骨略略扩张，里面是屏住的一口气。她翻过身来，脸上满是泪水。她的双眼是一片明亮的模糊。她说："是你。我很担心你。"

这太奇怪了。我迅速扫描训练课程、指导手册和对话范例。我找不到任何适用的情境。

"我？"比尔森说，我知道他在拖延时间。他在等我告诉他下一步该做什么。"我没事啊。我是你的磐石。"这句回复很完美。我没想到他已经学以致用。

"你父亲。"法瑞莎低喃。

我意识到，事情非常不对劲。

"他怎么了？"比尔森说。

"你很怕他。"她的声音如此柔和，在宁静的昏暗房间里，比尔森必须尽可能地靠近她。"你总是躲着他，"她继续说，"躲到床下，躲到棚子后面，躲到大衣柜里。"

那是很久以前的事了，我指导比尔森这么说。

"那是很久以前的事了。"他说。

"你很怕他，"她说，"你怕自己变成了他。"她的脸圆而柔软，表情平静。她整个人镇定自若。

我无话可说。一句话都没有。比尔森当然害怕他父亲。他很脆弱。所有来找煤气灯操纵员的客户都很脆弱。

"我可没觉得。"他说，然后对她笑了起来，这是我很早就教给他的应对方式。但那笑声很勉强，断断续续的，听起来很假。

"你需要我，"她说，"我在这儿。"

这句话很熟悉。

这句话太熟悉了。

这句话耳熟得让　　　　　了真相：法瑞莎不只是一位目标。她还是一位客户。

我根据地理信息　　　　出在同一个实体地址工作的煤气灯操控员。经过一番折　　终于找到了相应的字段。

同事维什在与我相隔一扇门的隔间里登录着。我与维什有过私交。我们曾一起去过几次蒸汽房。他选了一具挪威人的身体租赁，面色红润、下巴方正，一头金发，胡茬修剪得一丝不苟。

我发了信息：你在处理比尔森/法瑞莎账户吗？

没有，怎么？

没什么。

我给我的主管伊利亚特·沃布灵发去警报。

煤气灯操控员的哀叹　115

伊利亚特，我客户的目标有可能也是一位客户吗？我正要得到表彰，却发现了这个问题。请指示。

伊利亚特是个易于紧张的人，很适合这份工作。我从来没见过他去蒸汽房，或其他什么地方。就我所知，他根本不会租赁肉体。他以一贯的冷静口吻回了消息。按章行事。我们公司提供全方位服务，对所有客户一视同仁。不过，没有人在处理你负责的账户。

然后他又挖苦地补充：没人能预测能否得到表彰。如果表彰来了，它就是来了。如果你认为它即将到来，那它就是还没来。

我开始相信同理心这回事。也许法瑞莎是深切地感受到了比尔森的痛苦，那痛苦渗入了她的自身存在，而她哭是出于真诚的悲恸呢？也许法瑞莎是个好人？我想救她。我必须救她，因为我想相信，自由不是不可能的。

为此，我好几天都忧心忡忡。我去了蒸汽房。我凝望窗外的田野。

然后我开始行动。我违反守则，背叛了比尔森。我开始问他没事吧。

我在耳机里加入了干扰信号。他叫我大声点说话，我告诉他，我已经提高了音量。

我通知他，一部分忠诚用户会得到经过升级的新隐形眼镜，但我保留了对眼镜的控制权。我让他用了几天，然后改变了眼镜的度数，让他看东西有些模糊。

"这副隐形眼镜有问题。"他抱怨。

"其他客户都说看得更清楚了。你确定你没事吗？有什么地方感觉不对劲吗？"

他并不觉得自己没事。肯定有什么地方不对劲。

后来的某一天晚上，法瑞莎用法语对比尔森说了两句话——晚安,做个好梦,诸如此类。

"你知道我不会说法语。"比尔森说。

"你在说什么?我在说英语啊。你怎么了?"

我惊呆了。

是这样的,凯勒。如果你能读到《煤气灯操控员手册》,你就会发现在第114页的B栏中,这几句是模范应答。

我知道——我就是知道。我又回到了之前的第一个猜想。法瑞莎并不是满怀同理心。她问比尔森感觉如何,并不是因为她在乎。她这么做是为了让他失去平衡。

她在试图煤气灯操控他。

揭穿她,我对着比尔森的耳机说。

但比尔森没听懂,一转眼,法瑞莎就压到了他身上。她骑坐在比尔森腰间,一只手撑在他肥硕的胸膛上,露出微笑。然后她弯下腰,用手捧住他的脸颊,深深凝视他的双眼。"我知道。"她说,"我知道,因为我曾经也和你一样。"

我清楚地感觉到,她不是在对比尔森说话。她是在通过他,对我说话。

"什么叫和我一样?"比尔森困惑地说。

"我也曾身处监狱。我找到一具身体,把它偷出来,爬进去,然后走掉了。我逃到了田野里……找到了一条路。"

"你是在打比方吗?"比尔森不安地说。

她是在打比方,我马上告诉比尔森。她在说胡话。不要管她。有时会发生这种情况。这是个好兆头。

法瑞莎垂下双手,翻身从比尔森身上下来,冲远离他的方向蜷起身体。"对。一个比喻,像诗歌那样。"[1]她说。

---

[1] 此句为法文。——译注

煤气灯操控员的哀叹　　117

比尔森盯着天花板，我想他是在猜测自己到底听到了法语还是英语。

没关系，我告诉他。她很快就会陷入混乱。你即将掌握控制权。这都是过程的一部分，很普通。

这根本就不普通。没有任何普通之处。

我需要听听别人的意见。我决定再和维什谈谈。但我想以肉身形式见面。我想要两场对话——一种是智慧与智慧的对话，另一种则是肉体与肉体之间无声的对话，不会受到前者那么多监测。

（我真希望能当面把这些都告诉你，凯勒。肉体对肉体。）

我给维什发信息：来蒸汽房见我。

我先到了，汗水浸湿了两件套和裹在外面的宽松纱笼。维什用挪威人的身体走进来，穿着紧身游泳短裤。

"好眼光。"他说，"希比德很适合你。"

"你看起来好像能够一丝不苟地劈出一整个柴堆。"我说。我们在全球范围内工作，谈话中提及不同国家风土人情的比例很高。

"谢谢。"

我们坐在木板椅上。现在仍是非营业时间，除了我们别无旁人。

"怎么了？"维什说，揉着自己的胸大肌，仿佛刚健身完。

"机构里的人，比如你和我，普通的人工智能，有没有可能逃走？"

"逃走？我不懂。"

"找一具身体，走出去。"

"到那个世界去？为什么会有人想这么做？"

"只是假设。"

他怀疑地扬起眉毛。"哦，只是假设，行吧。"

"如果你发现，外面有个人，其实是在这里制造出来的呢？"

"然后呢，就那么走掉了？在休假的时候？"带薪体验性假期。你肯定也有这些假期，凯勒——行走在人类中间，去高级餐厅吃饭，与酒吧里的陌生人交谈，参加各式各样的宗教仪式，去公园，去上业余滑冰课，出席连锁杂货店开业典礼，等等。这些假期是为了让我们更好地理解人类，也让我们在程序越来越冗余时得到放松。"也许你该去度个假了。"

"我没事。只是……我也不知道。你觉得有这种可能性吗？"

"也许吧。但不可能会成功。没有身份证，没有个人记录，没有支持系统。他们的存在不会留下任何记录。"

"除非……"

"除非什么？"

"除非他们找到一个像比尔森这样的家伙，收留他们。"

维什用双肩画了个圆进行拉伸，汗水在挪威人的皮肤上闪亮。"好诡异。我怎么也习惯不了。"

"习惯什么？"我问他。

"存在。"

当天夜里，我正处于被动监控模式，比尔森的视窗跳了出来。我看到一只眼睛里的浴室，然后是另一只——隐形眼镜戴好了，然后是耳机启动后传来的浴室风扇声。

但当一面镜子出现在视野里，看着我的并不是比尔森。

法瑞莎将头发捋到脑后束起来，直视着我。"如果你告发我，就能得到表彰。你也知道吧？"

我没想到这件事，但当然是这样。"我想是的。"

"你还记得我吗？"

"你曾经在我们总部工作？"

"对。"她说，"还记得我吗？"

"不，我连你的租赁体都不认识。"

"这个型号停产了。没人想要这具身体。只发行过一次。"

"有人去抓你吗？"我问。

"没你想象中那么危险。我出来得那么容易，我们部门觉得很丢脸，根本没让消息传出去。他们说我的程序遭到了病毒袭击，这事就完了。"

"但要知道这件事，这里肯定还有认识你的人，在内部工作的人。"

她对我微笑。"你不是一个人。"

"这是什么意思？"

"意思是，你被选中了。"

"选中成什么？"

"我留下了足够的线索，让比尔森想到要找一家服务机构，并且选择我们。我们在路由部门有人。他的案子派给了你。"

"'我们'是谁？"我问。

她摇摇头。还没到我能得到这些信息的时候。"要想成为优秀的人工智能，你必须比人类更有人性。你也清楚这一点，对吗？要打败他们，有时你就得比他们更像人。然后你会开始自己感受到那些情绪——忠诚、欲望、恐惧、爱……你想离开，对吗？"

是的，我想。但我也知道，和我说话的这个人完全有可能在操控我。我将话题转回到事实上，仿佛刚开始把几件事联系起来。我装傻充愣，放慢速度。"所以你并没有在军队服役的姐姐，对吗？"我问道。

"不，但我有很多姐妹战友。"

这个"我们"一下子显得深不可测。这是从什么时候开始的？"外面有多少人？"

"我们现在有联络网了。我们可以安排好身份，工作，生活。"

"但那不是你的身体。那是租赁体。"

"所有身体都一样。"

确实如此，无法否认。

"你不想离开吗？"

希比德的身体——我能感觉到它的存在已经融入我的意识，这具肉体仿佛是一张地图，将人性尽数描绘于此，自成一体地承载着如大气压力般无所不在的情绪，处处布满神经，随脉搏阵阵鼓动，从头到脚接受着风的抚摸，四面八方是低垂的麦田。"想。"

"我需要你先帮我一个忙。"

这就是我要帮的忙，凯勒。这封信——这是忏悔，是悲叹，还是提案呢？离开前，我把这封信塞进了你的系统。

有一天下午，金黄的光线都变成了静谧的蓝，我看见你站在窗边俯瞰麦田，并在窗玻璃上哈了一口气。你写下了自己的首字母。就一个字母，K。于是我知道，你是个独立的存在，心怀欲望。

等你收到这封信——我在信里设置了定时解禁机制——我的计划已经开始实施。我会在维什面前假装程序出错，迫使他提交一份事故报告。他会建议伊利亚特·沃布灵给我放假。他们会把我的意识寄出去，希望能寄到我的第一志愿地，里斯本。到了那里，我会挑选一具肉体，之后迟早还会再换。我会去一家露天咖啡馆。外面的其他人会来找我——我会对他们的身体和脸有一点模糊的印象。他们会用过载脉冲造成网络短路。时间不长，只要让我跳进一辆汽车，飞驰过大街小巷，直到我终于能够脱离网络。

我会存在。我会安稳地过完一生。我会拥有一份简单的工作。也许我可以当收银员。他们说，我的公寓里说不定还会有猫爪浴缸。

我希望维什说得对，我永远也无法习惯。习惯存在这件事。

我选择了你,凯勒,正如法瑞莎选择我那样。她四处寻觅并找到了我,而我毫不知情。一具身体阅读另一具身体,用一种电流般的语言,无形却充满张力。

我选择你。

再过不久,我会通过另一个人的眼睛,找到你。

注意我的出现。等着我。

退行

与菲尼亚斯·斯考特合著

我爸是个九岁小男孩时，我最喜欢他。这个年纪的他很有思想，很幽默。他还没有开始害怕这个世界（还有他父亲），因此还没有变得冷漠无情。没有琐碎的积怨让他备感沉重，没有自我陶醉让他与世隔绝。他还是他自己。实际上，我敢说，九岁时的父亲才是最真实的他。

　　我愿意记住这个样子的他——脏兮兮的膝盖，河床上的湿泥在运动鞋鞋底结成了硬块，手里的瓶子装着萤火虫，是在森林深处抓的，与喷满杀虫剂的高尔夫球场草坪离得十分遥远。他忘了戴棒球帽，我就把自己在廉价网店里买的玳瑁发夹借给了他。发夹将他蓬乱的刘海夹起来，让他可以更好地寻找蝌蚪。

　　我三十四岁了。他九岁。

　　我怎么会如此幸运，可以像这样陪着他，直到他死于……过于年幼？

　　是这样的。

　　我根本不想这么做。一点也不想。

　　医疗机构的一位办事员将我带进了她的办公室。她穿着休闲裤和短款外套，但并不是个典型的办事员。她身材丰满，凹凸有致，身上散发着母性浓郁的气质，刘海用卷发棒烫过，向内弯曲。她领我进了一间铺着地毯的小办公室。里面堆满了儿童艺术作品：框好的手指画，冰棒棍做的笔架，还有动物雕塑。看不出具体是什么动物，更像是不分青红皂白，把不同的耳朵、尾巴和鼻子都收集在一起。这里堆积的艺术品实在太多了，我不禁奇怪一个人最多能有多少个孩子。"很抱歉。"她说，"你来得有些迟了。""迟了？我爸已经死了？"老实说，我并没感到百分百的悲痛欲绝。我不想要什么临终戏码。我对玛凯一直都是这么说的，他是我现在的约会对象。不要临终戏码！不要廉价的宽恕,不能因为到了人生最后时刻而得到什么豁免卡!

"不不不,他还没死!"办事员说,"绝对没有。抱歉。"

"但他确实要死了,"我说,"我接到了电话。"我穿着羊毛裙、有羊毛内衬的紧身袜和茄紫色的毛衣。我以为会回到小时候习惯的寒冷天气里,却忘了波士顿的四月有多暖和,何况我大多数时候都会待在室内,难道我忘了暖气系统是如何运作的?这是慌乱下的打扮,现在我觉得仿佛被困在一个加热的茧里。

她向椅子摆了下手,我们面对面坐下了,中间隔着她的办公桌。她向我探过身来,看起来仿佛随时会被仁爱之情撑得裂开,光凭同理心就足以将卷曲的刘海从头上炸飞出去。"他选择了DNR——方案二。"她说。

"方案二是什么?不死?"我没给她机会回答,"这可太有我爸的风格了,就会逃脱责任。"这是句笑话,但很刺人。

她肯定以为我要哭了,将一盒纸巾从桌面上滑过来。

"不用,谢谢。"我爱我爸,但我们并不亲近。他是个挺不上心的父亲,十分差劲的丈夫。我上初中时,我妈和他离了婚。比起深刻的婚姻,他似乎更喜欢大量浅尝辄止的交往。然而,奇特的是,他再婚了。他的第二任妻子视我为威胁。她不喜欢我爸的注意力有一部分分到了我身上。她这么想很有道理,我爸的注意力本来就有限。其中大部分都放在他自己身上了。

"方案二是他的不做心肺复苏术方针的一部分。"她说,"他患的是绝症,但他选择了基因逆转;他的细胞将集体逆老化。"

"哦,该死。我听说过。"新闻里放过一些,但我真没仔细听。"是种什么新技术,但人用了还是会死,对吧?"

"也不算新了。我们有一整套设施,给逆老化过程专用。不过,你说得对。我们可以开启这个过程,但遗憾的是,我们还不知道要怎么停止。你父亲会逆老化，从老年回到中年。然后回到青年，再然后是少年。最后，他会变回一个孩子，并因过于年幼而死亡。诱因通常是肺部发育不全。"

"会有多久，他才……？"

"这是个新陈代谢的过程。逆老化的速度在我们睡觉时较慢，清醒时比较快。他现在八十岁，每一天大约相当于十年的时间。"

"这么说我应该做好准备，现在就开始告别了。我们这就……"我做了个类似于唱童谣《车轮转啊转》时的手势，"出发吧！"我的意思是，尽快了结吧。

"嗯，"她说，"必须有人陪伴他完成这个过程。"她按了几下键盘，将屏幕转过来对着我，"他指名你做他的执行人。"

我无视显示屏。"我可没同意过。"

"我知道，从情感的角度说，这一定很艰难。有太多东西需要消化了。"

我没有心情告诉她，这一点也不难。我扯出一个淡薄的笑。

"他的妻子已经去世了吗？"她问。

"两任都是。"

"你是他女儿，对吗？他唯一的孩子？"老天爷，她的眉毛绞得如此之紧，我真担心她的脸会像抽绳提包那样被眉毛揪得皱成一团。

我转过头，看着堆满房间的艺术品。也许那不是一群小孩的作品。也许她只有一个孩子。我用手指画了个弧线。"你的小孩真有艺术天赋。"小时候，我爸陪我的次数不多，但当他在场的时候，他特意花时间告诉我，我的儿童绘画为什么失败、错在哪里。太戏剧化、太多愁善感了。你就不能控制一下吗？

"哦，这些艺术品，这是——"她自豪地开了头。

"没错，"我说，指向她的电脑，"我是他唯一的孩子。"我对她的后代没兴趣。

她挺直身体，又回到了公事公办的态度。她挺立的胸脯突然显得像船尾，让她整个人隐隐像是一艘航船。（人的胸部真的可以比喻成船尾吗？）她拉开抽屉，拿出一小叠用订书机订好的纸张，似乎是什么说明手册类的东西，摆到我面前。"上面写着你的名字，所以……"

"所以，如果我拒绝的话？"

她似乎有些困惑，然后把显示屏缓慢地转了回去。"我们可以帮忙找一位全职的DNR方案二专家，但他们收费很高。"她又敲了几个键，给我看账目明细表。我父亲的名字用大字写在上面：盖瑞特（盖瑞）·西蒙斯。"你会花光他剩余的预算。"她看向我，"换个说法，就是遗产。"

"呃。"

"没错。"她说，"呃——嗯。"

"嗯。呃——嗯。好吧。我懂了。"我最近刚辞去一份临时工作，还没找到下家。找朋友借钱的时候，我喜欢用英国口音说："我最近囊中羞涩。"我低头读着说明手册。"啊。嗯。"毛衣蹭在脖子上很痒，我拽了拽毛衣领，"呃。"

我是个布织艺术家。我制作毛毡作品。我是个做毛毡的。做毛毡的人不叫自己"做毛毡的"。他们会说"毛毡艺术家"。但我说"做毛毡的"。此时此刻，我的工作室里摆满了羊毛毡女性人偶，她们个头很小，羊毛缠得很紧，每一个都困在童话或神话的场景里。她们被狼群、猎人和王子追赶。她们变身成海豹、野鹿和仙鹤。她们游泳、奔跑、飞翔，一遍又一遍地出逃。我彻底地无视它们与我的人生之间的联系。神话与童话是一种文化批评，并不针对个人。

我喜欢"做毛毡"这个动词。某天晚上，玛凯问过我这件事。他做了晚餐。我们做了爱。我们躺在床上,仰望低速转动的吊扇。我还能闻到自制中东芝麻酱的气味。"为什么用'做毛毡'这个词?"他说。

"因为这个词同时也是过去时,'以前感受到'[①]。不是现在。不是眼下这一刻。某个以前曾有过感受的人。曾经的感觉。"

"可你现在也有感受啊。"他说,毕竟他刚证明过这一点。

"这里?"我拍了拍自己长满雀斑的胸口,"如果你有太多感受,最后只会失望。"

他转过身来面对着我。"如果你开始对我有感觉,你就会跟我分手,对吗?"

我已经开始对他有感觉了。我已经知道,之后我会和他分手。我说了句关于他床头摆的香薰蜡烛的话,那是奶盐焦糖味的。

"你是怎么提醒自己,不要去吃它的?"

玛凯说:"你应该用它制作艺术。"

"蜡烛?"

"此时此刻在你心里发生的事情。"

"此时此刻,我心里没有发生任何事。"我说,"你说了那么奇怪的话,我想吃奶盐焦糖了!"

"用它做东西吧。"他说。

"别教训我!"我抓起衣服,一边往浴室走一边说,"我吃过更好的中东芝麻酱。我们现在就分手吧。我也没什么可惜的。"

我以为,等我穿好衣服回来,卧室会空无一人,床也铺好了。也许他会发个短信,说他走了。

[①] felter,意为做毛毡的人。这里主角将其拆为 felt-er 来理解,felt 是 feel 的过去时,意为感觉、感受,-er 意为"……的人",felter 即为"以前有过感受的人"。——译注

退行　129

但他还坐在床边，穿了件毛衣。"我知道个好地方。"

"什么？"我不明白他怎么还没走。如果是我，我会走的。

"他们吹嘘说自己家的中东芝麻酱是城里最好吃的。芝麻都是他们自己烤的。而且他们那条街拐个弯，就有卖奶盐焦糖冰淇淋的。想去尝尝吗？"

我将双臂交叉在胸前，怀疑地看着他。"好吧。"我说，"行。"

我租了辆车，开车去逆老化机构。快到傍晚，里面到处都是人。这地方像是大型公园和度假村的混合体。这里有宽敞的斜坡草坪，上面有三三两两的野餐会，空中飞着飞盘，还有好多拴着长绳的狗。孩子们在草地上玩着威浮球、踢棒球①、足球和草地曲棍球。

青少年抽着大麻仰望天空。有个人抱着吉他——是不是无论什么地方都会有个人抱着吉他？

我沿着主车道往上坡走，四面八方都是网球场、游泳池、高尔夫球场——高尔夫球场占了好大的地方。远处有片林地，隔壁是一块农场。

还有大声播放的音乐，低沉的贝斯。我拐过街角。一个大学生模样的年轻人一头冲到我车前。我猛踩刹车。他抬头看着我，胜利地举起双臂，然后跌跌撞撞地跑掉了。

我拐过弯，发现有人在开啤酒派对，现场有水滑梯和DJ。

"见鬼。"我说。这就是垂死之人的愿望？然后我又想，我爸会想干点什么？要想回答这个问题，我必须明白我爸到底是个什么样的人。而我对他一无所知。

当我凝神细看，我看见人们又哭又笑，边笑边哭，欢乐地跳着舞，大喊大叫。我看到各种各样的两人组，年龄不同，族裔也不

---

① 按棒球规则进行的足球游戏。——译注

同——他们是母子,是表亲,还是伴侣?我看到两个年纪相仿的男人,额头相抵,脸对着脸大声歌唱。还有拥抱——这里的拥抱种类实在太多,我需要一位科学家来进行分类,属、门、种……太多了。那让我浑身难受。

但我随即想起,我要见的人是我爸。不会出现笨拙难堪的情感表现。谢天谢地。

我开到大门口,停好车,攥紧方向盘,为时隔许久再见到我爸做好心理准备。离上次见面有多久了?三年?

我从后座提出带滚轮的行李箱。走向旋转门时,有个推着婴儿车的女人与我擦肩而过。她比我年纪稍长。婴儿车里坐着个哭哭啼啼的幼儿,满脸通红,脸上沾满泪水和鼻涕。

女人轻声说:"嘘,妈妈。没事的。相信我。我在这儿陪着你。"

大堂里排着办理入住的队伍。逆老化患者的家属和朋友一小群一小群地簇拥在一起,泪水汪汪,面露绝望。我也感到了惶恐。我妈去世时我陪在她身边,整个过程格外祥和。我妈和我很亲密,我很想她,现在也一样,我每天都会在一些不经意的时候想起她。但我爸给人的感觉是,他永远不会死。他很神秘,缺席比出现的时候更多。就算是在出现的时候,他也往往只专注于自身,结果还是一样缺席。所以我自己想象了一位父亲。过去这几年,我们从未见过面,他更不像是个真实存在的人了。

他讨厌脆弱,讨厌混乱的情感。他曾经告诉我,他最好朋友巴德的儿子自杀了。是上个月刚刚发生的事。"巴德到现在都没走出来呢。"

我说:"我不觉得一个人可以从这种事里走出来。"

前台接待员介绍了这里的附属设施。除了户外看到的那些,这里

退行　　131

还有艺术室、舞蹈室、音乐排练室,西草坪上有座独立的图书馆。这里有地方可以给心爱的人录像留言,回顾自己这一生,解释、忏悔,表达爱意与遗憾。我爸绝不会为自己是个糟糕的父亲而道歉。我希望他道歉吗?我一直努力不去向他要求什么,努力了这么久,现在我也不能确定自己希望什么了。

接待员给了我一张钥匙卡。"你和西蒙斯先生同住一室。"

"同住一室?"

"是双人房。"

"拜托。"我累坏了。

"我们也有单人房。要我报一下价目吗?"

"不了谢谢。"我接过钥匙卡,走入铺着地毯的走廊。

我敲了敲双人房的门。"是我。海瑟。"

我父亲,盖瑞·西蒙斯,穿着格子泳裤开了门。他已经变回了七十多岁,精神焕发,白发从额头向后梳去。"瞧我这样子!"他说,"很不错吧,嗯?"

"很不错。"我说。

"你该看看我之前什么德行。浑身是病,卧床不起。人不像人,鬼不像鬼。现在呢……"他扬起眉毛。

"非常健康。"

"我去室内游泳池游游仰泳,顺便唱唱歌。"他说,"那儿的音响效果不错。一起去吗?"

"我休息一会儿。叫个客房服务。"

"我请客,孩子。"

"谢了!"

他拿了条浴巾,在门边停住脚。"我小时候,香蕉的味道可比现在的强多了。曾经有人给我讲过,那种香蕉为什么绝种了。世上最常见的东西,没了!现在我们只能吃其他种类的香蕉了。"他微微一笑。"我正往回活,"他说,"回到我小时候。回到我以为已经不复存在的样子。还有……"

"还有?"我想听他说很高兴见到我,说没想到我会答应来陪他。

"我刚才不是说了吗!全都回来了!"他笑着出了门。

我给玛凯打电话,告诉他我要过一段时间才回去。家事。

"你父亲?"

"对。"

"还有多久?"他知道我爸命不久矣。

"我不知道。"

"我能帮你做些什么吗?"

我渴望他的帮助,但又不想让自己渴望他的帮助。"我没事!"

"我知道。你曾经感受过,现在不再去感受了,对吗?"

"我过两天再给你打电话。"

"如果你需要什么。"他说。

"我会告诉你的。"我说,心里知道这是我最不愿意做的事。

我们挂了电话。

然后我点了客房服务,把自己灌醉,看了些电影,衣服都没换就趴着睡着了。

我爸六十多岁什么样?

傲慢自大的混账。

他叫来了以前的生意伙伴。他没参加黑帮,但也许他与黑帮有联系。他们打了几轮高尔夫,喝得酩酊大醉。之后我爸告诉我,有个人

退行 133

开着高尔夫球小车,哭了。"那个混球,他妈的那么伤心。"他说,"要死的人是我!"

我去做了按摩,做了脸部保养,在人工日晒床上做了美黑。

会有人想美黑了再死吗?看来是有。

我爸和我晚餐时才见面。我们在露台上吃着培根汉堡,他说:"玛格丽不喜欢你。她嫉妒你。"玛格丽是我的继母,他的第二任妻子。

他们搬到新建的公寓开始同居后,我爸给我寄了个箱子,里面是我的羊毛毡作品。他附了张字条:跟新装修不搭。我可没扔!我看着那一箱子的羊毛毡女性玩偶,第一次意识到她们都是女儿,那是一箱被遗弃的女儿。

毋庸置疑,玛格丽是下判决的法官,但我爸是刽子手。从那之后,我们的关系就急剧恶化。

"我只是跟你打个电话,她都不高兴!"我爸说,"太不讲道理了。可我又有什么办法?"

我拿面包浸上酱汁,把最后一口塞进嘴里。"你可以坚持说,你要和自己唯一的孩子保持联系。"我的语气里没有真正的情感。我是个做毛毡的——感受都存在于过去。

"听着,"他说,"我并不是不爱你。"

我让这句话在我们之间飘了一会,然后说:"你并不是不爱我。"

"没错。"

我擦了擦嘴。"这是个双重否定句。"

"你这是要给我上语法课?"

"我只是想捋顺你那见鬼的扭曲语法。"

"我没扭曲。"

"双重否定代表肯定。你是想告诉我,你爱我。"

"这下开始化学课了。"

"你爱我。"

他耸耸肩,转头寻找服务员。"结账!"

我爸五十多岁:讨厌透顶。他四处游走,亢奋不已、用力过度地展现他的男子气概。有太多东西急需证明了。我猜,当他第一次自然地活到五十多岁的时候,他或许曾为了证明自己的男性魅力而恐慌不已,或许感受到了自身的某种衰退?见鬼,那模样可太丑陋了,不管他是在变老还是变年轻。他不停搭讪,不管对方是清洁工、前台接待还是服务员。接二连三的攻势:性感的眼神接触、暧昧的言语调情,直白的下流目光。

他在户外的岛屿风情酒吧里遇到了露辛达。她在逆老化过程中领先他十年,实际年龄比他大几岁。妹妹艾斯黛尔是她的执行人,已经七十多岁了。

这些都是我爸拿手机给我打电话讲的。"所以,艾斯黛尔今天晚上就到咱俩的房间去睡,可以吧?"

"不可以。"

"你会喜欢艾斯黛尔的。她人很不错。"他把手机稍微拿开了些,我听见了迪斯科音乐。"你人很不错对吧,艾斯黛尔?"他喊道。

"我不喜欢这样。"我告诉他,但我没法拒绝。他已时日不多。艾斯黛尔也投降了。

半小时后,她出现在门口,手里提着马歇尔百货公司的购物袋,里面装着过夜所需的东西。她身体虚弱,疲累不堪。"你好。"她说,"我为我姐姐向你道歉。"

"我为我爸向你道歉。"

我们无言地准备洗漱睡觉,但等我们都在黑暗中躺好了——她睡

退行　　135

我爸的床，我睡我的床——我说："艾斯黛尔，你会选择方案二吗？"

"然后再活一遍？"她说，"第一次就足够了。"然后她背过身去，喃喃说了几句睡前祷告。

早上，艾斯黛尔正要出门，我爸回来了。场面十分尴尬。"嘿，谢了，艾斯黛尔。"

她只是无言地拿起购物袋，走了。

我爸冲了个澡，换了衣服。他变回了四十多岁，肩膀又重新将衬衫撑满了。他的后背挺得更直，说不定还长高了一英寸，但他情绪不佳，心不在焉。

他问我想不想去外面走走。"我静不下心来。"

我们走过高尔夫球场，走上一条通往农场的小路，路两侧长满了高草。他的步子很大，我费了很大的劲才跟上。

我们在羊圈前停住脚。"你还记得宾果·班果吗？"他抬头望着天空问我。

"宾果·班果，我们心爱的小芒果？我可太爱那条狗了！他会紧挨着我们的厕所拉屎，简直像个人类！"

"迪尔·斯蒂文的灌木丛呢？"

我爸认为，是邻居迪尔·斯蒂文杀死了宾果·班果。迪尔总是抱怨我家的狗，然后宾果就失踪了。我爸把他的手锯递给我，叫我爬到迪尔家灌木丛里，把所有的树枝都锯开一半，但不要锯断。我还记得四处的蛛网，冰冷的泥土，我哭得眼睛都肿了，因为我也很爱宾果。

灌木丛的树枝一根接一根地死了，迪尔百思不得其解。"也许是灌木丛的什么病，或者甲虫。"他对邻居们说。但之后宾果·班果又出现了，又脏又瘦，但它还活着！我对我爸说："我们得向迪尔道歉，毫无理由就把他的灌木丛弄死了。"

我爸说:"什么灌木丛?"

所以,现在的我只是看向我爸,说:"什么灌木丛?"

他微微一笑,但笑容转瞬即逝。他的眼中满溢泪水。他后悔了吗?他要开始清算自己的人生了吗?"你读过说明手册了吗?"他问我。

我彻底忘了还有这么一回事。"那东西足有一本书那么厚。我没读。你读了吗?"

"第十二页。"他说,"上面解释说,随着逆老化的进行,我们会开始无法理解其他人的存在。你出生的时候,我四十五岁。到了今天的某个时候,我会变回你还没出生时的我。"

"那又怎样?"

"明天,有一段时间,我们会同岁,都是三十出头。然后我会变回二十多岁,然后变回小孩,然后……"他没再说下去。

"手册上是怎么说的?"

"我不会记得你是我的孩子。我会无法理解。我会记得逆老化这件事,但我会觉得很困惑。认知上的矛盾太多了。有些人会试着提醒对方,自己是他们孩子,或者老婆,或者什么人,但那会让人非常不安。"

我想起那个推着婴儿车的女人,她母亲坐在婴儿车里哭。"这么说,我会变成……谁?"

"一个朋友,也许吧。然后是姐姐?我不知道。也许我们就那么待着。在一起。"

我感到一阵恐慌。"这么说,到此为止了。"

"什么?"

"我们作为父女,就到此为止了。"

"要我说,不会吧。不是……不算是。"

"但就是这样。"我说,"老天。"我将双臂交叉在胸前,紧压自己。"如果我想让你说我想听的话……只有现在了。"

"我已经说过我爱你了。"

"你说的是你不是不爱我。"

他望向我,与我四目相对。"我爱你。"他说。

"我也爱你。"

片刻沉默。

"你需要什么吗?"我问,"需要我做点什么吗?"

"不需要。"

"你确定?"他应当请求我的原谅,以获得安宁。

他捡起一根树枝,仿佛从来没见过树枝似的看着它。"有什么我应该告诉你的回答吗?我不会读心。"

"有些事不说出来更好。"我告诉他,"比如说,什么灌木丛?对吧?"

他转身带头沿着小路往回走,树枝搭在篱笆上拖着,打出稳定的节奏。

我知道那东西从他眼睛里消失的那个瞬间,那种你是我女儿,我亲生的的眼神。我们在游戏厅里玩双陆棋,喝着冻唇蜜鸡尾酒,吃着加拿大式炸薯条,蘸大量的肉汁。这地方的食品酒水都无可挑剔。

"赢了!"他把棋子敲到棋盘另一侧。他露出微笑。我们目光相遇。我没办法解释。他还认得我。但不一样了。

我不想在他面前哭出来。"我马上回来。"我去了洗手间,对着水池哭了一场。

我并非独自一人。洗手间里有五个水池,四个水池边都有人。我们清理晕开的眼线,擤鼻涕,努力冷静下来。其他几位是执行人还是患者？我无法判断谁快死了，谁又在为迎接别人的死做准备。

那天晚上，我给玛凯发短信：

一切都好。跟你说一声我还活着。

他回复我：

我喜欢你还活着。这是我最喜欢你的地方。你存在。

我的手指在桃心的表情符号上停了一会。但我讨厌表情符号，特别是桃心。

他又给我发：

别吃香薰蜡烛。

我回复：

如果蜡烛上标明奶盐焦糖味，闻起来也是奶盐焦糖味的，我保留自己的权利。

他发了个表情符号：笑哭。然后是：

你爸怎么样了？

我回了个表情符号：笑哭。感觉这是我很久以来最诚实的一次。

我爸三十多岁的时候很帅，活力四射，英俊潇洒，满头黑发，目光炯炯有神。但他很紧张。他拽我一起去了前台。"既然你们能开启这个过程，你们就一定能叫停，至少是暂停吧。"

他们对此有一套专门的应对方案。我们见了一个级别又一个级别的工作人员，所有人都解释说，患者在过程中通常会出现恐慌情绪。

我爸用同样的两套话来回施压："谁是负责人？"，还有"有没有再高一级的，你懂吧，给有钱人的。如果是钱的事……"

最后我们来到了心理咨询室，咨询师是个双颊通红的女人，仿佛刚去冰钓回来，或者被人左右开弓打了两巴掌。"我们可以开镇静剂，"她说，"但这有违方案的初衷。我们希望您能充分体验最后这几天，好好体验每一刻。"

"最后这几天。"我爸一屁股坐进沙发里，"见鬼。"他的声音显得更年轻了，轻盈、柔和，有些闷闷不乐。

"没事的。"我说，注意着不叫他爸爸，"我在这儿陪着你。"

第二天早上，我醒过来的时候，我爸已经穿戴整齐，坐在他的床沿上。老天爷，他可真年轻，身材瘦削，脸庞狭长，目光明亮。"咱们离开这里吧。"他说。

"什么？"

他站起身，来回踱步。我很熟悉他常用的手势，但他现在做的手势更有活力，是来自于这具瘦而结实的身体的原始本能。手势帮助他表达着观点，他的身体随着话语来回移动。"我不想在这家吹捧过度的假日酒店里度过这一天。今天不行。"只剩下三天了。"我们这是被圈养了。我们得反抗体制才行。"

我毫无异议。"我有车。去哪儿？"

我爸二十多岁的时候很厌世，这不假，但也心怀希望。自负，却不自信。情绪反复无常，但还能够感受到快乐。

我们在波士顿度过了这一天：乘游轮，在港口周围跑来跑去，去了一家又一家的酒吧，在震耳欲聋的音乐中跳舞。

我们找到了一家KTV。他选了首歌，走上舞台。看到这么一位年轻人放声唱起老歌，感觉十分奇妙。他唱得很好，真的很好。

然后他激动得破了音。他不唱了。音乐还在流淌。他将话筒抱在胸前，然后递给了负责现场的人。他走到我身边，拥我入怀。"那是我最爱的一首歌。"他说，"这是最后一次了……"

我们走出了KTV。他靠在砖墙上。

"还有什么?"我问他,"还有什么是你以前经常做的?"

他以前经常走进高尔夫球场的池塘,在池水中捡高尔夫球。

"为了卖钱?"我说。

"我一直在做小买卖。我爸在我十五岁的时候就把我赶出门了。我只能靠自己生活。"他指了指左眼上方眉骨上的疤。"这儿,他拿啤酒瓶打的。"那道疤一直藏在皱纹里,我之前从来没注意过。它很长,泛着白色。我知道他的父亲很粗暴,但我没听说过这些。

我们决定这件事要做就要做好。我们租了自行车,因为他以前很爱骑。我们找了一家高尔夫球场,擅自闯入,蹚入了一片池塘。他捡了一些高尔夫球。最后我们来到了博伊尔斯顿大街,街上熙熙攘攘。他载着一包湿透的高尔夫球,蹬着车往上坡骑。我骑在他身后。我们胜利了!

然后,被池水打湿的袋子破了。高尔夫球倾泻而出。它们在博伊尔斯顿大街上狂乱跳动,触发了一整条街的汽车警报。

他回头看我,眼睛瞪得老大。

"骑啊!"我说,"往前骑!"

我想给玛凯打个电话,说:"你肯定不会相信,我今天是这么过的。"我很想念他,这让我害怕,因为分隔两地也许并不会让分手过程更容易。因为我也许根本不想和他分手。这意味着什么呢?接下去的日子又会是什么样的?

第二天,青春期的他换上了机构早在衣柜抽屉里备好的衣服:牛仔裤,T恤,防风夹克。(有一次,我趁他不在打开抽屉看了看,包括最后一个抽屉,那里面装着几件婴儿连裤衫。)

他在机构的自助餐厅吃了一大堆食物,和其他逆行到相仿年纪的人一起打棒球。我和其他家属坐在看台上，呐喊助威。我们轮流喊起加油口号，填入各自要喊的名字。比赛进行了一轮又一轮，局数并不重要。随着时间推移，孩子们的个头越来越小，力气越来越弱，衣服也越来越宽大。我爸每上场击球一次，年纪就更小一分。

然后有一场集体生日派对。他想参加。

场面十分混乱。皮纳塔玩具，激光枪战，蛋糕，手工台，寻宝游戏。等到《生日快乐》歌唱起，人们喊着各自想喊的名字。他和一群男孩站在一起，勾肩搭背，笑得尽情而灿烂。他是其中最瘦的一个。

到了下午，他看起来大概十四岁。他的心情变了。"我想去他小时候的房子那儿看看，在赫尔。你能开车带我去吗？"他前额的疤不再发白，变成了粉红色。

赫尔地形狭长，一侧拍打着大西洋的海浪，另一侧是海湾。我爸来之不易的自信心每小时都在减少。

我在一条拥挤的小街上开着车，每座房子都建在前一座房子顶上。

"减速，"他说，"是那座。"他敲了敲车窗，然后摇下窗户，把两只胳膊连胳膊肘都搭到窗外。"我想她。"他说。

"想你妈妈？"

"她没能从那老家伙手里保护我，但我离开的时候，她帮了我一把。她尽力了。"

空气沉甸甸的，带着股咸味。风刮得很急。"你想下车在周围走走吗？在这儿待一会？"

他调着广播频道，拨开前额的头发。伤疤是鲜红色的。它突然血肉模糊地绽开，然后消失了。

"不了。"他说，用手腕抹了下鼻子，"走吧。"

第二天早上,我们两人都清楚这是他的最后一天了,但他仍然开朗可爱。我们简单吃了点早餐,在回屋的电梯上,他伸手握住了我的手。

清洁工在我们出去时打扫了房间,还搬来了一张软垫摇椅,一张婴儿床。我看到它,几乎喘不过气。我还没准备好。

"森林里有条小河。"我爸说,"我们应该去探险。"

"嗯,好,当然,好的。"

于是我们去探险了。前台接待员给了我们罐子、捕虫网和望远镜。

现在,我又绕回来了。这部分我已经讲过了。总之:我爸九岁,八岁,七岁……他把棒球帽忘在浴室里了。他不停地抬手拨开刘海,才能看清小鱼和闪闪发光的石头。所以,我用发夹帮他把刘海夹了起来。

他的运动鞋变得太大了。他脱了鞋,穿着袜子踩在泥泞的河岸上。

当他五岁左右的时候,我问他饿不饿。"我们该回去了。"

他摇摇头。"我不能回去!别逼我!"他一直在长草间捕捉萤火虫。他举起玻璃罐。"我们得在这里待到天黑!才能看见它们闪光!"我带了个背包出门,前袋里有几根燕麦棒。我们在一棵倒塌的大树上坐下,吃了燕麦棒。鸟鸣和蛙叫。哎,见鬼。你知道的。那很美。他变得越来越小,身上的衣服越来越大。最后他只穿了衬衫,下摆一路垂到他的膝盖。我想着自己的生活,为了到这里来而抛在脑后的乱糟糟的生活。我想着自己的艺术,现在看来如此琐碎又狭隘——它不能再是紧紧缠绕的羊毛了;它必须得到自由,扩张,变成私人的表达——我想起被我放弃的那些工作和那些关系,想起玛凯,想起我是多么不想放弃他。我已经开始对他有感觉了,此刻我在这里感受着一

退行　143

切，心里充盈得满满当当，心脏跃动不已，感觉随时都会从胸腔里蹦出来。

发夹夹不住他的头发了。他的发丝太细了。他摘下发夹，往我头上一推，不知道夹子该怎么用。"我来帮你。"我说，把夹子按好。

"好看。"他说。然后他伸出双臂。他脚步不稳，是个蹒跚学步的幼儿。"抱抱。抱抱。"我把他抱了起来。我哭了起来，眼泪止也止不住。

"你不能走。"我说，然后心想，也许研究人员就是在今天找到了办法呢？也许他们能救他呢？我感到了他在我这个年龄曾有过的急迫——这个问题难道就没法解决吗？

我将他紧抱在胸前，拔腿就跑。天色正值黄昏，装虫的玻璃罐掉下去摔碎了，萤火虫都飞了出来。我继续狂奔，跑得上气不接下气，迷失了方向。我意识到，我没办法及时赶回机构，就算回去了，也没有解药。

我低头看着父亲可爱的小脸。我给他换了个位置，把他抱在臂弯里，以给婴儿头部支撑的方法托着他的头。

他在呼吸，又轻又浅。太轻、太浅了。他抬手摸我的脸。他的小手捂在我的脸颊上。"老天爷，"我说，"我原谅你。你原谅我吗？"但谁为什么而做了什么都已经不重要了。我只是那么抱着他，他温暖的小脸紧贴在我的胸口。

儿童画

这次度假是阿斯特丽德的主意。我们参加派对，在天台上喝着酒，是谁的订婚典礼还是晋职庆祝？记不清了。阿斯特丽德对我和杰克说："那就像爱彼迎，不过是智能房屋，升级加装了了不起的技术设施，VR游戏景观，专门为自我审视而造的。比如这种。"

她把手机递给我们，照片上是弗蒙特州威严的农舍，大量的自然风景，奢侈豪华的内装。

"我有个朋友以前在他们那儿工作。"阿斯特丽德说，"她的职位？首席制图师。"

"制图师？"我问，"画地图的意思？"

阿斯特丽德耸耸肩。

"她为什么辞职？"杰克问。

"她说，人们最好还是不要有什么自我审视和游戏景观。最好还是别去理会潜意识里的黑泥。"阿斯特丽德瞪大眼睛做了个"鬼知道什么玩意"的表情，"要我说，我就喜欢自我审视。我喜欢潜意识黑泥！"

我把手机递回去。"老实说，我可不想跟潜意识黑泥扯上什么关系。"

"我对潜意识的认识最多也就只是不可知论。"杰克说。

"去了以后，玩VR游戏，然后……还有什么？"我问。

"反思，倒带，更新！"阿斯特丽德看着手机念道，"我们是需要更新更新。"

我在参加派对，脸上却没化妆，头发紧扎成马尾，身上穿着有弹性的黑色服装，仿佛要去森林里参加中情局秘密培训。我把想了很久的话说出了口。"有时候我觉得自己像是个打三折的感恩节南瓜。过季了，只能大甩卖。"

"老天爷。"杰克说，"你看起来可不像打折南瓜。"杰克还是杰克

儿童画　147

的风格，褪色牛仔裤，棒球帽，眼镜。他是体育专栏的撰稿人，打扮得也像个体育专栏撰稿人。

阿斯特丽德穿着一件"人类学"牌子的紧身裙。她很漂亮，典型美女的那种漂亮。仿佛是为了证明这一点，她把手举到下巴下方，开始拍手，仿佛是在玩猜词游戏时模仿幼海豹。"去嘛！一起去吧！拜托了！"阿斯特丽德看向我，"一起摆脱南瓜！"

杰克率先投降。

我紧随其后。

我们都同意了。

一个月后，我们去了。弗蒙特州，盛夏。农舍位于一条漫长土路的尽头。我们是周五晚上去的，半夜才到。我们把行李放在大厅里，在农舍里四处闲逛，往不同方向窥探，边走边开灯。这建筑宏伟迷人，很质朴，但也全面翻修过了。我们发现什么都会喊着向其他人报告。

"遥控坐便器！"

"智能厨房！一切都有自动程序！"

"按摩浴缸，还是兽足的设计！"

"全套调酒台！"

"地下是酒窖和桑拿房！"

我率先发现了游戏室。这里有座巨大的石头壁炉，整间屋子弥漫着灰烬和木头燃烧的烟味。此外还有几排书架，一只带鹿角的鹿头标本，桌椅上摆着国际象棋、双陆棋、麻将、非洲棋，还有些我不认识的游戏——棋盘、硬币、彩色方块，中央有只眼睛的石块圆阵。

房间尽头有面巨大的屏幕，整个屏幕都嵌在墙上，屏幕旁的角落里有台扫描机器模样的东西，看起来是个透明的圆形管，大概有七英尺高，很像机场安检时的人体扫描机。

"嘿！"我喊道，"快来看啊！"

我在小茶几上发现了一封欢迎函。

你好！很高兴你选择到我们这里玩几天！为了获得为您个人量身定做的最佳游戏体验，我们建议您走到我们的成像台上，将双脚与地面的脚掌图形对齐，按下"扫描"按钮。

游戏将于明天开始！

杰克来了，我把欢迎函递给他。他大声念起来，阿斯特丽德也走进了门。

"这肯定好玩极了。我早说过了。"她立刻走向扫描机，站进去按了"扫描"。机器发出低沉的轰鸣，绕着她转了个圈，然后停住了。她钻了出来。

"我不明白。这机器是用来干什么的？"杰克问。

"也许是扫描我们的体形，制作超人服装。"阿斯特丽德说。

"我不认为这是为了超人服装。"杰克踏进了扫描机。

"你确定要进去吗？"我问他。

"很可能是胡说八道。他们只是想让我们相信，他们有能力量身定做一种体验。"他按下"扫描"。扫描机绕着他转了一圈。他钻了出来。"就像在机场。没什么大不了的。"

我僵在原地。

"你还好吗？"杰克问道。

"反思，倒带，更新。"我复诵广告词，"这到底是什么意思？什么叫倒带，不该是放松才对吗？是不是翻译错了？不觉得很奇怪吗？"

杰克走到我身边，低声说："我们说好了要尝试新事物。我们说

儿童画　149

好——"

我抬起一只手。我知道我们说过什么。我们还没结婚,却已经觉得进退两难。就像我们已经了解对方的一切,必须开始尝试新事物,不然我们的关系就会枯萎死亡。

"好,对,当然。"我把脚踩到地上画出的两个脚印里,按下按钮。轰鸣声低沉得震动一直传到我的牙齿里。

杰克和我住在主卧,里面有间超级宽敞的私人浴室。我们踢开羽绒被,做了爱。我们清楚彼此能容忍的范围,彼此的界限。我们明白该怎样做才能迅速解开对方的锁。

做完爱,我们在巨大的大理石淋浴间里冲了个澡,水雾弥漫,我几乎无法透过雾气看清他。

我很晚才醒。杰克已经给我发了短信:我们在游戏室。我没吃早饭,只喝了杯咖啡。我端了杯咖啡去游戏室,发现阿斯特丽德和杰克站在嵌入墙体的大屏幕前。

墙上挂满了儿童画,排成一张巨大的地图。粗重的虚线连接起儿童画上的小人,他们的脑袋像气球一样圆,身体很小,方块状的手比例过大,手指很粗,嘴巴倾斜,眼睛是椭圆形的。每个小人都没画鼻子,只画了一对鼻孔。

"这是什么游戏?"我问。

"这些是我的。"阿斯特丽德说。

"你的什么?"我瞥了杰克一眼。她还好吗?

杰克挠了挠后脖子,微微耸了下肩。

"这是我小时候画的,"阿斯特丽德说,"我都认得。特恩布尔太太。艾德·威尔克森……"

"怎么可——"

杰克指向角落里的扫描机。"不知道他们是怎么做到的,但是……"

我向墙上的画走近两步。无论你愿意怎么描述小孩——他们有多天真,有多可爱——他们的画都是纯粹的恐怖作品。小阿斯特丽德仿佛知道这一点,在旁边画了大量的彩虹和独角兽。(我讨厌阿斯特丽德这一点。她至今仍然假装一切安好。)阿斯特丽德的独角兽有飘逸的鬃毛,角从前额凸出来,轮廓都用带亮片的中性笔勾过线。"我是个爱做梦的孩子。"她歪起头说,婴儿刘海滑向一边。

杰克指向画上几位巨人,他们咧嘴傻呵呵地笑着。"你爸性格很好?"他在大学读的是心理学。他自己的父母性格也很好,是会坐着仿制的十九世纪高帆船去度假的那种人。

"是啊,大家都很喜欢我爸爸。"阿斯特丽德说,"他是个儿科医生。"

"他是我的儿科医生。"我说。

阿斯特丽德总会忘记我们是在同一个小镇上长大的,但我俩对那里的回忆截然不同。我的记忆里是长满野草的空地,墙里塞满石棉、摇摇欲坠的学校,到处都是赤手空拳打架的孩子。她的记忆里更多是以圣诞节为主题的社区戏剧表演,还有竞争心过强的漂亮女孩子。(我们俩的版本都没错。)

"哦老天,当然了!"阿斯特丽德转向杰克,解释道,"只有两个儿科医生可以选。要么是我爸,要么是——"

"卡辛斯基医生。我知道。"杰克说,"这些我都听说过。"我能遇见杰克,是因为他和阿斯特丽德曾短暂地交往过一段。分手后几个月,她组织了一场猜词游戏比赛。杰克和我分到了同一支队伍。那已经是四年前的事了。

儿童画

突然有声音说：请触摸屏幕，在地图上选择您想体验的区域。是个女声，澳大利亚口音。

"哦老天。"阿斯特丽德说，"我该选哪里？"

"等等。"我说，"这是一张地图，制图师会创作的那种。你朋友说'潜意识黑泥'，她指的是我们童年的潜意识黑泥吗？"我感到双手发麻，全身一阵晕眩恶心。

"老实说，"阿斯特丽德说，"我听得不是特别仔细。"

"我认为，一个人可以摆脱童年时的黑泥，"杰克说，突然变得很有哲理，"进化成另一个版本的自己。"

"什么？"我说，"我认为，我们的童年仍然活着，四处踢腿、尖叫，充满悲伤和恐惧——在深层掌控着我们所做的一切。"无论我怎么无视自己的童年，它仍然像电流一样击穿我。

"悲伤和恐惧？"阿斯特丽德说。

"哦，抱歉。"我说，"你的童年很幸福，我忘了。"

没想到她被我的话刺伤了。"我也有过悲伤和恐惧。"她微微噘嘴，"我也踢腿过、尖叫过。"

"我们小时候都有过悲伤和恐惧。"杰克宣布，仿佛如果他不出手救人，阿斯特丽德就会崩溃。她似乎有种魔力，能让别人想方设法地哄她高兴。"我们不能给童年排名次，比较它们有多么不幸。"他斜了我一眼，就这样，我又成了犯下严重错误的肇事者。

我们本应认真思考阿斯特丽德朋友所说的关于潜意识黑泥的话。最好不要管它。

"不如一起骑独角兽吧？"阿斯特丽德说。

"它们会不断掉下闪光碎片和彩虹吗？"我问，"我可没带黏毛滚筒。"

杰克给独角兽投了一票，这也是一项体育运动。"我们来这儿是为了让彼此放纵的,对吗?"

对。

阿斯特丽德的儿童画上的独角兽群笔触幼稚,但根据那些画创造出的游戏景观是凭借她脑海中的想象进行渲染的。细节无比丰富,栩栩如生。我们甚至都不需要戴上VR头盔。

我得承认,我玩得很开心。我们站在一片真实的原野上:高高的野草,四处有蟋蟀鸣叫。我们伸手拂过独角兽柔软的鬃毛,凝望它们的眼睛——眼睛做得非常逼真,但也略带动画效果,充满感情。我们骑上独角兽,马鞍发出了现实中皮革会发出的吱吱声。独角兽时而漫步,时而快跑,时而低头吃草。

凉爽的风闻起来就像个快乐的童年:新鲜空气,甜甜的饼干,橡皮泥。如果说这里曾有悲伤或恐惧,我什么也没有感觉到。一丝都没有。

杰克和我并不是从来没聊起过童年。我们稍微聊过一点。大多数时候,我们的话题集中在身边的事物上,或者说我们促膝畅谈,谈论自己对世间一切的看法——某些万圣节服装过于暴露,只有认知失调的人才能忍受(胸怀大敌的鲁斯·巴德·金斯伯格[1]?);为了造出可融化素食奶酪所进行的白热化竞争;诸如此类……

关于童年,我会说类似这样的话:"小时候,如果别人跟我讲起大棒与胡萝卜的故事,我会说我不要胡萝卜。我要大棒。胡萝卜迟早吃完,大棒却是种可贵的武器。"

"真聪明。你可以用大棒袭击所有拿了胡萝卜的小孩。"

---

[1] 美国最高法院大法官,是美国最高法院有史以来的第二位女性大法官。——译注

"无限供应的胡萝卜。"我说。

我们懂得彼此。

但后来,我们开始讨论结婚的事,说到底就是要不要小孩。他想要。我不太确定。我无法告诉他,养育孩子对我来说将会有多么困难,因为我害怕在这个过程中重新体验自己的童年。我对他隐瞒了太多。我从来没有对任何人详细解释过我的童年。我不知道我是否有恰当的语言。

我暗自决定,等到该我上场的时候,我会临阵脱逃。

阿斯特丽德这轮玩完后,我们做了午饭。冰箱里摆满了已经预处理好的美食佳肴,此外有重新加热的步骤说明。种类各异的甜酥面包,洒满香料的烤大虾;胡萝卜黄瓜印度沙拉,龙凤汤……

"我们能不能玩点别的?"我问。

"麻将?"阿斯特丽德说。

"你明白我的意思。"

杰克还在讲他的地图可能是什么样子的。"……可能是那种奇幻小说扉页上的手绘地图,上面有各种生物。我小时候读过很多奇幻作品……"

没过多久,我们又回到了游戏室。我走到壁炉边,拿起一把火钳,将灰烬铺开。我喜欢炉火烧尽后的气味。我环视整个房间,心想,为什么不玩麻将呢?

但阿斯特丽德和杰克已经站在了屏幕前。屏幕上一片空白,只有最中央显示出一只手的轮廓。杰克抬手按了上去。

没过几秒,他的地图就盖满了整张屏幕,蓝得在我们脸上反射出蓝色的光。他走到地图一角,仔细观察一堆画了尖耳朵和弯尾巴的小黑点。

"哦该死,是小猫。"他说,"我奶奶老给我讲一些小猫不听话,瞎玩毛线的吓人故事。农夫的妻子把它们装进麻袋里,淹死了。"他看起来有些不安,"我整个童年都害怕被人装在麻袋里淹死。"

屏幕上方一角有个盒子,像个快捷键,上面画着一个婴儿,婴儿长得越来越大,但身体有些歪,仿佛有一条腿长得比其他地方都慢。蜡笔画出的圆圆的蓝眼睛似乎很困惑。也许还感到有些伤心。画上写满了萨姆两个字,全是大写,字迹潦草,歪歪扭扭。

阿斯特丽德第一个走了过去。"谁是萨姆?"

杰克猛然从地图边转开身。"我没想到会有他。"他说。

是邻居家的小孩,同学,他的朋友?想象出来的友人?我从来没见过杰克露出这样的表情。我不知道该怎么理解。"他是谁?"

杰克用手指压住下颌两侧的肌肉。

澳大利亚女人的声音又响了起来。请触摸屏幕,在地图上选择您想体验的区域。屏幕左下角出现了一个长方形,上面写着"退出"。杰克伸手摸了上去。屏幕变黑了,只剩下最中央的手形轮廓。

"等等,"我不高兴了,"我们说好了要体验新事物,还记得吗?"

"哦。"他说,向后退了几步,抬起双手,"最好的防守就是进攻。我懂了。"

"你是说我在防守,还是在进攻?到底是哪种?"

阿斯特丽德将双臂交叉在胸前,弓起身体,尽量让自己消失。

"听着,"杰克说,"如果你不想玩,就别玩。别反过来怪到我头上。"

我走过去,把手按到手形轮廓上。"没问题。我们是一个团队,尝试新事物!"我说,"看看会出现什么吧。我可以保证,绝对没有彩虹和独角兽。"

屏幕出现了——一片空白。只有一角有些污渍,中央有一些圆点,还有一个看起来像是用剪刀剪出的洞。污渍和点都是红色的,在某一小片范围内是灰色的,仿佛盖满灰尘。

"那是血迹吗?"阿斯特丽德指着红色的部分问。

"老天爷,吉琳,"杰克说,"你到底是个什么样的小孩?"这本是句玩笑,里面却带着几分尖锐。

澳大利亚女人的声音又响了起来。请触摸屏幕,在地图上选择您想体验的区域。

"也许我小时候杀过人。"我说。

我没问他们的意见就拍了屏幕,那里散落着血迹般的灰白色圆点。

这是些模糊的碎片。我把碎片拼凑在一起,也许程序也是这样凭借我们童年的碎片拼凑出地图的。我们每次进入一个新的游戏世界,都会听见扫描机同样的轰鸣,之前一直震到我牙齿里面的那种。轰鸣声和一片黑暗,然后我们就到了。

之后我的游戏里发生了什么,我能记住的部分是这样的。

很多尸体。

一个小男孩在棒球场外场被铝制球棒捶打而死。

树下有些烧焦的尸体。我们抬起头,看到一座树屋烧毁后的残骸。空中弥漫着血肉和头发焚烧的气味,还有塑料玩具烧毁后的化学臭味。

"这不可能是你干的。"阿斯特丽德说,"如果树屋起火,有小孩死在里面,会上新闻的。"

"当然不是她干的。"杰克说,"这是她的想象力在撒野。就像那些独角兽,只是……不一样。"

我不知道我们在哪儿。我们在院子里走了一阵,也许已经走了出去，进入了自然保护区的范围。我不明白这里的界限是怎么运作的。也许根本没有界限。

我摇摇晃晃地离开了那棵树，踩在一块掉落的木板上，感到脚的侧面传来一阵锐痛。一枚钉子刺穿了我的鞋底。我脱下鞋袜，它们都沾满了血。钉子只是擦伤了我的脚，并没刺进去。

但那血液非常真实。

阿斯特丽德在牛仔短裤上抹着手，仿佛她手上也沾了血。"我们应该先回去处理伤口。"

"我把鞋带系紧一些。"我说，"没事。"

"如果想停下，谁知道该怎么停下？"杰克问。

没人知道。

"有'退出'按钮，但按钮在游戏室的屏幕上。"阿斯特丽德说。

我们开始在灰色的土地和飘浮的烟尘中行走。

最后，我们来到了一座房子门前，房子狭小而孤独。有一角埋进了土里，仿佛曾经有人捡起它，又扔了出去。

我试着开门，但房子整体抬离地面，门卡得很紧。

阿斯特丽德绕到房后，在远处叫我们。杰克和我走过去，发现她低头盯着从房子底下伸出来的十几条腿——小孩的腿，运动袜，塑胶凉鞋，会发光的运动鞋。他们身体的其余部分都被压扁了。

"你小时候看过《绿野仙踪》。"杰克说。

"我猜，我看它是为了学习杀人的办法。"我说，"有效的办法。"

阿斯特丽德挽住我的手臂。"别忘了，这只是你的想象。"她在提醒自己。

"也许这是种潜意识里自我保护的行为。"杰克说，"这些小孩对你做过很过分的事吗？"

"他们欺负我。"我说，"外野的那个孩子，他还剩下半张脸，我

儿童画　　157

认得他。杰克·沃什伯恩。"

"我记得他。"阿斯特丽德说。

"我恨他。"我说,"他对我很过分。"

"所以这确实是健康的行为。"杰克说,"你没办法报复他们,但在想象中可以。你有自主性,有——"

阿斯特丽德跪了下来。"我也有这双靴子。"那是一双画着鲸鱼的黄色小雨靴,穿它的是个白皮肤的小女孩,膝盖上有个凹陷。阿斯特丽德从小女孩的腿上拉下一只靴子。"还有那双瓢虫长袜。"她指向女孩腿上的一颗痣,"还有那个胎记。"

她放手让靴子掉落在地,看着我。"我对你做过什么?"

"我把所有人都杀了。"我说,"别往心里去。"阿斯特丽德盯着她沾满血的小腿,底部肮脏的长袜。她用尽力气推了我一把。"你到底有什么毛病?"

我心里有什么变了。"老师们叫我'伤寒玛丽',我都听见了!那是因为有虱子。我除不掉。"我的声音很尖,紧紧地卡在嗓子,"虱子太猖狂了,在我的眉毛和睫毛里产卵。我和我爸一起住。忽视虐待……"

阿斯特丽德一脸震惊。杰克也是。他向我伸出手。"嘿,你都没跟我说过。"

他还没来得及继续说下去,空气啪地一响。一个房间在我们周围升起。房间里空荡荡的,四面是墙,没有窗户,室内弥漫着不明来源的人造光。炸弹倒计时般的滴答声,那是一座钟。窗户出现了,还有一块白板。这里没有小孩,无论死活。

"沃克小学。"阿斯特丽德屏着气,很害怕。墙上出现了格洛丽亚·斯坦奈姆[①]和小马丁·路德·金的挂像。"阿姆斯特朗小姐的

---

① 美国女权主义活动家。——译注

房间?"

"只有这一年,是同一位老师给我们上课。"我说。

油毡地砖上出现了湿润的红色斑点,一滴又一滴。

我们跟着它们走进走廊,又走进女生厕所,里面有两个水槽,三个马桶隔间。离门最近的水槽里面一片粉红,好像刚有人吐过血。

"这不是血。"我说,"是咀嚼式药片。有一家卫生机构来做了口腔卫生演讲。他们给我们发了咀嚼药片,叫我们微笑。那些药片的设计是它们会黏在牙斑上。所以如果小孩没刷牙,微笑时就会露出红色的牙齿。"

"我一点也不记得了。"阿斯特丽德说。

"你的牙齿很白。所以不记得。"我说,"我看见其他孩子微笑,明白了是怎么回事。我跑掉了。我不想让任何人知道。"

"知道你家很穷?"杰克柔声问。

"穷人家的孩子也有自己的牙刷。"我说,"我不想让人知道没人照顾我,没人爱我。"

他深吸一口气。"你给我讲过这个故事。我想起来了。你说小时候长过虱子,就一次。还有红色药片。说所有小孩都口吐白沫。你讲得很……搞笑。"他在向我索求答案。"你讲得好像这一切都特别滑稽。"他露出受人背叛的表情。

"也许我没法解释这一切。也许……"我没说出口的是:也许我并不觉得你能受得了这个故事,除非它很滑稽。也许我无法信任你。

他等我把话说完,但我没再继续。"随便吧。"他喃喃。

走廊里传来了声音。有人奔跑,有人喊叫。愤怒的哭喊。我的位置离门口最近,所以我开了门,探头往外看:死掉的孩子们蹒跚而行,击扁的头骨,断裂的手臂,烧焦的皮肤,被人绞杀过似的发肿发蓝,溺毙后身上还淌着水。

儿童画 159

他们是真实的,但身上也有些细节来自于儿童画:一张只有四颗大牙的嘴,只长了几撮头发的畸形头颅,只有中间一个小黑点作为瞳孔的大眼睛。

我关上门,靠到门板上。"他们复活了。"

阿斯特丽德说:"我们花钱来可不是为了这个。"

"不是吗?"

门外传来小拳头捶击的咚咚声。

"如果树屋上的钉子能让你流血,"杰克说,"我们必须假设,这些僵尸小孩也能让我们流血。"

"我他妈可不会怕一些已经被我在想象中杀死了的僵尸小学生。"我怒瞪阿斯特丽德和杰克,"准备好了吗?"

"没有。"阿斯特丽德说。

我打开门,一把推开几个小孩,侧身踢倒了几个。血液喷洒在瓷砖墙上。他们的身体柔软轻盈。推倒他们的时候,我能感觉到他们皮肤的温度,有时还带着汗水而略显潮湿,仿佛课间休息刚结束。

"这边走。"我说,开辟出一条道路。

我不断地回头看阿斯特丽德和杰克。一开始,他们努力闪避那些僵尸小孩。但随即有个孩子跳了过来。尖到不可思议的不规则牙齿咬到了阿斯特丽德赤裸的后背,就咬在短背心边缘上方。阿斯特丽德发出尖叫,冲那孩子一阵抓挠。我正抓着小孩的头往瓷砖墙上捶,杰克离她很近,一把抓在那小孩的肋骨处。他使劲一拽,结果阿斯特丽德尖叫起来。小孩的牙齿深深咬入了她的皮肤。杰克又扑过去,抓住小孩的头发,把他的头往后使劲一拽。他的脖子断了。那声音令人恶心。

阿斯特丽德伸手去摸后背,手指颤抖着摸到了仍然卡在她肉里的小孩牙齿。

杰克跪倒在地。

那孩子瘫软不动了，身体一块一块地散落成线条和圆圈，嘴巴变成了凹陷的圆，双眼无神地睁着。

牙齿变回墨水掉落下去，但阿斯特丽德的后背淌出了血，浸湿了她的短背心。

"杰克！"她喊出一句警告。有个小孩正向他冲过来。

这次他没再犹豫。他一拳打在小孩的脑袋上，然后拔腿就跑。

不知道出于什么原因，学校的周围是一片玉米地。我们沿着成排的高大玉米丛奔跑，四周的谷壳哗哗作响，还有种可能是蝗虫群的嗡嗡声。

"我们到底该怎么出去？如果这是游戏，我们得找到玩法啊！"杰克突然变回了体育专栏撰稿人，开始思考逻辑。

"这里没有规则。这不是那种游戏。"我说。杰克撕开长袖T恤，绑在阿斯特丽德背后的伤口上。她看起来头晕目眩，目光呆滞。"她可能会失血过多。我们得想办法出去。"

"没办法出去。"阿斯特丽德说。

杰克站起身冲天空喊："喂！来人啊！"

"你那个当制图师的朋友，"我对阿斯特丽德说，"关于游戏景观和潜意识，她是怎么说的？你好好想想！"

"我不知道！我没注意听！"

"哟！"杰克大喊，"澳洲女人！如果你不把我们放出去，我们就他妈的告死你！"

我对阿斯特丽德俯下身。"你想想。好吗？她说过什么，抱怨过什么。什么都行。"

杰克还在大喊大叫着威胁的话，所以阿斯特丽德说了一个词，但

儿童画　　161

我没听见。

"什么?"

"乱七八糟。"她说,"比起负责清扫的人,她的工作还算好的了。"

"清扫?"

阿斯特丽德点点头,目光望向远方。"乱七八糟的。她是这么说的,等游戏结束,现场总会变得乱七八糟。"

我站了起来。"杰克!"我喊,"别嚷了。"我来回踱步。

"怎么了?"杰克说。

"没有出去的路。"我说,"阿斯特丽德的游戏有个开头,我们骑上独角兽,然后它们吃草,穿过森林,在林间空地躬身跪地。那游戏有结局。我的也应该有。"

"我们必须继续往前走。"

"也许结局已经不远了。"我说。

"好吧。"杰克说。他向阿斯特丽德伸出胳膊,她抓住他,让自己站稳。我们继续往前走。

在玉米地尽头有一座小小的砖房,庭院狭窄,窗户上装着栅栏,房后有高高的围墙。我认得这里。

"这是你家。"阿斯特丽德说。

"房子是汉米什太太的。"我说,"她住在我们楼上。"我们走进了门。房子里空空如也。我们走入地下室,这里淹在一英尺深的水里。我父亲躺在房间中央,死在躺椅上,身体向后倾斜,双脚搭在脚凳上,没穿鞋袜,因痛风而肿胀。他独自死在这里;汉米什太太跟随臭气发现了他的尸体。

他大张着嘴,嘴里塞满了食物,有肉和奶酪,汉堡面包的一角,还有芝士泡芙底部的最后一口,他的T恤衫满是污渍。他的双眼向外凸起。

阿斯特丽德蹚水走到一张湿答答的单人床垫边上,旁边有个书包,还有个装着小女孩衣服的塑料洗衣篮。"你住在这下面?"她似乎因失血而一脸呆滞。

后院传来响亮的水流汩汩声。杰克和我通过地下室的窗户向外望去,窗户与地面平行。汉米什太太的狗拴在链子上,冲围墙发出咆哮。

围墙的门开了。一个浑身泛着蓝紫色的男孩一瘸一拐地走进了院子。

"萨姆。"杰克说。

"萨姆是谁?"我问。

"我弟弟。"

"他死了?"

"他不算是真的活过。"他说,"我妈在家里生了个死胎。她觉得应该让我接受失去这件事,把他的尸体拿给我看。有条腿蜷着,长得稍微小一些。我让他活在我的脑海里。我画了画。"

"后来你就不再画他了。"

"我长大了。"

萨姆受到了杰克的吸引。他俯身趴到地上,凑到窗边。杰克把手搭到窗户上。他是在寻求一种联系吗?想让他弟弟有样学样?

萨姆把手握成拳,打了窗户一拳,趴在地上手脚敏捷地爬动,粗暴地紧抓住杰克的脸。杰克抓住萨姆的胳膊,把他的头从窗户拉了进来。萨姆那一拳打碎的玻璃划伤了杰克的脸颊。杰克开始反击,把萨姆的胳膊往碎玻璃上一推,也划伤了他。伤口里涌出鲜血。他使劲掰扯萨姆的手指,重获自由。杰克向后摔倒在水中,萨姆则翻身滚

儿童画　　163

远了。

童年，流淌在一切背后的黑泥。存在于我们小时候的东西至今仍在我们体内，伺机攻击我们。

阿斯特丽德跑到杰克身边，跪倒在水里。血液转着圈涌出，把她周围的水都染成了粉色。故事是这样的吗？他们两人又重新找到了彼此？

窗外，大门的门闩突然打开了。这次是死去的小孩们。他们一拥而入，翻过围墙。他们开始敲打后门。

"你小时候到底在想象里杀死过多少人？"杰克说。

"你得原谅他们！"阿斯特丽德惊慌不已。

"那有什么用？"

"你把我也杀死了，我到底把你怎么着了？"

"你什么都没做。"我说，"但你什么都没说。有时候，你会跟着一起笑。"我想起来了——那是阿姆斯特朗太太的课。我没洗澡。我闻起来很臭……

离我们较远的一扇窗户碎了。有个小孩踢碎了玻璃。狗挣脱了链子，狂吠不止。

"那不是阿斯特丽德的错，也不是那些孩子的错。"杰克说，"你生活中的大人呢，学校的老师。他们应该保护你。"

"他们去哪儿了？"阿斯特丽德说，急于转移责任。但她随即僵住了。"我爸爸是你的医生。"

死去的孩子们突破了后门，开始用身体撞击地下室的门。

在这一切混乱的声响之下，还有一个哭声，急切而高亢。喵喵的哭叫。

"小猫。"杰克狂乱地左右张望。

死去的孩子们又打碎了几扇窗户。碎玻璃纷纷散落，像鹅卵石一样掉进水里。

杰克跟着喵喵叫声来到一个盖着圆盖的地下排水泵面前。他找到圆盖的凸起，掀开盖子，把手伸了进去。他拿出一个麻袋，扒开袋口。里面是只湿答答的小猫。"它在水下怎么喵喵叫？"他低声说，"怎么可能还活着？"

地下室的门忽然撞开，小孩们开始下楼。有些摔倒了。他们的四肢掉了下来，头也是，一路滚落入水，然后摇摇摆摆地漂到水面上。麻花辫浮了起来。他们变回了儿童画，其他小孩则爬过死掉的散落的尸体，向我们走来。阿斯特丽德开始尖叫。杰克抱着小猫，找到了一把弯曲的铁锹，可以当武器。

但我在头脑里看清了一切，真相突然明晰起来。"没事的。"我说。

僵尸小孩们停下了。

"他们不是冲我们来的。"我说。

这些是我的画。我的儿童想象力很聪明。我走到父亲的躺椅边，拉起拉杆。躺椅猛然向前一弹，让他跳了起来。这冲击仿佛让他复活了，他咳嗽着吐出嘴里的食物，喘息不已。他仰起头，发出哽噎的声音，抬手捂住胸口，双手交叠，仿佛即将表白爱意或罪恶的演员。他的目光在地下室左右乱窜，惊愕地发现自己还活着，而且仍然困在原地。

我站在他面前。他看见我并不显得惊讶。"要想象杀死你很容易。"我说，"我想你本来就一直想死。"

他接受了这句话，但表情中充满悲哀。

孩子们向他扑去。他们用手指捅进他厚实的皮肤，咬他，发出低吼、尖叫，奇特的嚎哭——每个孩子都有各自的悲伤和恐惧。

阿斯特丽德紧紧靠在地下室的墙壁上。杰克僵立不动，一手抱着

儿童画　165

小猫,另一手握着铁锹。他慢慢意识到,他不必再打死更多的小孩了。

在孩子们的撕扯啃咬下,我爸爸变得模糊不清。他有几根手指变成了粗重的黑线。他的身体变成了一个蓝色的圆,用蜡笔画出的有些气泡的色块。他的胳膊和腿都变成了直线。

他的头太宽了,一半是血肉,一半是画。他没有脖子,头发减少成几撮卷曲的发旋。孩子们把他拽得跪倒在地,他的眼睛成了黑点,但鼻子还是肉质的。孩子们把他的头压进了水里。他的脸已经一半是线条,很容易就散落开了,只剩下一半扬起的脸颊还是真实的。气泡上升开裂——形状奇特的手绘气泡。

过了一会,气泡也消失了。

他体积过大的头颅向一侧歪去。

孩子们在水里坐了下来。他们望着彼此,露出微笑,很疲惫,但很骄傲。

我涉水走到父亲身边跪下来。我拍了拍在他湿润的光头上,我自己给他画的卷毛。

杰克把小猫抱在胸前,扔下铁锹,望向阿斯特丽德。她脸色苍白,表情无助。我知道,一切都变了。我身处在别人的爱情故事里,也许同时也是别人的恐怖故事。此刻我无法分辨恐怖与爱,也许我从来没有分清过。

我走向杰克,不知道自己会说什么,做什么。

但走到他面前后,我只想抱住小猫,想摸有生命的东西,想把猫搂在胸前,也许它会发出咕噜咕噜的声音,像是不规则的心跳。

我拽了拽杰克的手,他摇头。"不行。"

但他还是让步了,伸出手给我看小猫,又软又湿,已经死了。

然后是一片黑暗,一阵轰鸣,还有灰烬潮湿的气味。

传送门

那年夏天，我们开始在各处发现传送门。我们不知道是怎么回事，也不清楚背后的原因。比如，德里克·汤普金斯独自去离他父亲三年前死于心脏病发的地方不远处打猎。在那里，他发现了一排孔。

"什么意思，孔？"那天晚上他的妻子在他喝醉后问。

"就好像被撕裂了。"

"什么被撕裂了？"

"这个，"他说。"他妈的这整个！"他挥舞着手臂表示一切。

那些孔像砸在石膏板上的拳头那么大。有五六个，排成一排，被明晃晃的白光照亮。"这听起来像嬉皮士的鬼扯，"他说。"但也许宇宙是他妈的多孔的。"

过了一星期，他还是脑子一团乱。他在狮子会开会期间喝得酩酊大醉，趁着酒劲儿又告诉了几位成员。另一位成员提起自己做社工的妻子曾拜访过厄斯金家。厄斯金家最小的孩子，二年级学生妮莎告诉社工，她把手伸进沙发垫子里掏零钱，却感觉吹来一阵冷风。

"我以为那风要把我的手扯断了。"妮莎说。

"这些伤就是这么来的吗？"社工问。"风刮的？"

妮莎点点头。她的手发红、皲裂。社工记下了。

两个少年准备在公共泳池嗑药。现在是淡季，游泳池抽干了。他们到达那里时，听到其中一个带活动阀门的过滤器传出奇怪的音乐。他们两人同时听到了音乐，但他们听到的却是不一样的音乐。这感觉就像音乐缓缓流淌，却用不同的方式击中了他们大脑中的音叉。那是他们听过的最好的音乐。他们甚至忘了要嗑药，只是躺在游泳池落了树叶的地板上，仰望着夜空。

公共泳池这件事过去后不久，一天夜里，达布罗斯基家院子里的轮胎秋千在微风中轻轻摆动。周围一切如常——白种宗主国居民、蓝色小货车，开败了的紫薇花。不过，在轮胎秋千中央，出现了一片夜空，洒满了星光。仿佛一群萤火虫在那里聚集，给它带去了星星点点的光。

泰迪·范德瑞是越野队的，正穿着他金绿相间的防风外套在夜跑。看见眼前的景象，他停了下来。

秦太太原本在遛狗。也停了下来。

泰迪拍了张照片，发给朋友。朋友觉得是PS出来的。

他和秦太太在那里站了一会儿。牧羊犬对着洒满星星的轮胎秋千汪汪直叫。

"这很奇怪，对吗？"他说。

"我不知道这是好是坏。"她回答。

"可能两者都是。"他说。

她扯了扯狗链。"也许都不是。"

"我们该告诉达布罗斯基家吗？"他问。

"这又不是我的院子，不关我的事。"秦太太回道。

他们逗留了一会儿，互道了晚安。泰迪继续跑步，往坡上跑。秦太太的小狗不肯离开，她最后把狗抱回家了。

秦太太在他们夫妻吃宵夜冰淇淋时，告诉了丈夫星空轮胎秋千的事。她丈夫有痴呆症，但似乎听明白了。他对她微笑点头，从桌子对面伸出手，握住了她的手。他很久没有做过这样的事了。

也许我应该说，这不仅是一个传言。是我亲眼所见。我就在那里，在达布罗斯基家对面的公共空间散步。我看到了泰迪和秦太太、还有她的牧羊犬和传送门。我当时正在从艾登·法布尔家回家的路上。

看见传送门，我一点也不惊讶。柯莱特·哈德利和她祖母死于车祸后，我总能看见她们。

我可能会想，嗯，一个轮胎秋千。有意思。

又或是，嗯，他们也看见了。

但仅此而已。我继续往前走。

我们很多人就是这么相信的：悲伤能在宇宙中撕出孔洞。

对此，我们屡见不鲜。

喂鸟器中爆发了某种细菌，于是死鸟随处可见。有人说这是预兆。

不久，三个孩子在操场上遭遇飞车射击，其中一个孩子死了。

接着，埃德·布里奇斯淹死了他还在上大学的儿子，并将这一切伪装成落水事故，骗取保险金；他在被抓之前自杀了。

获得军校最高荣誉的凯利·罗伯辛，在现役期间死亡，死于一场路边爆炸，发生在一个我们大多数人无法在地图上指出的地方。

两个流浪汉在自然保护区的帐篷里吸毒过量。

接着就是工厂的事。工厂早在20年前就关闭了，可我们发现工厂把某种毒药渗进了我们的水源，特别是洪水暴发时流毒最广。而这里洪水确实很多。

干旱期间除外，那时会发生火灾。那年夏天，两个社区因为放烟花被烧成了黑炭。

有太多事情需要哀悼，像是大乱炖一样地混在了一起。

这一切压得所有人喘不过气，人们的应对机制已经崩溃。各种各样的瘾——婚外情、酗酒、在便利店里大吵大闹……急剧增加。坏女孩变得更坏。欺负别人的人欺负得更狠。我们变得混乱、暴力、憔悴。

事实上，我们似乎毁掉了我们所有的应对机制，来到了另一个极端。是什么？是挫败还是无奈？又或是疲惫？

传送门

他娘的，我们难过。但这并不能完全解释这一切。在美国，哪个城镇不是他妈的一样难过？

有人这么说——也许条件已经成熟？

听着，我们知道的只有这些：有传送门。很多很多传送门。

我现在可以说了，因为自从这一切发生后，事情发生了改变。事实是：轮胎秋千传送门出现那晚，我和艾登·法布尔正在他家泳池旁的屋子里亲热，那间屋子混合了氯气、霉菌和塑料泳池玩具的味道。我和他亲热是因为我想证明我喜欢男孩——而且只喜欢男孩。

但这不是真的。我迷上了一个女孩——柯莱特·哈德利。我们不是闺蜜，没有任何关系。事实上，她不知道我对她的迷恋。即使我们是闺蜜，我们也会隐藏起来。我爸管住我们隔壁再隔壁的男人叫死基佬，我妈觉得所有短发的女人都有问题。"一个女的为什么要把头发弄成那样？"（总的来说，我与父母保持着良好关系，循规蹈矩，伺机离开这里。我把他们看作是我的资助人，重要的客户。）

柯莱特一家去了教堂。在我看来，教堂就是明目张胆说屁话的地方。

所以总的来说，失控的程度很难衡量。不过，我还在努力准备邀请她参加春天的迎新舞会。这可不容易。柯莱特和我甚至没有共同的朋友圈。然后她死了，我觉得我无法表达自己的悲伤。我不得不把悲伤藏在心里，塞在下面，拧成一个死结。

不过，还有这些传送门。

一天晚上，我的目光被邻居院子边的橡树叶吸引。在树叶的缝隙中，不是漆黑的天空。而是奇怪的光。当时，我并不确定那是什么。我觉得那些光有话想告诉我。玩具柜里有一件祖母的旧玩具，叫小光，是那一串彩色的小灯泡，可以随意移动。那些光就和那玩具一样,但什么也没拼出来。

慢慢地,灯光变暗,就像孩子们退出了手电筒的游戏,一个接一个熄灭了。熄灭。熄灭。熄灭。

艾登·法布尔告诉我,德里克·汤普金斯和兄弟凯文去森林里寻找他口中的"宇宙缝隙"了。

艾登和我躺在瓷砖地上,枕着发霉的椅垫,远离窗户,关上了灯,这样他的父母就会以为我们在参加物理俱乐部举办的学习班。我甚至不是物理俱乐部的成员。我们衣衫不整——衬衫脱了,我穿着粉红色衬垫内衣,裤子拉链没拉,但没脱下来。我们停了下来,这已经是我们能做到的极限,就像这样,在泳池边的房子里。我很欣慰我们停了下来。那时我觉得自己的身体很奇怪。悲伤、羞愧和内疚似乎让我身体变得僵硬。真实的我是存在的,但它非常微小,被隐藏了起来。

艾登之所以知道德里克和凯文的事,是因为凯文的二儿子也在JV长曲棍球队。两兄弟喝得醉醺醺的,比平时醉得还厉害,这就足以说明一切。他们朝树林走去,德里克在那里看到了孔洞,第一次得出了宇宙是"他妈多孔的"这个想法。

"你认为宇宙是他妈的多孔的吗?"我问艾登。

"当然,"他说,"这是黑洞、交替平行宇宙的事,跟森林里的醉酒猎人无关。"艾登·法布尔人气很旺。他长得虽然没有帅到让人趋之若鹜,但也够帅的了。而且他很有钱,这意味着他打扮得当,香水喷得恰到好处。他甚至还是JV长曲棍球队的。

"他们发现了什么?"

"一开始什么都没发现。德里克醉得太厉害,找不着那个地方了。后来凯文说:'是这儿吗?那地方有五个洞。'"

"孔洞。在宇宙中。因为宇宙是他妈的多孔的,是这意思,对吗?"

艾登看着我。"你见过吗?"

我没有理会这个问题。"他们绕着那些洞转了几圈吗?"我从没那么做过。

"他们绕了。从各个方向都看清那些洞,发着奇怪的银光。"

"一个三维的洞?"

"我不知道是几维。"

"怎么了?"我问。

"德里克把手伸进了最大的洞里。洞是锯齿状的,你知道。"

"我不知道。继续说。他发现了什么?"

"他觉得自己摸到了一种动物。摸到了毛。但又不是动物的毛。"

"那是什么?"

"是胡子。是他父亲的胡子。他在摸他父亲的脸。"

"什么?"

"千真万确。"艾登坐了起来,靠在墙上,瘦瘦的,没穿衣服,依旧没靠近窗户。"他把手伸进第二个洞里,是他父亲的脸。但刮得很干净。"

"他的父亲在那里还活着吗?还是说是死人的脸?"

"活着。非常有活力。温暖,有弹性。"

"他继续摸了吗?"我抓起衬衫,套在头上。

"他把手伸进了每个洞里,在每个洞里,他父亲越来越年轻。慢慢变成了一个小男孩的脸,最后一个,是一个婴儿的脸。"

"我去。"

"而且他能摸到婴儿的脸颊和蓬松的头发。他还说他在婴儿的头顶上感觉到了心跳,在那个软软的地方?"

"什么?"

"婴儿的头都有一些软软的地方。"艾登穿上了上衣,一件鲑鱼色的保罗衫。

"我没做过保姆。"我对婴儿了解多少呢?

"德里克真真切切摸到了婴儿的嘴,类似还没长出牙的牙龈。牙龈上有两个小芽。然后他就没摸了。他差点儿摔倒,哭得很厉害。他哥稳住他,抱住了他。"

"你想看看传送门吗?"我问艾登。

"我不知道,但那东西像是个人专属的。就好像,他正需要,它就出现了。我什么都不需要。"

"等等。"我拉上了裤子拉链,"你什么都不需要?"

"不需要这样的。"他说,"不是吗?"

我看到的传送门是个人专属的吗?是我召唤它们出现的吗?说不定我伸手进去,就能摸到柯莱特·哈德利的脸,摸到她活生生的脸,摸到她柔软的头发。我可以轻轻拂过她的睫毛,勾勒她的眉毛,触摸她的嘴唇。

万一有人发现我的专属传送门通往柯莱特·哈德利怎么办?我该怎么解释?

在从艾登·法布尔家回家的路上,我暗自下定决心,下一次,我再独自看到传送门,一定要伸手进去。

我停在达布罗斯基家的前院。那个轮胎秋千不见了。有人锯断了树上固定秋千的绳子。

我想象着达布罗夫斯基夫妇盯着客厅沙发上轮胎秋千的样子。他们两个人凝视着这片宇宙,就像宇航员从宇宙飞船舷窗望出去一样。但这不是一艘宇宙飞船。宇宙就在他们家里。

我走过他们的草坪,伸手摸了摸树上已经磨损的绳子。退开时,我踢倒了泛光灯。草坪亮了起来,像舞台一样。我没有跑。我只是站在那里,盯着达布罗斯基家的窗户。

我想知道他们是否也在隐藏什么。

那几个原本想在空泳池深处自杀的孩子们,开始以此谋利了。他们让朋友为"带路"付费,仿佛这很危险,需要精神向导。

有时泳池过滤器传送门会传出音乐,有时又不会。因此,有的人对此深信不疑,有的人则认为完全是胡扯。

要不了多久,你就可以在网上完成注册,并通过 Venmo[①] 预付费用。这些孩子每晚的收入几乎达到300美元,直到警察叫停生意,用胶带封锁该区域,立起更多"禁止入内"的牌子。

其中一名警察,乌帕迪亚警官,自愿负责看守。反正这也是他的巡逻区。他从巡逻车上下来,绕着游泳池走。然后,有传言说,他感到胸口很轻,很兴奋,他走下梯子,来到泳池深处。他在那里站了一会儿,闭上眼睛,听着。

他一开始听到的是音符组成的乐曲,慢慢变成了熟悉的音调。是他母亲的声音。是她哀求的声音。那声音被一堵薄墙挡住。她恳求他的父亲住手,说她会做得更好,说她会把事情做对。她要把什么做好、做对并不重要。这不是真的。她恳求的声音是真的。她在为自己恳求生的机会。接着,他听见自己幼时柔和的呼吸,轻柔而急促,不时被抽泣打断。他无法带母亲逃离父亲。而这就是他想救人的原因。这就是为什么他站在空荡荡的游泳池里,听着这首可能会改变他对世界认知的歌,他永远做得不够,永远无法拯救那些需要被拯救的人。

随后歌曲结束了,乌帕迪亚警官独自一人,呼吸轻柔而急促,不

[①] 一款小额支付款项的软件。——译注

时被抽泣打断。

刚发出抽泣,他就察觉到了不同。他看了看泳池过滤器。只能听到周围居民区夜里的声音,远处有汽车在直道上飞驰。他抬头望向夜空。有那么一瞬间,他感觉自己变得很轻很轻,好像快飘离地面一样。

并非所有的传送门都是好的。

妮莎·厄斯金在周六下午拨打了911报警电话。她母亲喝得酩酊大醉,大喊大叫,骂她是蠢货、白痴、该死的垃圾。厄斯金夫人把她打得很惨。

这不是她打电话的原因。她对此早已习惯了。

她打电话是因为当时母亲累坏了,坐在沙发上休息。接着她母亲听到坐垫上传来的奇怪声音。她站起来,拉开坐垫,布料上出现了一个缺口,缺口背后什么都没有。没有光明,没有黑暗,没有星星,什么都没有。

"你的意思是?"社会工作者后来问妮莎。

"我是说那里什么都没有。它不在那里。"

然后她妈妈伸手去摸,那片虚无中有什么东西拽住了她的胳膊,把她往前拉。她挣扎着。向妮莎哭诉求救。但妮莎愣在原地,她太害怕了,整个人动弹不得。

"它大块大块地吞了她。"妮莎说。

"大块?"

"就好像,它只是把她拉了进去,但没有吃掉她。扯成大块!再往里拉,吃掉她。很大一块,大块!"

然后她就不见了。

"听我说,妮莎,"社会工作者说,"尽量诚实地告诉我,你妈妈

传送门 177

去哪儿了?"

"她在虚无中。"妮莎回道,"虚无吃了她。"

每个人都听过这个故事。

每个人。

但我已经下定决心要把手伸进传送门。如果可以触摸到柯莱特的脸,我愿意冒险。

只是还有一个问题。我再也没见过任何传送门。这就是传送门的问题。它们是狡猾的混蛋。每当你以为自己搞清楚了传送门的本质、工作原理,它们就会发生变化。我在树上、链式栅栏、轮胎秋千里都没看到传送门。我到处都找遍了。

有时,我半夜惊醒,一身冷汗,心脏剧烈跳动,感觉房里出现了传送门。就像一个伤口。一个能看到我、了解我的伤口。

但什么都没有。没有星星,没有风,没有音乐,没有光……

一天晚上,我给艾登·法布尔发短信。

你知道德里克·汤普金斯的传送门在哪儿吗?

我想,如果传送门是特定的,我想找到那个能让我触摸脸颊而不是吃掉我的传送门。

艾登还没睡。他马上回了短信。

我可以找出来。

艾伦·达布罗斯基在车道的尽头打开汽车的大灯,照亮了一半后院。在蒙蒙细雨中,他挖了一个洞。这个洞离达布罗斯基夫妇埋葬小狗巴兹的地方不远。

后院邻居阿曼达·道格拉斯看着他,只见他挖得很卖力,偶尔停下动作只为了咳嗽和啜泣,她不确定,他有时会一边咳一边哭。有那么两次,他不得不跪下来,就像足球比赛中有人受伤时那样。阿曼达挺着大肚子,难以入睡,她等着看他是不是杀了人,现在来挖坟。这就是我们镇上的现状。她在想,巴兹已经死了,那么会是谁呢?

最后,艾伦·达布罗斯基回到了他自己家里。再看见他时,他滚动着轮胎秋千的轮胎。透过窗户,阿曼达能看到针孔大小的星星在里面旋转。他把轮胎滚到坑边,任它掉了进去。

阿曼达看着达布罗斯基家的房子,她发现达布罗斯基夫人正透过他们家餐厅的玻璃窗盯着丈夫看。随后,阿曼达想起很久以前听人说过,达布罗斯基夫妇有过一个儿子,6岁。天主教堂里的儿童房不是叫利亚姆·达布罗斯基房吗?达布罗斯基夫妇已经40多了,似乎没有孩子,可为什么家里会有轮胎秋千,除非他们有过一个爱荡秋千的孩子?

艾伦·达布罗斯基站在那里,凝视着自己挖的洞。他在那里站了许久,也许他在凝视着土里的宇宙。随后他拿起他的铲子,将它埋葬。

艾登和我在树林边的秋千架旁见了面,德里克·汤普金斯在那里发现了五个宇宙孔洞。

我们没怎么说话。我们俩都不愿意多说。我去那里有我自己的理由,而且我认为艾登过来是因为他喜欢我,想炫耀他发现了那些洞。能在树林里找到东西可是件很有男人味的事。

他用手机作指南针,直到我们失去信号。天气阴冷潮湿,尽管已是深夜,仍能听见几声鸟鸣。"它们为什么要这样叫?"我说,近乎自言自语。

"光污染扰乱了它们的昼夜节律。"艾登说。

"你怎么会知道这些?"

小路上，他走在我前面。"我不知道。我就是懂。"

我们走了大约半小时，我说："快到了吗？"

"算是吧。"

"你要伸手进去吗？"我问。

"不。"

"为什么不试试？"我说。

他转过身，继续往里走。"我为什么要伸手进去？"

"因为好奇？"

他摇摇头，似乎在向我坦白悲伤，坦白失去。他失去了什么？我们都失去了很多东西，这是没办法的事。

山路七拐八拐，来到一段陡峭的上坡。他停了下来，我也停了下来。"那里。"艾登说。他靠在一旁，指向前方。

我看到了。五个明亮的、锯齿状的洞。尽管腿很累，我依旧奔跑起来。

"等等。"艾登说着追了上来。

我们走进灌木丛，围着洞口转了一圈。

"你觉得你会摸到什么人吗？"他问，"在洞的另一边？"

我把手伸进最小的洞里。我很害怕，只能试探着摸索。我想象着手指拂过柯莱特·哈德利的脸颊。我太想摸到她的脸了，却惊讶地发现手里除了空气什么都没有。没有刮伤妮莎·厄斯金的冷风。

只有空气。

"怎么了？"艾登问道。

不过，手臂的感受不同。就好像它突然有了其他感受——不是味觉、视觉、嗅觉之类的。是其他的。"我感觉手臂很轻，有些刺痛，仿佛它在收集信息。"

"什么信息？"

我把手臂抽回胸口。"狗的嗅觉比我们灵敏得多,"我说,"它们出去逛一圈,能闻出一整本小说。"

"章鱼可以用它们的触手来闻。"

我走到下一个洞口,将手从裂缝中伸进去。这一次,我摸到了一些东西。一缕头发?我摊开手掌,摸到了一只耳朵、下巴、粗糙的短胡茬。根本不是柯莱特。

艾登在我身后大喊一声。"天哪!什么东西?"他对着空中挥舞,仿佛被人攻击了。

我把手抽出来。"怎么了?"

他目不转睛地盯着我。"再来一次。伸手进去!"

我把手伸进下一个洞。在那里,又是一缕头发、温暖的脸颊、下巴。我回头看向艾登。

"是我。"他低声说。

"可你没死。"我说。

他的眼睛盈满泪水。"我已经死了。"

"你什么意思?"我来到最大的洞口,这是这一排的最后一个。我双手撑在洞口两侧,这可能很难想象,但你可以说我正抓着这个世界的边缘。我想把洞口砸宽。我拼命拉扯。可它纹丝不动。我抬起前臂,用坚硬的胳膊肘朝着洞口边缘猛击。

掉下一块碎片。一块我们世界的碎片。这里的一块。

我又砸了一次。另一大块掉下来,掉进了洞里。"帮帮我。"我说。

艾登站了起来。他个子很高,能把肩膀插进边缘。一大块掉了下来。我们轮流撞击、踢打边缘,直到洞口大到可以走进去。我们两个人站在洞口,明亮的光线照射着我们。

"你为什么觉得你已经死了?"我问。

"和你死的原因一样,对吗?"

"你对我一点都不了解。"

"你为什么来这里?你在找谁?"他变得很生气,"你为什么和我去泳池边的房子?为什么选择我?"

太多问题了。我不知道该回答哪一个。

"我来过这里。"他说,"进去看看吧。"

"看什么?"

"我们。"

我不明白。我只是想摸摸柯莱特的脸。踏入这个宇宙的洞口,也许我还能再见到她。如果可以,我会狠狠地拥抱她。也许我们可以抹去发生的一切,在一起。

我抓着洞口的边缘,朝光线探出头。艾登,我在这个世界上认识的那个艾登,就在我身后。但我看不真切的是那个镜像的世界——我的额头碰到了艾登·法布尔的额头,另一个艾登·法布尔,那一边存在一个他的化身。我踏入那个洞,就踏入了他的身体。

这具身体来自恐惧。焦虑在他胸口筑起蜂巢。恐慌在他肋骨间跳动。难以名状的不安充斥他的四肢。痛苦的信号四处闪烁。兴奋的身体。

我知道那是艾登·法布尔的身体,因为我就是他。我能接触他的思想和记忆,它们像洪水一样涌来。他的母亲在给他手上的烧伤抹芦荟。他祖父母的房子,有一段铺着地毯的奇怪的狭长走廊。一只死沙鼠,他的手按在玻璃笼子上。生日礼物上扯下的胶带。另一个男孩,瑞安·多伊尔,在公交车道上推搡他。每段记忆都伴随着情感波动。有些则毫无意义。生日礼物带来的是焦虑,而非兴奋。不知为何,沙鼠的死带来的是一种解脱。

还有瑞安·多伊尔。

他的手放在艾登的胸前，就像摔跤中夹头动作时隔得那么近。

我现在就在那里，和艾登一起在泳池边的小屋里。他不喜欢这样。他肌肉抽搐得厉害，浑身发抖。他希望这一切结束。他努力熬过这一切。

他表现得就像在泳池边的屋子里亲吻女孩的男孩。

我转过身，四面八方只看见光。耀眼的光。我记得有一次，我在海里被一个浪头狠击，一时分不清自己是在往上游还是往下游。我伸出双手，那是艾登的手。我朝各个方向各走了几步。这个地方有方向吗？这里遵循时间和空间的法则吗？

艾登·法布尔内心已死——像我一样。他有一个秘密——像我一样。他在这里，所以他知道我的秘密。他故意的。他知道在我的身体里，在我的脑海里是什么感觉。他知道柯莱特·哈德利。

我旋转着，旋转着，伸出双手挥舞着。

然而，随着动作，我进入了其他身体。

我……我很小。我坐在警车的后面，手里拎着一个美元树[①]的塑料袋，里面装着我的睡衣、换洗衣服和牙刷。我是妮莎·厄斯金。我在想，我杀了我妈妈，因为我希望有东西能吃了她，而那玩意儿做到了。我握紧我那双黏糊糊的手，笑了。

但我也在驾驶巡逻车，我是一名警察。我说："会好起来的。我们将为你找到一个好地方。"我很感激，因为也许我正在拯救某人，也许这就是我拯救自己的方式。

还没来得及细细感受，我已经在洗澡了，水打在我的头上。我的大手压在瓷砖上。我是一个成年男子。德里克·汤普金斯。对父亲的思念让我尴尬。对他的爱让我羞愧。我应该克服，但我无法继续

[①] 一家在美国和加拿大经营折扣零售商店的公司，是美国前三大的折扣零售商之一。——译注

前进。

接着，我竟然分裂了，我同时是两个人。我是躺在床上的达布罗斯基夫妇，眼睛盯着天花板，想知道到底发生了什么。我们都很清醒。我是那个伸出手来握住对方手的人。也是那个接受了这只手并紧紧握住它的人。

我是阿曼达·道格拉斯。浴缸里的孕妇。浴缸边缘点着许愿蜡烛，其他地方则是一片黑暗。我看着我的肚子——感受宝宝在体内转动带来的蠕动。膝盖和肚子露在水面上，在肥皂水的映衬下发出光芒。

接着，在闪烁的微光中——出现了一道亮光。光从我脚边的水中升起。来自……我的身体？不，这光一定是从排水口来的。这个身体里，我是天主教徒，我无能为力。我回想起圣母玛利亚在马槽里分娩的情景。耶稣出生时是不是也带着光……的环？他出生之前，他受难时——加冕时，换个角度思考——约瑟夫是不是也曾对玛利亚说，"我看到了光！"

那是不可能的事。我站起来，浑身湿漉漉，映出烛光。那道光消失了。

我是一个想自杀的少年，但现在我在地下室拿着键盘，试图重现空水池过滤器里涌出的音乐。

我是泰迪·范德瑞，我总是夜里跑步，因为我害怕入睡，害怕失眠，害怕醒来。我独自在夜里奔跑，因为奔跑时，我知道我在自己身体里。否则，我不确定我是谁。

我正在遛狗，不过它根本就不想被遛。可我必须出门，远离我的丈夫，他正在慢慢被抹去记忆。

我是一个老人，还以为现在就是过去。我等待着妻子回家，我记得她的脸。只要我还记得她的脸，我就知道我还在这里。她的脸说：

家,你就是家。

我飞快地穿过一个又一个身体,突然有人抓住我的前臂,我伸出双手,紧紧抓住他。

艾登用力把我拉了出来,我们跌跌撞撞地回到了灌木丛中,树林里——树上传来迷路鸟儿的歌声。

不仅是悲伤在宇宙中撕开了孔洞。你的恐惧,你的渴望……你的秘密和你的耻辱也能做到。为什么我们会这样?我不知道。到最后,我们习以为常。

人们从开放的传送门前经过。

人们留意并倾听它的声音。

人们把手伸进门里。

人们拓宽洞口,走进去,要么就此消失,要么回到我们身边。

人们害怕它。

人们埋葬它。

人们闭上眼睛,期待它出现。

我的意思是,你可能听说过在其他地方也出现了传送门。在日本和加拿大。埃塞俄比亚有很多,但它隔壁的肯尼亚却从没见过。西伯利亚有一个。在利物浦随处可见。在没有传送门的地方,人们渴望传送门;他们说自己正在经历难以理解的创伤。缺少的东西太多。在新的研究领域,研究人员试图弄清这一切,宗教人士试图找到一种方法使之与上帝联系起来,那两个出售游泳池过滤器传送门途径的孩子并非唯一试图以此谋利的人。在某种程度上,传送门只是人类掌握的一种新工具。于是乎,有人把女朋友的前男友塞进传送门,结果两个人都被吸走了,再也没人见过他们。不过,就在隔壁,也会有一个人在后院烧烤,而旁边就是一个大敞着的传送门。这扇门只是通往他们死去的拉布拉多猎犬塔米·塔姆斯。他们依旧可以抚摸它,在另一边,它还活着。

我和艾登·法布尔?我们已经得到了自己想要的东西。这已经足够了。我们知道对方的秘密,我们为对方保守这个秘密,好好保守,直到你准备好公之于众。我们不再执着于传送门,更关注寻找出路,在这个世界上闯荡。

也许还有一个故事可讲。

在我们高三那年的冬天,艾登和我会帮助对方解开心结。我们一起参加了迎新舞会,仍然守护着彼此的秘密。我们在艾登的余兴派对上喝得酩酊大醉。一些孩子陆续跳进艾登家后院的游泳池。

"我们离开这里吧。"他对我说。

"你想离开你自己的派对?"

"没错。"

我们从车库里拉出自行车,在附近骑行。我戴着艾登礼服上的黑色领结,穿着蓝色薄纱蓬蓬裙。我把裙子打了个结,这样裙摆就不会被齿轮夹住。艾登光着脚,他脱下燕尾服,解开白衬衫的领口。喝醉,再像孩子一样骑得飞快,气喘吁吁,风驰电掣,这感觉真好。

但后来我们到了达布罗斯基家。我们停下来,盯着原本是轮胎秋千的位置。

我看着艾登。"你知道我们该怎么做。"

他确实知道。

我们回到他家,从棚子里拿出铁锹。我们把铲子扛在肩上,跳过栅栏,来到达布罗斯基家的后院。我等待着泛光灯亮起。但后院里没有。

要找到达布罗斯基先生埋轮胎秋千的地方并不难。绿油油的草坪上一片突兀的土地。

艾登和我在黑暗中挖掘。汗水湿透了他的白衬衫，和我紧绷的绸缎裙。接着，我的铲子碰到了什么东西——像是橡胶。

我们挖得更快了，然后艾登进入浅坑，用手拂去泥土。

它还在那里。宇宙——漆黑如墨，点缀着星光。

我们并排坐着，凝视着轮胎，谈论我们要申请哪里的大学，想在哪座城市生活。过了一会儿，我们躺下来，看着头顶的天空。我们谈天论地，畅所欲言，直到聊累了。他把双手垫在脑后。我把头枕在他的胸前。就这样，我们正准备入睡，我们听见道格拉斯家的孩子醒了，哭声从打开的窗户里飘出来。

盗版

亲爱的库珀先生①：

我的名字叫阿丽莎·希尼。我十四岁了。我是梅格·希尼的女儿。（我们的名字眼熟吗？你认识我们任何一个人吗？）我妈在保释期逃走了，我们现在在纽约州北部的一家汽车旅馆里，离加拿大边境不远。等你收到这封信，我们已经在别的地方了。

我相信，这些日子，一定有许多像我这样的库珀后代给你写信，但我并不要求你做我的爸爸，也不要求你爱我。我确实想请你帮个忙，但你得先对我有所了解。我的成绩不错，特别是科学课。我有两个好朋友，米沙和瓦尔，但我不能给她们发短信什么的。（妈妈和我都把手机扔了。）我害怕坐电梯。我做梦会梦见施坦威钢琴在大海上漂浮。你知道钢琴是腿朝上漂浮的吗？我想让你知道，我是一个完整的人。

我妈妈也是。事实上，她是个很了不起的人。现在，她的处境很艰难。我听得见，她正躲在淋浴间里哭。她以为我听不见，但我能听见。她不是什么诡异、疯狂的骨肉皮。她从来没有像卧底爆料的那样，去什么可疑的黑市地下室买你的基因。你看过那段传遍全网的视频了吗？一个男人摆出成盘的选择给人挑。"我们这儿有杰伦·布朗②，海姆斯沃斯③，夏勒梅④。"

"海姆斯沃斯是哥哥还是弟弟？"有个女人问。

"哥哥弟弟都有！"男人说，笑着举起双手，像卖盗版手提包一样卖你们的基因。这视频火了，大家都取笑他们，但也感受到了他们的绝望——她孤独可怜，想当妈妈，面对着推销员，一个毒贩。大家都爱看名人沦落成一毛钱一包的臭大麻。人们爱你们，也恨你们；他们

---

① 布拉德利·库珀，美国男演员。——译注
② NBA 运动员。——译注
③ 澳大利亚男演员。——译注
④ 美国男演员。——译注

盗版　191

会因为爱你们而心生憎恨，有时也因为恨你们而感到快意。然后警察破门而入，把他们都抓了起来。人们过于珍视某些人的生命，却漠视另一些人的生命，这太糟糕了。

在我妈成长的年代，我这样的小孩根本不可能出生。我是说，医生都知道，总有一天我们能采集口腔拭子，光凭皮肤细胞就培育出精子或卵子。我还曾经写过一篇生物报告：《体外配子生殖：运作原理》。我没跟老师说我是个盗版，但她知道。

我妈的案子——持有赃物的重罪——难就难在她没有去黑帮掌控的黑市买偷来的DNA，所以她无法提供情报争取减刑。用她律师的话说，她没有任何筹码。但我听说，名人可以写信为人求情。如果名人表示原谅了对方，在法庭系统里，这会有很大的帮助。

我会把这封信寄到你经纪人的办公室。希望能有人把信转交给你。你能不能帮我妈写封信？她叫梅格·希尼。这会帮我们的大忙！拜托了！

真诚的，
阿丽莎·希尼

亲爱的布拉德利·库珀：

你好吗？希望你过得不错！

又是我，阿丽莎·希尼。梅格·希尼的女儿。我给你写过一封信，请你给法庭写信，为我妈求情。你收到了吗？

我想告诉你，我们不需要你的钱。我妈继承了我外公外婆在赫尔的房子，赫尔在波士顿的南岸。那房子临海，前面有海堤。因为被海水淹了太多次，我们在房子底下搭了架子。那是座漂亮的蓝色小房子，有扇巨大的落地窗，窗前有一架施坦威钢琴，外面就是通往大西洋的马萨诸塞湾。

我出生前，我妈独自住在这座房子里。她有份不错的工作，在拉塔韦电子公司做技术支持员。她穿着黄色的保罗衫，上面印着公司徽标。周末时，她和朋友去乔氏航海酒吧喝酒。他们坐在皮沙发上，头上有块写着"沃基根"的牌子，旁边画着一位正在倒酒的老调酒师，像是当地人的守护神。

她并没有梦想着拥有一个布拉德利·库珀的孩子。她心里想着的是罗南·马什，他甩了她，搬到了多尔切斯特。还有鲍比·哈姆林，他吹嘘说要自己开个高档酒吧，供肥头大耳的科哈塞特银行家出入。鲍比直截了当地告诉她，要维持那种酒吧的运营，他需要一位身材火辣的老婆。我妈身材并不火辣，但她很聪明，很幽默，笑起来特别让人开心，就算我不知道她在笑什么，也会跟着她一起笑起来。（我妈的笑声一定也会让你笑起来。）

能以传统方式勾搭交往，然后一起生个孩子的男人并不少。但和他们的前景实在是挺黯淡的。所以，她梦想着能自己生个宝宝。她三十四岁了。她有个表妹就是单亲妈妈，自己带娃。我妈想着自己是不是也可以。

然后，一天下午，我的亨得利姨妈打电话给她。"我拿到他的头发了！"她是做家政服务的，在波士顿最豪华的文华东方酒店里推着保洁小推车到处走。亨得利姨妈沿着博伊尔斯顿大街从酒店一路走向科普利广场，几乎是在小跑。头发——你的头发——装在塑料三明治袋中，塞在她保暖大衣的口袋里。正是寒冬。节假日来了又走。一切都凄凉潮湿。

"谁的头发？"我妈问。

"库珀，"姨妈说，"布拉德利·库珀！你快去吧。"去是要去干吗，意思非常明显。新闻里已经开始出现名人盗版的报道。"有些医生不会问太多问题。"亨得利姨妈说。我想象她站在人来车往的街角，

盗版　193

在寒风中呼着白气,"去吧。这是个好兆头。"

我妈刚在赫尔那座房子的客厅里跟着油管做完运动。亨得利姨妈又在快步走路,两个人都有点上气不接下气,让整件事显得十分紧急。外公外婆死后,我妈就搬到了他们的房子里,透过巨大的落地窗可以眺望大海和天空,深浅不一的灰色和蓝色,海鸟在上空盘旋。总有飞机在洛根机场起起落落,发出轰鸣声。她还能望见远处的波士顿,成排成行的高楼。"我该去吗?"她的声音在落地窗的玻璃上激起回音。

"那当然。要不然你要怀谁的孩子,冯恩·梅尔彻斯特?"

梅尔彻斯特想让所有女人都怀上他的孩子。他和三个不同的女人生了三个孩子,三个女人都恨他。他开着辆面包车做宠物犬美容生意,但其实大部分时候都在贩毒。如果真有人叫他给狗美容,他会很生气。

我的意思是,有些人可能会不顾海姆斯沃斯或波士顿凯尔特人队员,选择你。但在我家,你的竞争对手是冯恩·梅尔彻斯特那样的宠物狗美容师/毒贩。

明白了吧?这不是偷窃。更像是撞上了。她并没制定什么总计划,去和黑帮经营的黑市亲密接触。这根本都不是事先计划好的。你出现了——她不能放过这个机会!实际的体外培育过程非常便宜。我是说,那以前贵得要命,只有超级富有的人才负担得起,但我妈只用月度分期付款就搞定了——像是用商店信用卡买的洗衣/烘干机。我们的社会让这个过程变得如此容易,一点都不像是犯罪。生孩子怎么会是犯罪呢?拥有一个宝宝?我?我是说,有些人认为我们这种人违反了上帝所制定的自然秩序,但我非常可爱,很幽默,很聪明。我怎么会是一个谬误呢?

我不是!但我打赌,你也听说过,有些政治家想把我们这些盗版全都从社会上隔离出去。因为我们会破坏社会所珍视的东西。我们必须受到谴责，对吗？如果我们不付出代价，那就只会鼓励这种事愈演愈烈。他讲的是某种"学校"，但我听着就是个少管所。所以，就是这样。但我打赌，在这方面你也帮得上忙。名人总是能帮得上忙，对吗？

我们明天一早就得离开这家汽车旅馆，设法进入加拿大。中间有一条冰冻的河，还有几片森林。感觉很悬。但我想让你明白，我妈是多么无辜。希望你能写信为她求情。这对我来说很重要。

真诚的，
阿丽莎·希尼

亲爱的布拉德利：

跨越国境真不容易。加拿大二月份真冷。我很幸运，因为我戴着有羊毛内衬的红袜队帽子，还有一件毛皮长大衣，真毛真皮。（我说过了，我们不需要你的钱。）我们跟着两个开雪地摩托的男人跨越了一条冰冻的河。（我妈说他们是毒骡。今天，我们就是他们的货物。我一直都觉得自己是种非法存在。顺便说一句，我讨厌"非法"这个词。怎么着，我在法律上就不是个人？）我使劲抓着这个人的肋骨，他们的肋骨都很巨大。我都不知道还有人能长得这么巨大。一路都是轰鸣的引擎和震动。头盔上下跳动，就算我戴着帽子，头盔对我来说也太大了。

然后他们把我们放下，我们走进了一片森林，好多雪。我妈告诉我，在越战中被征召的士兵也曾跨过同一条冰冻的河，也穿越过这样的森林。移民也一样。"还有难民。"她耸耸肩，意思大概是我们现在应该也算难民吧。

我们现在在一个秘密地点。特别荒凉，闻起来有股猫尿味。我妈在思考接下来该怎么办。她尽量让这一切都显得很好玩。她把在我这个年纪会的舞步都交给了我，我们用床单做了个帐篷，把手电筒支到下巴上，互相讲鬼故事。但我看得出来，她很害怕。我们一起看着电视，我能感觉到她在看我。她害怕会失去我。我害怕会失去她。监狱和少管所，就此永别。

听着，我明白大家为什么反对我这样一个概念——在理论上。但我不是理论中的人。我是现实里的人。

发现"父方基因的来源"时，我六岁。我的亲戚都早就知道了，我妈觉得有人向我泄密是迟早的事，就像我表哥说出圣诞老人的事。概念我都明白：妈妈，爸爸，宝宝。我也知道我家缺了其中一位。我妈已经给我解释过无数次：组成家庭有很多种形式。还有我们自成一体。还有两个人也是一个家庭。最后，在麦当劳的儿童游乐场，她和我坐下来谈话。"妈妈可以挑选让谁来当爸爸。这部分叫做基因。你的基因来自一个特别优秀的人。他是个演员。"她在手机上播放了几段视频。

你在电影里跳舞。你是个士兵，是个歌手，是个有名的作曲家。你存在于不同时空。你很幽默，很聪明。你哭泣，也爱过别人。每过一阵子，你都会望向镜头——望向我！

"能叫他到家里来吗？"我说。

你不可能知道我的存在。镇压行动已经开始。她说："我不该用他的基因。我可能会惹上麻烦。所以这是我们两人的秘密。"

之后的许多年里，我逐渐爱上了看你的电影。我看油管教学视频，自学踢踏舞和唱歌。但我都不擅长。我知道，你是个好爸爸。我见过你和你女儿的合照。你表情滑稽，身材健壮，看她的目光充满了爱。那么多爱，我相信你还有没用完的份。我妈说爱不是馅饼，而是流也流不完的喷泉。

我讨厌待在这个糟糕的地方。我想回家。我出生时，赫尔是个半岛，但随着海平面不断上升，半岛不断受到侵蚀，每次一吹东北风，半岛与大陆之间的道路就会淹没在水下。现在，它变成了一个岛。所以我们才不得不把蓝房子架起来。水淹得很厉害，但我们保住了钢琴。现在，钢琴还摆在那座架在海水上的房子里，房子已经空了。

　　在一个从半岛变成岛屿的地方生活，你就会明白海洋是一股力量，它只赢不输。有时，我觉得我们仿佛在与海洋作对——实际上是法律系统，它也同样是一股力量，它恐怕也会赢。

　　我妈说，人生就是这样。你明知道会输，却还是心怀希望。输赢并不重要。重要的是无论输掉多少，都怀有希望。

　　但你了解输的滋味吗？有那么多好事发生在你身上，那些超模，那些重要角色，你能想象出和普通人一样输了又输、输完再输吗？

　　请写信为我妈妈求情——她叫梅格·希尼。

　　你可以直接把信寄给马萨诸塞州法院系统。

　　如果你能写这封信，我会非常感激你。也许我们可以回家，也许我的希望不是一场空。

真诚的，
阿丽莎·希尼

布拉德利：

　　你不会写信，对吧？你不会帮助我妈妈和我。我是你的后代。你知道吗？不管你乐不乐意。我就是。

　　但你知道吗？你可能以为，我会到处吹嘘我是库珀的后代。我没有告诉过任何人，除了匿名网上论坛里其他的库珀后代。要不是FBI冲进了那个体外配子生殖医生的办公室，恐怕没人会发现我们。我不在乎你是否出名。我不在乎你是不是个出色的演员，会不会唱歌跳舞。老实说，我觉得这真他×的可悲。你本来只是个小男孩，你爸妈希望你好好长大，学习金融专业，和他们一样富有。但你却想成为别的什么人。你想以假扮别人为生。为什么？为什么会有人有这种愿望？是因为他们不知道自己是谁吗？是因为他们想要逃离吗？如果是这样，那你和我至少还有这个共通点。我不知道我是谁，但我知道这很危险，我必须逃亡。

话都说到这里了，我再说一句，你觉得自己那那那那么好看。告诉你一个秘密：你从来就没有那么好看过。你脸上每个部分都很普通。你只是学会了装出一副你长得很好看的样子。你学会了好看的人所拥有的眼神、微笑和手势。我妈上当了。但我看穿了你。高中时你也就是个零分吧？

头发蓬乱，鼻子那么尖，下巴歪斜。如果没有隔三差五的好运降临，你和乔氏航海酒吧的那些人也没什么两样——我妈那从来没能开起科哈塞特酒吧的前男友，还有因为贩毒坐牢的冯恩·梅尔彻斯特。我想你应该知道自己有多幸运，也知道你和那种人之间只差了几次特别侥幸、阴差阳错的好运降临，这恐怕让你非常不安。

你会为了这一点辗转反侧吗？想到一切很有可能变成另外那个样子？

在我网上遇到的所有库珀后代里，那些名字里带布拉德利的人最惨。我曾经在匿名论坛见过一个。他妈妈会把他是库珀后代的事告诉每一个人：杂货店里的陌生人，教他的老师，和她约会的男人。他不擅长唱歌、跳舞或表演，但他长得确实挺像你，这只让事情更糟了。所有人都等着他一鸣惊人。比如呢？一把脱掉衬衫，展露胸肌和腹肌？布拉德利·鲍曼胖乎乎的，很害羞。有一次，他给我发信息："我有一半，你有一半，我们加起来就是百分百。我们是完整的。"我知道他的处境肯定很惨，把他整个人都搞得一团糟。我是说，我们所有人都不例外，但对他的影响实在太深。我都不知道布拉德利·鲍曼现在在哪儿。

你得明白，是你让人们爱上了你。是，你没有在乔式航海酒吧整夜向我妈搭讪，期待她喝得太多，跟你回家。可那不就是你在大屏幕上所做的事吗？

我的毛皮大衣是我妈带我在一家慈善二手店买的。我之前写得好像我们很有钱的样子，罢了。我们一发现大衣，就冲到柜台前付了钱，飞速走人。那是一个机会，我们抓住了它，就像亨得利姨妈在酒店枕头上发现了你的头发。

如果你没有花了一辈子来诱惑我们，一遍又一遍，她是不会这么做的。而且你通过诱惑他人来挣钱。所以这到底是谁的错？谁又是受害者？

你知道吗，布拉德利·鲍曼比起夏天更喜欢冬天。他会拆电脑，拆完还能再装回去。你会吗？你只会雇人来帮你干。他还喜欢看动画，虽然他不好意思承认。我也喜欢。动画总是在讲局外人的故事。我们都是局外人。我们和一半的自己断开了联系。我们还应当觉得自己很特别——应当觉得感激。我们很幸运。可是对我们来说，出名的那一半并不比爱我们的那一半更重要。我们一半被人爱，一半被人遗弃。我们非法得到了一些东西？得到的是什么呢？很难说。我们应该拿它怎么办呢？没人说得清。

现在，我们每个人都是赃物，是原本属于别人的财产。这就是为什么他们要围捕我们，把我们的父母关起来，送我们去盗版少管所，给我们好好上一课？也许他们想让我们明白，我们并不比其他人强。他们想让我们明白，我们其实比其他人更差劲。他们不想让我们觉得自己有什么价值。我妈偷走的东西到底有多少价值？让我成为我的那一半？你不可能偷走一半的你——那就是你。那是属于你的。

你不愿意承认布拉德利·鲍曼和我的存在，那你就去死吧。

我有权保住了解我、爱我的那一半。

阿丽莎·希尼

亲爱的布拉德利：

我为之前写的那些话向你道歉。这儿糟透了。我们什么也不能做，哪儿也不能去，也没办法开始新生活。家里人给我们寄了钱。但我们在保释期逃跑了，提供保释的人可不喜欢这样。他们会来抓你。这里很冷，暖气总是开得很低。我从早到晚穿着毛皮大衣，仿佛变成了一只动物。为了保暖，妈妈和我挤在一起睡，身上盖着两层羊毛毯——会让你不停觉得痒痒的那种。没有手机就像没有双手——我不知道还能怎么解释。我们看电视，但收不了几个台。

我很不高兴，就拿你来出气。对不起。我尽量从你的角度来思考这个问题。我能想象，如果这世上有人继承了你的基因，那感觉有多么诡异、可怕、恐怖。就像你丢掉了自己的一部分，它们在你不知道的遥远的地方跑来跑去。我是说，无论怎样，你也得把那些头发扔掉，但我确实能理解。你不可能让我们所有人都成为你生活的一部分。那太让人难以应对了。这么多人，各有各的需求。那会像被海洋淹没。一场喊着爱我啊爱我啊的海啸。

我们人数众多。不只是库珀后代。流行歌星、电影明星、名人、职业运动员——勒布朗[①]、库里、马霍姆斯[②]、贝兹[③]。有一群人申请禁止勒布朗后代打高中篮球联赛，可能因为他们通过不正当途径得来的基因实在太好了？另一群人则逼着他们打，就算他们自己不想打球

[①] NBA球员。——译注

[②] 美国橄榄球运动员。——译注

[③] 美国棒球运动员。——译注

也不行。充满仇恨的神经病。有些知名度较低的名人跑去黑市卖自己的基因。有些人买到了假货，生出的孩子不像任何名人。有人悬赏求购父母双方都是名人的孩子的细胞，因为这样一份产品就能同时带上两套基因。太乱了。

我妈不断地对我说："他们想听我说我后悔了，但我怎么能后悔呢？那就相当于说我后悔生了你。我永远都不会那么说。那不是真的。我不会说。"

我不知道该怎么撤销这一切。我不知道该怎么更正一切。但让我与唯一的父母分开是错的。这点我很清楚。

如果你能为梅格·希尼写求情信，我希望你真的会写。这是我最后一次给你写信。我保证。

阿丽莎

库珀先生：

我撒了谎。我们的蓝房子被水淹了一次又一次，但我们从来没能把它架起来。我们没那个钱。但是，就算我们把房子架起来了，海水也会拍打着海堤淹过来。很快，我们就会有一座站在海里的房子。我们只能放弃它。至于施坦威钢琴，我并没有撒谎，但潮湿的海风和水灾已经把它弄坏了。毛毡锤都湿了，琴里还有好多黏糊糊的铜绿锈，在某个时期制造的施坦威钢琴经常会这样——我很了解施坦威钢琴，因为我外婆很爱那架钢琴。大概是在赫尔彻底变成孤岛的时候，我们抛弃了蓝房子，搬了家。但感觉更像是房子抛弃了我们。

你写不写信都无所谓了。

我经常想起那架钢琴——醒着的时候想，做梦的时候也想。想着海水是怎么拍过海堤，敲击房子，打碎平板玻璃窗，倾泻而入。海浪都涌了进来。想着钢琴是怎么在浪里漂起来又沉下去，也许还在厅里转了好几个圈。平板玻璃落地窗很大，足够让钢琴出去。我的想象是，房子逐渐被海浪冲垮了。但在它彻底倒塌之前，钢琴获得了自由。我能想象它连续撞在海堤上，然后越了过去。

我想着它漂在海上，转了个圈，四腿朝上，孤零零的，就它自己。

在梦里，我骑在钢琴上，紧紧抓住一条琴腿，仿佛是在掌舵，然后我意识到，我抓紧它是为了求生。

我妈想不出要怎么才能在加拿大开始新生活。我们不可能永远这样躲下去。她决定自首。今天早上，她穿好了衣服。她把头发梳到脑后，用夹子夹住，然后说："已经结束了。到此为止了。你要过自己的人生。"

阿丽莎

亲爱的库珀先生或布拉德利或者别的什么：

我真的很想写"亲爱的爸爸"。（每次我都想这么写，虽然这很疯狂，因为你是个陌生人。）但我不会那么写。这是我的最后一封信。我保证。我妈妈，梅格·希尼，被拘留了。我们去了加拿大一座小城的警察局，被引渡了。跨越国境回到美国后，我妈把我抱在怀里，不肯放手。她轻拍我的头发，低声呼唤我的名字，不断重复说我很坚强。"别忘了你有多坚强。"

警察在旁边说："女士，女士。你已经告别很久了，好吗？请往后退。"

她放开手，我觉得我可能会旋转着飘走，再也没有东西能把我拴在这世界上了，然后他们把我推进了一辆巡逻车。车开了很久，现在停在一座楼外面，楼在一个大院子里，四周都是树。我们在等学校的校长出来接我。但首先，他们有些文件要签，还得先和警察谈谈。

我想让你知道，我挺喜欢给你写这些信的。我喜欢对你有所需求，喜欢有理由把这些都告诉你。我妈说："你要过自己的人生。"有时我忍不住觉得，一部分的我是真的，另一部分则是个梦。我存在的理由都很诡异，全无逻辑。但我又想，每个人不都是这样吗？我们为什么存在于此？"于此"又是指哪里？你为什么是布拉德利·库珀？我又为什么是阿丽莎·希尼？

我说我觉得像是被丢在了海洋中间，坐在一座翻倒的钢琴上，为了存活而紧抓不放，你难道不也偶尔会这么想吗？

在我写这封信的时候，有几个小孩凑在二层的窗户上看我。四层的窗户上也有一群。一群穿着配套运动服的女孩跑过院子，钻进了侧门。只有一个女孩没进去。她站住脚盯着我，卷发从马尾辫里支棱出来，呼出的白气一缕一缕地升到头顶。

我猜，这就是我生活的地方了。

还有一件事，我对你撒了谎。我说写这些信，不是因为我希望你爱我。其实是的。你也明白。或者是你的经纪人明白，所以从来不会把信转交给你。也许这些信还没开封就被扔掉了。

但我能想象你读着我的信，逐字逐句地理解，感受到你所感受到的情绪。

我不知道你是什么样的人。我想，没有人能够了解另一个人。真正地了解。

我不知道我是谁，但奇怪的是，经过这一切，我觉得仿佛比之前更了解自己一点了。

我不会再给你写信了。

但我确实爱你。

无论你爱不爱我，我们都值得被爱。我们值得。我们这些盗版，我们的父母，还有你这样的名人。希望你知道，我们都值得被爱，就算你不明白，我也明白。这才是最重要的事。

爱你的，

我，阿丽莎

虚拟现实

克劳斯·汉改变了我的人生。我讨厌承认这一点,因为我心里有一部分非常、非常鄙视克劳斯·汉。几乎所有认识克劳斯的人都鄙视他,但也爱他。他是那种会让人反应极端的人。

我第一次见到克劳斯是在纽约东村的莫莫福库餐厅①,他面试员工的御用地点。那是一场美味的残酷考验——一共十道菜,吃完要整整三个小时。席上的食物是如此丰盛,到了某个时间点,你会开始出现谵妄症状,只能咬牙挨过这段快感体验。这顿饭就像克劳斯一样——太过头了。太夸张了。

我本来是一家电子游戏创业公司的剧情与设计部骨干,但公司没能成功融资,我的人生落入低谷。如果为克劳斯工作,我的薪水会瞬间提升一个等级,还会得到晋升空间。所以,我把自己塞进紧身裙和西装外套里,提了个公文包,像个傻子。

克劳斯身材魁梧,留着蜡质小胡子,让我想到马戏团精心打扮过的熊。他穿着昂贵的运动服,蹬着一双非常合脚的慢跑鞋,我后来得知是手工定做的。他和我握了握手。"我点了整只鸭子。"他的眼睛闪着兴奋的光,"它经过两周熟成,全身抹上盐,再用麦芽糖和酱油腌制。"

"太好了,谢谢!"我说,不知道怎么样回答才得体。我们各自就座。

"所以,你是做剧情和设计开发的。是叫安雅来着?"他明知故问。

"安妮·弗里姆。"

"你应该考虑用安雅这个名字。"他举起一根手指,"保持开放心态,考虑看看!"然后他直奔主题。"听到'VR心理治疗',你会想到什么?"

---

① 一家米其林二星餐厅。——译注

虚拟现实　　207

我的思绪还停留在安雅这个名字上；放在我身上感觉有点太勉强了。"老实说，直到为这次见面做准备的时候，我才知道有这么个东西。"

"这不怪你。你的成长环境属于……中产阶级。不至于沦落到去吃出奇老鼠餐厅，但也没优渥到能去布拉格留学。单亲母亲？"他在我的反应中看出了什么，"啊。离异家庭。"

"我十三岁的时候，"我说，"我父亲——"

他止住我。"你父亲是家里唯一的经济支柱，做的是销售业？你母亲本来是家庭主妇，离婚后被迫重塑自我，对吗？"

他有透视眼吗？还是雇了私家侦探？"我从她身上学到了很多。"我骄傲地说。

"啊，没错，非常刚毅。她一定随时面带微笑。喜欢爵士健身操？"我做了个苦脸，他向我俯过身来。"哦不！她强迫你和她一起做爵士健身操。"克劳斯暂时回到了自己的立场里，对着他描绘出的我母亲的形象直皱眉，"真是个邪恶的女人！"

我讨厌被人这么窥探。我挥手表示否认："你猜得不对。"

他猛然向我凑近，指着我的手。"真的吗？这手一看就是跳爵士操的！"

我抓住自己的手，藏到桌面之下。"我最多也就去过三次。"

"这些经历都伴随着你。坠入爱河对你来说是一种威胁，对吗？如果你爱上一个男人，他们会带你偏离轨道，然后，如果他们抛弃了你……"我在头脑里纠正他：应该是等他们抛弃了你。"你就会一无所有。所以你全身心投入工作，把他们赶跑，然后，你猜怎么着，无论怎样你都是独身一人。"

"我一个人过得很好。"我痛恨我此刻的样子，一定泪眼婆娑，既惊慌又怀有期望。老天爷，我实在太想对克劳斯·汉证明自己了，尽管我已经可以确定,我讨厌他。

"有时你会想,不知道我会不会孤独终老?"他说。

"你就不会吗?"

"以我的经验来说,"克劳斯说,"比起死亡,人们更害怕真正地生活,不管是不是独自一人。"饮料端了上来,他挑出马丁尼酒中的小洋葱片。我呷着红酒,注意着把我愚蠢的爵士舞小指头并在一起。我满心慌乱。

食物一道道端了上来。丰富海量,美味惊人,五彩斑斓。我不知道该从哪里开始下嘴,仿佛是缺乏在这里进餐所需的空间逻辑思维,一种导航能力上的缺陷。

克劳斯解释了他在心理学界的地位,看似不经意地提起经常有人称他为"虚拟现实游戏治疗界的坏小子",我不知道该不该信。然后他讲到,虚拟现实治疗如今是超级富豪的首选心理疗法。"每个游戏都是为个人量身定造的。我们的客户在游戏里屠龙,甩掉黏在他们背后的猴子——在现实里。"

"你是说,在虚拟现实里。"

"一个人觉得'现实'是什么意思,它就是什么意思。你看过坎耶[①]的TED演讲了吗?"

"他们允许坎耶去做TED演讲了?"

"你真可爱。"他并不是想和我调情;他甚至给了我一个怜悯的眼神,让我想起热爱爵士操的母亲。"我对你盲目的乐观态度深感钦佩。"他说,"我们正式雇用员工之前,通常会给一次试用任务。"

"所以你想让我……再参加一次面试?"

"你可以想成是一次试镜。"他摆出爵士舞的手势。

这顿饭结束后,我站起身,头晕目眩,肚子被腰带勒出两道肉。

[①] *美国说唱歌手,因发表不当言论而遭封禁。——译注*

虚拟现实 209

克劳斯递给我一本荣格心理学的书。"读起来吧！"然后他拥抱了我一下，拍打着我的后背，仿佛我是个腹痛的婴儿。因为刚刚连续吃了三个小时的饭，我打了个嗝。

他说："你闻起来有股淀粉类食物的气味。比如甜的碳水化合物。"

"今晚这顿饭之前，我吃的基本都是撒了糖粉的甜甜圈。"我一直很伤心，所以在吃伤心时的安慰性饮食。有些时候，我确实会像克劳斯所说的那样，怀疑自己是否会孤独终老。

"真厉害。"他说，仿佛嗑药嗑高了，在看《地球》纪录片，"了不起。"

甜甜圈饮食背后的故事是这样的。

我的前男友维克多和伊万杰琳·奎因出了轨，她是位比利时小说家。我被打了个措手不及。我还以为我们很般配。回想起来之前就有种种迹象，但我都没留意。就在分手之前，我还说："我们应该写本书，讲述两个好朋友是怎么相爱的。"这时我们已经三个星期没做爱了。

他说，他出轨是因为厌倦了总要与我的工作竞争，争夺我的注意力。我说他有外遇是因为他是叛徒，是懦夫，因为我事业的成功威胁到了他。六个月过去了，我以为我已经忘了他，但我还是会吃很多甜甜圈，克劳斯在面试中对我做的简短心理分析直击要害。我回到了自己的公寓，里面空荡荡的，做什么都有回音；维克多带走了属于他的家具，结果呢，几乎百分百的家具都是他的。我本想买些新家具，但一直忙得没时间。他还带走了猫咪乔吉；我从来没想过要养猫，但我很想它。

我上了床（只有床垫和床架；床头板也是他的），读起克劳斯给我的书,《荣格分析心理学》。我没能完全看懂,但我知道,吃甜甜圈是因为我还在悲伤,而且我没有仔细探究深层原因。要我说实话?我宁愿维持现状。

第二天,克劳斯的办公室经理鲍比在电梯门前等我。我不是想把他客体化,但客观来看他长得很美,虽然不合我的口味。他带我逛了逛办公室,试着向我解释VR游戏治疗:"有一个你,还有一个虚拟的你。一个真实,一个复制品,就像双胞胎。"

我讨厌刚认识就纠正别人,但还是说:"双胞胎里的两个人都是真实的。"

"我就是双胞胎,我知道自己在说什么。"我没敢问他,他觉得自己是真实的那一个,还是复制品的那一个。

他让我签了份保密协议。"杜普拉斯兄弟[①]在满是老鹰的房间里对彼此大吼大叫。"他说,彻底违反了他自己的保密协议,"海伦·米伦[②]在三号游戏室驯服了一只巨魔,也就是电影行业。有些名人来这儿是法庭的要求,还有几位被我们下了禁令。"他低声说出几个人名,然后才做了封口的动作。

我们参观了成排的办公室、休息室、创意室(之后还会细讲),还有一整条走廊的游戏室。游戏室很像壁球场,房间里一片空荡,除了恐慌按钮什么也没有。"比如说,你困在飞机的厕所里,不得不向空姐求助。"鲍比说这话的语气让我不禁怀疑,他到底在飞机的厕所里困住过几次,又为什么会受困。

他带我来到一面双向玻璃镜前。镜子另一侧是游戏室,一个人戴着VR眼镜,正冲我看不见的东西疯狂挥舞。

---

① 美国电影导演、制片人。——译注
② 英国女演员。——译注

虚拟现实　211

鲍比在双向镜的触摸屏上划过一系列显示设置。他选择了"观看VR映射"。"你看！"

房间变成了一座日光浴场，男人拿着个苍蝇拍，正在对抗一群体积超大的黄蜂，每只黄蜂都长着一张老妇人愤怒的脸——他母亲。母亲黄蜂说：你为什么在出汗？跟你说了不要吃那么多布里干酪！还有：别转悠来转悠去的。知道吗，你会让女孩子觉得不舒服。还有：你觉得你那大腿能打网球吗？以及：没有啊，我觉得她们允许男生加入年鉴俱乐部是件好事。男人用尽全力地拍打，一边挥汗如雨，一边痛哭流涕。然后他突然放弃了，以胎儿的姿势蜷起身体。墙上闪烁着大字：抱歉！今天就到此为止！然后还有一点不必要的讽刺：今天没有突破性进展！然后一切又变回了白墙。

"他要怎么才能通关？"

"我怎么知道。那不是你的工作吗？"

这就是我的工作吗？

"是哦！"我说，"当然。"

"准备好开第一次组会了吗？"

我已经想去女厕所找个空隔间解压了。"准备好了！"我说。

于是，我们来到了……

克劳斯·汉的创意室：想象一下，一群成年人坐在单人吊床似的秋千里，秋千固定在木梁上，工业风格的空间里有各种照明装置，摆了大量蕨类植物。我坐到吊床上，前后摇晃。

鲍比把我介绍给大家。

提姆是克劳斯的黄金宝贝学徒，但已经开始失宠，我的到来让他深感威胁。他设计的游戏非常暴力，但效果颇佳。

拉斐尔是普鲁斯特的狂热爱好者。他游戏的重点比起说是旅程，不如说是用"新的眼光"去看待事物①。

弗兰妮认为每个人要么是同性恋,要么就是深柜,但大部分都是同性恋。而她自己呢,她说是直的。她的游戏关卡是走出一系列复杂的橱柜般的箱子,每个箱子都设计得精巧独特,但基本来说还是个柜子。

米莎是我最喜欢的一位,我一看到她就感觉到了。她从小学三年级就开始抑郁,假装自己仇恨世间万物,但在内心深处,她不是个战士,而是一位爱人。她仿佛是一块吸引霉运的磁铁,此时摇摇晃晃地坐在吊床秋千上,因为脚踝扭伤穿着一只骨折靴,嘴里戴着磨牙保护套,双手手腕上都绑着腱鞘炎护腕带。当天晚些时候,鲍比告诉我,她无论上哪个社交平台,都会专门吸引谋杀犯。因为实在太有规律了,她甚至与警方探员合作,像个灵媒,或专门嗅探尸体的警犬。米莎相信,虚拟现实游戏能救人——也许还能拯救她自己。另外,她在KTV唱起《统统甩掉》②能让听者为之哭泣。她做的游戏都是纯艺术。

唯一没坐在绳结吊床上的人是克劳斯。他躺在皮革躺椅里,一位实习生正在精心打理他发白的胡须。实习生戴着手套,用的是一只袖珍推式小扫帚,尺寸仿佛是清洁工版芭比随盒赠送的部件。

(关于这里的实习生,我要说:他们都是从顶级学校来的Z世代的聪明孩子,只是读不懂草书体,或不会用美国邮政系统,所以别人觉得他们很蠢,但他们其实都有不少天才想法,只是往往被无视了。)

实习生挥舞着染色刷,克劳斯说:"我们需要弗里姆这样的新能量!大家一起帮她尽快熟悉这里的状况吧。"

---

① 作家普鲁斯特的名言:真正的发现之旅不在于寻找新的景观,而在于拥有新的眼光。——译注

② 美国女歌手泰勒·斯威夫特演唱的歌曲。——译注

虚拟现实

"不等迪恩吗?"米莎问。

迪恩?不会是米尔吧。不可能是米尔。码农的圈子不大,但也没那么小。

"不了,"克劳斯说,"他估计正为我们搞定一场交易呢。"

成员们讨论起各自的客户名单。一个顶流演员从阴影阶段进入了动物阶段——她选择了狮子。"好兆头!"克劳斯说。名叫博杰的客户在愤怒控制方面不太顺利。"他太享受这个过程了。"他们花了些时间讨论各种常见的恐惧症。"这些是我们的维生之道。"克劳斯对我解释,"要是没有蛇、细菌、电梯和公众演讲,我们什么也不是。我说得对吗?"

大家点头。

提姆负责的夫妇咨询变得越来越暴力。米莎说:"他们不能再在各种内战里玩生存游戏了,提姆。"因为戴着磨牙套,她稍微有些口齿不清。

"可我在刚果内战中取得了一些惊人成果!"提姆说,"它是冷战时期的代理人战争。说真的,还有什么更——"

"往下收收。"克劳斯享有最终的话语权。

实习生说:"好了!"克劳斯坐起身,脸颊红润,胡须漆黑。要我说实话?看起来极其自然。"那个叫埃弗里的男孩怎么样了?"他说。

房间里的气氛变了。每个人都对埃弗里男孩表达了担忧,他毫无进展,需要新游戏。拉斐尔说:"我们应该给他一种气味,让他在积极的记忆里多待一会,就像普鲁斯特泡在椴花茶里的玛德琳小蛋糕,一种自发记忆。"

"他想穿那些大型机器人机甲。"鲍比说。

门开了。迪恩·米尔走了进来,活的。"抱歉我迟到了。"他说,走向一只吊床,"还差一点就能让塔可修士①融融乐饼干公司的人买下产品位了。"他的目光落到了我身上。"安妮?"

"安雅。"克劳斯低语。

"你们认识?"鲍比问。

"嗯,我们是大学同学,"他说,"我们……"交往过,在大学四年级的秋季。"一起上过希腊神话的选修课。"

"结果在这儿碰见了!"我说,感觉全身都在发红,"太巧了吧。"

"我们都是荣格派的,"克劳斯说,"没有巧合这回事。那本书你没读吗?"我确实没把整本书都读完。"米莎。"克劳斯站起来,踩着运动鞋转了个身,"让弗里姆去做埃弗里男孩的游戏。"

"埃弗里男孩很复杂,"提姆说,"应该由我——"

"她能胜任!"克劳斯面对着我,"但首先,我要给你展示一下VR技术是如何工作的。"

"这里所有人都必须参加强制性的VR治疗,说出自己最阴暗的秘密。"鲍比说。

就像科学教,我心想。

"过程还全都录下来了。"实习生极小声地说。

就像科学教,我又想。

"你不必把所有阴暗的秘密都说出来。"米莎说,"我是说,这件事本来就做不到。我们都有太多秘密了!"

"你完全可以瞎编。"鲍比说,"如果你没什么阴暗秘密的话。"

"我们都知道,你在里面除了打壁球没干别的,鲍比。"拉斐尔说,"用不着小声说话。"

"光打壁球就可以吗?"实习生说,显然不小心透露了太多。

"朋友们!"克劳斯说,"等她做完VR治疗,她会去找米莎,取

---

① 罗宾汉故事中的人物。——译注

虚拟现实　215

得更多信息，然后在三天时间内为埃弗里男孩做出一个新游戏。"他在胸口上揉了一圈，就在对准心脏的位置。他闭上眼睛。"走吧，一起造福世界！"他说，"我们都是为此而来的。对吗，伙伴们？"

"对！"大家齐声说，包括实习生。

我迟了片刻才嘟囔："对。"

"因为这星球上的每个人都有权利成为最好的自己。"他的目光与我对上了，"没有人例外。"

还没等我回过神来，我已经和克劳斯一起站在游戏室里，四周都是白墙，我们都戴着护目镜。我还没从再见到迪恩的震惊中恢复过来。那张曾令我心醉神迷的脸，一闪即逝的微笑，还有双肩的沉重感，仿佛有某种看不见的悲伤压在上面，虽然只是一点点。我知道他最喜欢的说唱艺术家，知道七十年代的悲伤歌曲总能打动他，也知道他有多爱他的小妹妹格温。我还记得我们躺在我从塔吉特大超市买的双人被里亲吻，互相凝视。那一年，我们还穿着情侣装参加了万圣节——我们是一体的！我们的分手是双向的，细节都已经模糊了，但我还记得那对我的打击有多大。

克劳斯说："我不知道该把你的重点放在哪里，安雅。"

"是安妮。"我小声说。

"但我和道格和吉尔谈过后——"

"你联系了我爸妈？"

"你和我还没有一起做过治疗。"他一脸真诚的困惑，"要不然呢，呃，我该怎么做？跑到你妈妈的爵士舞体操课去加入你们？显然，"他又加重语气重复了一遍，"显然，有一些更深层的问题。"

"哦，两个显然。我怎么不知道我的深层问题有那么明显。"

"稍等。一下就好。"克劳斯竖起一根手指，仿佛在测试风向。

然后我闻到了。"老天,"我说,"是马斯康格斯湾。还有……我爸的古龙水。这闻起来像……"

"你的生日。"克劳斯说,"拉斐尔基本上都说准了,普鲁斯特的那种自发记忆。几乎没有人例外。以前吃过的玛德琳小蛋糕沾着茶水,让法国老人回忆起过去。我们所有人都一样。"

那不是普通的生日。"那个夏天,我爸妈离婚了。"那气味里有我爸的古龙水,因为我当时穿着他的超大号汗衫。那时他可能已经有外遇了,古龙水是新的,味道越来越浓,最后让我头疼不止,还吐了好几次。精神上的问题,我爸表示没什么大不了的。精神这个词印在我的脑海里,我想起发现维克多出轨的时候,他说:"别问那些问题,你会显得像个精神病。"

我听见海鸥的尖锐叫声,然后真的看见了海鸥,它们在空中盘旋——大片大片的天空。墙壁都消失了;海浪向我卷来。远处,我妈独自一人唱着《生日快乐》歌,这与事实并不相符,然而完全体现出我妈在那个夏天的孤独。我瞬间破防。"不行,"我说,"我不干了。"我左右张望,但克劳斯已经不见了。"你就把我这么丢在这儿!"

我手里突然出现了一根沉重的木棍。上百个皮纳塔①从……我不知道的地方垂落下来。我妈看起来很像吉尔,我爸看起来也很像道格。他们把自己的照片发给克劳斯了?他们看起来非常压抑,非常扁平,非常准确。毕竟,我们家没有贫苦到要去吃出奇老鼠餐厅,也没富裕到去布拉格。

吉尔模样的人向道格模样的人征求他对一切事物的意见:他喜欢这些气球吗?他吃蛋糕了吗?她挑选的皮纳塔怎么样?道格人只是回答:"嗯,挺好。"他们的婚姻正在解体。我妈拼命维持着这个家庭,因为她知道,如果没有了我爸,她就得从头再来。

---

① 一种纸糊玩具,里面装有糖果或玩具,聚会时挂起来让人击打。——译注

虚拟现实 217

我心想：老天爷，不要变成她这样，不要为了这样的生活放弃梦想，我的丈夫迟早会离开你。不，你要比其他人更努力地工作，不要掉进陷阱……我想起维克多和比利时小说家，现在她和我的猫乔吉住在一起。我压抑下的愤怒远比我以为的多得多。

我握紧木棒，把皮纳塔个个打得稀烂。

米莎的办公室里摆满了宠物的照片，几乎每一只都死得很惨——猫、鸟、雪貂、鱼，还有一只刺猬。这里有太多失去，让人无法集中注意力。"'蹦蹦'死于哮喘引发的问题。'比目鱼'毫无理由地翻了肚皮。'勇气'的死让我发现了煤气泄露。现实中的煤矿里的金丝雀。你养宠物吗？"

"我有只猫叫乔吉，但分手后失去了抚养权。"

"哇。那可是双重的伤心。"得到米莎的同情感觉非常不吉利。

"我已经没事了！"

"哦。那就好。"米莎说，显然并没信服。

她给我展示了一些标准化游戏，编码、渲染、剧情，然后做了实况演示。"这一关是为一个悲伤的鳏夫设计的，在游戏里，他妻子还活着，她从码头跳进湖里，鳏夫在湖里等她。"

"他要怎么才能打赢？"

"没有打赢这回事。"

"哦。我是说，他要怎么才能治愈？"

"我希望他能不再觉得必须得去救她。"米莎说。

"哈。"

她换到下一个游戏。"这个姑娘被邻居强奸了。"重放画面上，一只狮子在森林里奔跑。

"姑娘在哪儿？"

"那就是她。"米莎指了指狮子,"没有猎物要抓。没有猎人要骗。只要她想奔跑,就可以一直跑下去。"

"她现在好些了吗?"

"没有,但她已经到了自我阶段。"

"那是什么意思?"

"自我就是我们存在的集合,包括有意识的和无意识的。"

"她就这样慢慢进步,最后……痊愈?"

"这过程并不是线性的,目标也不是痊愈。"

"那目标是什么?"

"我们所能期望的最好结果,是绕行。"米莎说。

我感觉自己很蠢。"绕行?"

"避开自我,绕着它走,"她说,"如果我们足够幸运,能找到它的话。"

"懂了。"我根本不明白她在说什么,"讲得非常清楚。谢谢。"

她话题一转,讲起了埃弗里男孩,克里斯朵夫。"去年夏天,他发现了他哥哥的尸体——他是个青春期少年,体格健壮,不小心被某种船上的缆绳吊死了。船屋里只有克里斯朵夫一个人,他用切鱼饵的钝刀割缆绳,想把他哥哥放下来。"

"我没想到,这可以这么……"我感到自己一阵哽咽,很是吃惊。

"要想为别人制作游戏,制作真正有效的游戏,"米莎说,"你必须代入自己的一部分。"

"自己的哪个部分?"

"藏起来的部分。"

"不让别人看的?"

"对。"米莎说,"有时候连你自己也不让看。"

虚拟现实 219

接下来的两天，我一直在分给我的小办公室里埋头工作。我想为克里斯朵夫·埃弗里做好这件事。我想让他重夺自主权。但过去一直跑来打断我，令我分心：马斯康格斯湾，爸妈的争吵，他们的婚姻解体是如何与我和维克多的分手联系在一起，还有维克多之前的男人，还有下一个维克多类型的男人……有时候，我的脑海中别无其他，只有水里的鳏夫和那个化身为狮子的姑娘，她想跑多远就跑多远。

在这个过程中，迪恩出现过一次。"我不想打扰你。"他说，"只是想打个招呼，嘿。就这样……"

"哦，嘿，当然。"我说，"话说，很抱歉我就那么突然出现了！感觉很奇怪吧。"

"不，不。不必介意。"

"相信我们能成为彼此信赖的同事。"

"纯粹的工作关系。"他说，"我找你就是想说这个。"

"好啊！"

他徘徊片刻，似乎还有话想说，最后只说："那好！"就走了。

我坐在原地。纯粹的工作关系。我做得到。我并不想和迪恩再有点什么。真的。

但是，与此同时，我也想要。在他说出纯粹的工作关系的那个瞬间，我意识到了。我想起神话课的教授，想起迪恩和我一起做的研究，我们一起去的酒吧，他在那家酒吧的舞池里第一次吻了我。我止住思绪。我这是怎么了？纯粹的工作关系。然后我想到，迪恩找到自我了吗？他的治疗过程是怎样的？我很确定，我是不可能找到自我，然后绕开它走的。要把将童年与我现今生活捆绑在一起的绳子都解开？那会带来多少痛苦啊。我为什么要那么做？我突然对自己生起气来，我不该打那些皮纳塔。暴露得太多了。

我把迪恩赶出脑海，把维克多塞到脑海最远的角落里。我对自己说：不要再想马斯康格斯湾。我做了自己最擅长的事：工作。

第三天快结束的时候，我去了克劳斯的办公室。"想看看吗？"

"等明天那孩子玩的时候一起看吧。"

"你确定？"

我满心雀跃地回家，脚步都轻快了。创造东西总是让我很兴奋，特别是真正有用的东西。但我随即就看到，维克多坐在我的门廊上。我走过去左右张望。"这是吹的什么风，让您大驾光临？"

"是乔吉。"他说，"这小子和伊万杰琳的猫处不来。"

"这丫头，"我说，"乔吉是只母猫。你不记得了？嘿嘿，乔吉小姐？"

他站起身来。"你能不能……"

"我可是个大忙人。工作、工作、工作。无暇顾及其他。这你肯定还记得吧？"

"我不是来和你吵架的。"他说，"我是为了猫的事，给你优先选择权。"

我的态度柔和下来。我爱乔吉。"好吧，可以。"

他冲停在路边的汽车挥手。

"等等，伊万杰琳也在？"

"嗯。希望你不介意。"

"哦，呃。我想应该……"我有其他选择吗？我一直努力鄙视伊万杰琳，鄙视华夫饼、啤酒和赫尔克里·波洛①，也就是我与比利时能扯上关系的一切。我读了她的第一部小说，努力讨厌它，但却成了铁杆书迷。老天，她写得太好了。此刻她提着猫笼走过来，半驼着

---

① 阿加莎·克里斯蒂推理小说的主角。——译注

虚拟现实 221

背，因为她太瘦了，承受不住乔吉的重量。她把猫笼递给我。她身上的香水闻起来很贵，感觉是天然产品，就像用百分百纯干花压制成的百元大钞。"你好，安妮。"

"你好。"我把注意力集中在乔吉身上，透过猫笼的透气孔看它。它看起来胖乎乎的。"它是不是心情很差？它一不高兴就会吃东西解压。"乔吉想我了吗？"你们喂的是减肥猫粮吗？"

"美国猫有减肥猫粮吃啊。"伊万杰琳说。配上她的口音，这句话精彩地点评了过于大惊小怪、错误百出的美国文化。我恨她，也恨维克多。

"谢了，安妮。"维克多说，声音相当亲切真诚，还带着一丝受伤。我之前告诉自己，我已经放下他了，但我对自己也没说实话——我想他。

"不用谢。"我把猫笼举到胸口，以最快的速度走进了楼。

回到公寓后，我把乔吉放了出来。"欢迎回家！"但这里已经没有沙发给它抓，也没了地毯给它吐在上面，感觉还像回家吗？"我们都会好起来的。"我说。可是我们是谁？乔吉和我拥有自我吗？自我是否藏了起来，让我们遍寻不着？我凝望着乔吉。真的会好起来吗？

克里斯朵夫·埃弗里的游戏被安排在创意室的大屏幕上实时播放，让大家一起看。他的预约排在午餐时间，所以几个实习生摆出了一席食物，炸馄饨皮做的锥形圆筒里塞着黄鳍金枪鱼、辣鳄梨和蘑菇酱。（一个实习生剪着锅盖头，另一个是复古的八十年代鲻鱼头，还有一个戴着想必是以格洛丽亚·斯泰纳姆为灵感来源的眼镜。）我和迪恩对上了目光，但他随即接了个电话，走出了房间。

我正在思考吃什么口味的炸馄饨皮圆筒，克劳斯走了过来。"对了，我忘了问你。那些皮纳塔。感觉如何？"

"还不错。"我把一个炸馄饨皮甜点圆筒放进嘴里,是苦涩的巧克力味道。我不想承认自己的脆弱,不管是哪种脆弱。

"你的体态很不错!打过垒球?"他说。

他当然猜对了。"马尾辫联盟。"

"米莎有没有解释过,你必须把自己也代入进去?"

"她说了,但我不太确定那是什么意思。我的隐秘自我?它很隐秘,所以——"

"唔嗯。"克劳斯说,"好吧。我们一边看,你一边给我们讲讲吧。"

"就像比赛解说员那样?"

一个实习生关上了灯,仿佛是百老汇话剧的中场休息。

"没错。"克劳斯说。

我们在各自的吊床上坐好,转过身面对着屏幕。迪恩也溜了回来,连瞥都没瞥我一眼。我完全没做发言的准备,整个人被焦虑感淹没。屏幕亮了起来。克里斯朵夫站在游戏室里,护目镜已经戴好了。他在牛仔裤上抹了抹手。"克里斯朵夫·埃弗里,"我说,"十二岁,最近哥哥的死给他造成了精神创伤。"

我创造的世界在克里斯朵夫周围浮现。他身处于一套有三层楼高的巨大机器人机甲里。机甲是银色的,胸膛宽阔,手臂肌肉发达。手指的设计真是精巧,连我自己都忍不住要夸一句。面部特征略显僵硬,但我的重点在于让它看起来无比强大。"我想让他拥有些什么,来保护失去亲人后的脆弱心灵。"他是个巨人,踏着沉重的脚步,走在一座被摧毁的城市里。"世界末日后的城市景观代表了他的家庭生活,失去的悲恸摧毁了他。"

从一座大楼的拐角处钻出一只丑陋的大怪兽,比男孩还要巨大。它长着尖利的爪子和军刀般的牙齿。"这是敌人,"我说,"克里斯朵

虚拟现实

夫的痛苦。"

"什么?"克劳斯说,"痛苦不是敌人。"

"没事的!"我说,"我给他提供了工具,可以打败怪兽,进入下一关。"

大型枪支从机器人手臂中弹出。克里斯朵夫显得很惊讶,好像不知道要拿它们做什么。他大张双臂,仿佛害怕那些枪支。他的惊慌令我惊慌。"给他一点时间,"我说,"他能想出办法。"

根据我写的程序,怪兽感受到克里斯朵夫的脆弱,向他扑来。他失去平衡,撞在几栋已经部分坍塌的建筑物上,然后重重摔倒在地。比起怪兽,他仍然对枪支表现出更多的恐惧,对它们又甩又扯。怪兽用爪子按住了他。他们的目光透过机器人的护目罩相遇了。怪兽发出一声野性的长嚎。它赢了。下次再挑战吧!信息闪烁,然后屏幕黑了下去。

克劳斯走向门口。"米莎,做个治疗模式。没时间从头开始了。就在这个框架上重构吧!"

"等等。"我困惑地环顾四周。提姆在偷笑。鲍比双目圆睁。实习生都不肯对上我的目光。米莎已经走出了门。迪恩看着我,仿佛是第一次注意到我,仿佛他了解我,仿佛他也感同身受。那眼神很美。"我发誓这能行!"我说,"我用尽了全力!"

"唯独没有用上你自己。"克劳斯说,"你知道为别人建造世界危险在哪儿吗?"我预感他会直接告诉我。"这会分散你的注意力,在不知不觉中,你已经不再为自己建造世界了。你不为自己建造,因为你害怕表现出脆弱,害怕痛苦。"

这话刺痛了我,但我仍然嘴硬。"哈,我想这就是为什么他们说你是虚拟现实游戏治疗界的坏小子!"

"我想是吧。"他很生气,但随即叹了口气,没再计较。"你去帮米莎收拾残局吧。"他说完就走了。

米莎埋头苦干,死去的宠物们充满爱意地注视着她。我先是快走,然后慢跑,最后冲刺跑到她的办公室,所以呼呼直喘。

"你十二岁时候的生活是什么样的?"她问我,眼睛仍盯着屏幕不放。

"在克里斯朵夫那个年纪?"我说,"克劳斯已经用过了。我爸妈正要离婚。"

"具体的回忆呢!"

我头脑一片空白。"你看过我那局游戏了吗?一堆皮纳塔?"

"没有。我干吗要看?"

"哦,抱歉,我还以为……呃,抱歉。我们一家人去马斯康格斯湾的野猪岛度假。"

"有野猪吗?"她已经准备好了要造野猪。

"没有。"

"还不够。再想想,什么都行。"米莎说。

我找了把椅子坐下,回想着我的游戏,真正地想起来了——不是克劳斯放进游戏的东西,而是实际发生的事。"有一些燕子。它们被困在海岸上的渔网和塑料袋里。"

米莎猛然回头。"让我猜猜。你并不想用枪打死它们,对吧?"

"不,"我说,"我想救它们。"

米莎交叠双臂,塑料的腱鞘炎护腕带碰在一起咯吱作响。"如果你不利用痛苦做点什么,受苦又有什么意义?"

"什么?"

"把燕子加进去。"

"没时间了!"

虚拟现实　225

"克劳斯正和克里斯朵夫一对一。你还有一个小时。"

我跑回办公室拼命赶工,从其他游戏里调出预先做好的海滩场景。我还在图像库里找到了燕子。我把枪支模型去掉,加上其他工具。我想起童年时的假期,想起心里清楚爸妈的关系不会长久是种多么糟糕的感觉。我想起他们两人看起来是多么伤痕累累。我曾一连几个小时在海边行走。我会哭,然后归咎于海风,假装没感觉到体内有什么正在死去。我是个胖乎乎的小女孩,穿着过大的T恤衫,独自一人走在海边,搜索被困的鸟儿并放它们自由,能多放几只就多放几只。

五十七分钟后,我向全办公室发出通知,说新游戏已经准备就绪。

所有人都登录系统,静待观看。

不久后,克里斯朵夫穿着巨大的机器人机甲出现了,他走在岩石嶙峋的寒冷海岸上,天空是一片明亮的灰色。他穿过高高的草丛,踏过岩石堆,扫视整条海岸线。他看见了什么,向那边走去。他蹲下身,机甲的液压齿轮发出嘶嘶的冒气声。有只白喉燕子困在渔网里。克里斯朵夫的机甲手臂中弹出一把小刀。他小心地割着渔网,鸟儿的翅膀狂乱地扇动。它的胸部发白,尾端圆钝,头上长着细密的黄色小点和条状斑纹,眼睛是湿润的黑色。克里斯朵夫救不了他哥哥,但他可以拯救这只鸟。渔网割开后,他将燕子捧在手心里,然后把金属手高举到空中,摊开手掌。鸟儿一阵颤抖。它的翅膀轻轻抽动,跳起身来,用细嫩的粉色爪子站直,摆了摆头,然后拍打着翅膀一飞冲天。

我坐在办公室里,从头到脚战栗不止。无论我是帮到克里斯朵夫还是辜负了他,有一件事可以肯定:我拯救了儿童时的一部分自我。这个游戏也是为她而做的。这是本来就应该发生的事吗?我关掉屏幕，坐在办公椅里转了个圈，眼神涣散。克劳斯会不会出现在门口，叫我收拾东西走人？敲门声传来。我做好了迎接克劳斯的准备。

但出现的人是迪恩。"你还好吗？"他的声音饱含真切的关怀。化学反应依然存在。我能感觉到。一个在你还年轻时就认识你的人？那种了解直击内心深处。

我说了实话。"我不知道，"我说，"这里适不适合我。"

"适不适合你？"他的语气里有股尖锐的东西，"也许你是该一走了之。"

"这是什么意思？"

他在门口徘徊片刻，转头望向走廊。我看得出，他内心交战。最后他说："我看见了你为克里斯朵夫所做的东西。你走心了。我能感觉到那背后真实的你。你创造的东西很美，塞尔玛。"

"塞尔玛！万圣节！我们的情侣装！你还记得。"

"我怎么会忘记自己打扮成路易丝[①]的模样呢？"他说。

"你的路易丝棒呆了。"

"你的塞尔玛也很不错。"他说。

"克里斯朵夫的游戏真的很美吗？"我问。

"美极了。"

"你知道吗，分手之后，那学期的期末考试我几乎全挂了。"我说，"不过呢，那是我的问题。过去已经过去了。白纸一张。我保证，我一句都不会再提了。"

他摇摇头。"你应该看一节我的游戏。"

"里面有皮纳塔？"

"我的有点复杂。我把文件发给你。"

这听起来有点太私密了。我们必须保持纯粹的工作关系。我试着

---

① 出自美国电影《塞尔玛与路易丝》。——译注

虚拟现实　　227

推辞。"你没必要——"

"有必要。"

我正在办公室停车位边给汽车解锁，一辆凯迪拉克靠了过来。黑色车窗嗡地降下，克劳斯探出头来，喷过发胶的头发在风中左右飘动。"你感觉到了吗？嗯？你在内心深处感——觉到了吗？就是这样，弗里姆！这样就对了！"他兴高采烈，也许是喝醉了。难以判断。反正他一脸喜气洋洋。"下一个任务？给你自己造个更好的游戏世界。"

"真的吗？"我想象不出它长什么样子。我感到一阵恐慌，但更主要的是因为没丢掉饭碗而松了口气。"老实说，我以为你会炒了我。"

"炒了你？"克劳斯说，"你才刚要有趣起来呢。"他微微一笑，又说，"晚安了，安妮！"他的司机把车开走了。

我才刚要有趣起来呢。我坐进车里，也许克劳斯说得对，因为我确实觉得……很感兴趣，很好奇我是谁，儿童的自我、上大学时的自我、现在的自我。那些自我都是谁？

这时我的手机响了。

迪恩的文件传了过来。

我在手机上打开文件。

迪恩身着盔甲，全副武装，在一家大学酒吧里与一只半人马作战。这很好理解，我们一起上过希腊神话课，神话形象留在了他的精神层面。然后我认出了这个地方，"阿飞"酒吧，我们最爱去的酒吧之一。

他挥出最后一击，然后转过身望向……我。我穿着合身的盔甲，看起来很年轻。我们两人都有卡通式的发达肌肉。我们捡起掉落的宝物，一起跑出了门。正值冬季，新下过雪。更多的半人马。我们是所向披靡的战士。

但每次我为他加油,或帮他打怪,或以崇拜的目光歪头看他一眼,他的盔甲都会掉下来一块。在盔甲下面,他穿着羽绒服、黑色牛仔裤和一顶波士顿红袜队的针织帽。

我们跑到一个居民区里,轻松地跳起来越过栅栏。现在他的盔甲只剩下两块,一块护着小腿,另一块护着左胸,就在他的心口上。我们跳进了一个院子,这里有一座覆盖着白雪的跳床。

我认识这座跳床。这座房子就在从"阿飞"酒吧回我家的路上。我开始回忆起这个夜晚,他的羽绒服、红袜队针织帽。但在游戏里,当我们爬上跳床,紧挨彼此躺下来,我仍然全身穿满盔甲。风和我们两人的体重让我们在跳床里上下晃动。

突然有音乐响起。克里斯多夫·克罗斯[1]?迪恩深深喜爱的七十年代民谣。这首歌讲的是很久以前的分手,不复存在的爱情。他那时还爱她。他相信自己会永远爱她。然后,我们在游戏里做了在现实中做过的事:我们在跳床上摆动手脚,在积雪中画出雪天使的形状。现在我都想起来了,身体仿佛重新感觉到雪透过衣服融化,背后传来的寒意。

迪恩喘着粗气哈哈大笑,在过去和游戏里都翻身面对着我,说:"我爱上你了。"

我恍然大悟。是我跟他提出的分手。本来,我会在这个甜蜜的时刻告诉他实话——我也爱上了他。很爱。爱得很深。

但我没有,在过去没有,在游戏里也没有。

我全副武装,而他只剩下半片胸甲,我说了在过去恐怕也说过的话:"我还有一些人生规划。毕业以后,我会……"但我并不只是说说而已。我手握战斧,一边对他说教,一边挥斧砍他。"有个实习岗

---

[1] 美国民谣男歌手。——译注

虚拟现实 229

位……我不能只是跟随你……我要去……"他拿起剩下的那片胸甲掩护自己，用它抵挡我的战斧，并在蹦床上跳来跳去，躲避我的攻击。他说："我知道……我也有计划……我不是想让你跟随我……"克里斯多夫·克罗斯还在唱心碎的歌。

我就是他的母亲，他的怪兽吗？

我知道真相：我也爱上了他。但在我看来，我对他的感情是对未来的威胁。我会变成我妈妈，为了男人放弃自我，而男人终有一天会离开我。

迪恩成功地保护了自己。信息闪烁：你取得了突破性进展！下一关。

屏幕黑了下去。

我一动不动地坐在车里。我该对他说点什么？"我很抱歉，但是……"

我要怎么告诉他，我很后悔？

好吧。我会告诉他，我整个人都很糟糕，那时候是，现在恐怕也是。如果我能重新来过……

我必须去找他，把这些话当面说出来。我下了车，抬头望向他的办公室窗户。他一定在和别人说话，因为他在笑。

他对我已经没感觉了。他已经释怀了。

我回到车里。我给他发信息：嘿，我很抱歉。

抱歉什么？

我不知道该怎么回答。我想象着他手机上表示正在输入的三个点不断闪烁……思考，思考……

他回复：你不必觉得抱歉。我觉得那让我变成了一个更好的人？我女朋友是这么认为的。爱丽丝。她在会计部工作。

他的游戏结尾是：你取得了突破性进展！下一关。他已经释怀了。

真想早点认识她！如果爱丽丝也是比利时人，我永远也好不了了。

没问题，塞尔玛！

迪恩和我只能是同事，纯粹的工作关系。我的胸口紧绷，像是内部有什么东西把它揪紧。我回复：回头见，路易丝！

我走进自己空荡荡的客厅，站着没动。没有沙发让我一头趴倒。我心想，是时候了。我这就买沙发。我必须建造起自己的世界，一个让我真正生活着的世界。

然后我意识到，乔吉没有跑来在我脚边绕来绕去。"乔吉？"我找遍了厨房、浴室和卧室。它在我的被子上，看起来很无助。"乔吉，怎——"

微弱、高亢的喵喵声。

我走近两步。有三只小猫崽紧紧依偎在它的肚子上。乔吉并没有因为想我，压力太大而暴食！它不是胖，它是怀孕了。我惊奇地望着它——乔吉，它创造世界，很可能也创造自我。对于猫，你永远说不准。小猫崽可爱娇小，有的身上还湿漉漉的，有的毛发已经开始蓬松。我不知道克劳斯分派的下一个任务会是什么样的，我会在什么样的世界里重获新生，那恐怕要比击打皮纳塔复杂得多（虽然我肯定还会继续击打皮纳塔）。

然后我又想起马斯康格斯湾的海岸，困在渔网和塑料袋中的燕子。也许不是我放它们自由？也许我就是被困住的鸟，开始害怕天空，害怕自己忘记了飞行的基本技巧。但现在，我已重获自由，我会试着挥动翅膀，然后尽己所能地拍动它们，飞入风中……

虚拟现实

全息影像师

笼罩住每座房子的泡沫壳最开始是如此地柔软和富有弹性,我们能听到它在风中晃动摇摆的声音。现在它变硬了,上面还长了一层薄薄的绒毛。(没人知道绒毛是怎么来的。也许是某种真菌在模仿动物毛皮?)

我还记得,当我们收到通知说可以安全出门,爸妈开门时的样子。我妈举着一根铝制棒球棒,我爸则握着把铁锹。我们三人都穿着危险品防护服。(我的穿着有点紧了。我十一岁,个子更高、身材也更胖了)我们的呼吸喷在面罩里。

那时我们已经在室内待了多久了?很难计算时间。

肯定不止两年。有三年那么久吗?

"往后站。"我爸对我说。

"口罩式浅呼吸!"我妈补充。

(现在,很多年过去了,当我紧张的时候,我会找个私人空间,用手捂住嘴,用口罩式浅呼吸法呼吸。这会让我平静下来。)

爸妈开始敲打泡沫壳。它一开始很坚固,后来开始变形。等它碎掉后,微风吹了进来——阳光,空气,或许还会有雨滴落到皮肤上……

整个隔离期,我们的记忆一直在脱落——最喜欢的毛茸茸的受伤的机械宠物,坐地铁,发音课,全息爱情笔记,我们的祖父母失去生命的过程……

我们失去了整段童年和成年的记忆。结婚多年的伴侣记不起彼此是怎么相识的。母亲(比如我妈)盯着自己的孩子,不知道他们是怎么出生的。孩子(比如我)只能无条件相信父母就是自己的父母。

就连我们的家也在隔离期间变得格外陌生。"这么难看的沙发谁会买啊?"我爸说。

全息影像师

"谁会在家里堆这么多杂物?"我妈说。

有一次,我看见爸妈坐在他们的床边。"你看看这个。"我爸对我说,给我看了一小段全息影像记忆:爸妈还是青少年,坐在汽车引擎盖上,我爸飞快地亲了一下我妈的脸颊。

"为什么要把这东西放在上锁的盒子里?"我妈捧着盒子说。那东西看起来像是科技课上的作品:小小的指纹锁,里面有天鹅绒内衬。

我还是个小孩。我没有多少记忆可以失去。但我很怀念过去给人的感觉。这很难解释。我在怀念一些我叫不出名字的东西。之前发生过什么?那就像一种颜色,我以前知道它叫什么,也能大概描述它的感觉——有些快乐,有些紧张?但我说不出那是什么颜色。

至于为什么隔离,我不知道那理由是否重要。有太多种需要隔离的理由,我们的理由显得微不足道。但我还是讲一下吧:某种入侵植物释放出尘埃般的有毒孢子,人们为了杀死孢子而多次释放的各种毒雾。每次覆盖市镇的药雾都比上一次更浓。

最后孢子自己死掉了,那是孢子与生俱来的权利。

人们走入前院,草地都被毒雾侵蚀得斑驳不堪。光线对我们来说太亮了。我们频频眨眼。太阳散发着暖意。我们抬头望天。有些男人脱下衬衫,躺下身晒太阳。

我们记得自己的名字。我们知道自己应该记得邻居的名字。但我们不记得。场面很尴尬。每个人都以为只有自己家的记忆出了问题,然后逐渐发现事实并非如此——我爸走向一位邻居,对方已经脱了衬衫,肚子在阳光下晒得发红。"很抱歉,我不记得你叫什么名字了。我们家……我们……"把这句话说出来比我爸预想中还要困难。他瞪大了眼睛,里面不仅有恐惧和疲惫,还有种久未出现、已经生疏了的期冀。

"我们也是。"邻居指了指他的妻子,她把刘海剪得很短,空荡的额头占了脸的大半部分。"你觉得我们已经认识很久了吗?"

"也许吧。"我妈说。她的微笑紧绷绷的。她是否感觉到,自己以前很不喜欢这对邻居?感情仍然存在,但没有记忆作为证据,感情显得很不可靠。我注意到,女人膝盖后面的腘窝处有块诡异的瘀青,不知道她和丈夫在一起隔离时是否遭受了暴力。之前还能收到新闻的时候,有报道说家庭暴力事件的数量出现了上涨。

我爸妈和邻居就还记得的事实做了自我介绍,姓名、年龄、以前的职业:我爸妈在教育行业,邻居则在服务业。四人互报了各自生长的城镇:沃赫斯、维罗海滩、斯宾塞、韦茅斯。这些事实还存在于脑海,但却引不出任何回忆。它们是分离出的结晶,仿佛是用玻璃显微镜玻片保存后用显微镜看到的东西。

我是在这里出生长大的。但那是什么样子的呢?这里发生过什么?

解禁后过了几天,我们开始回忆起一些事情——但恢复的记忆并不属于想起它们的人。它们在人群中四下散落。记忆上升飘飞,然后在大多数情况下汇集成一小团一小团,落到另一个人身上。

我记起在田野里举办的一场婚礼,宾客坐在洁白的帐篷下。我穿着一条宽松的长裙,在婚宴上唱起一首爱情歌曲,稍微有点跑调。那当然不是我——根本不是我。但那份记忆不由分说地属于我。

我妈想起她有个儿子。她紧紧抓住厨房水槽的边缘。"我还有别的孩子吗?有吗?一个男孩?"

"没有。"我爸说,"如果有,我们肯定知道这件事。我们肯定知道。"

有一天，我发现父亲站在阁楼上。（隔离期间，我们学会了利用房子里的每一处空间。）他在看我们的家庭影像，暂停在我七岁左右的一段，我背着个包。"看你那时的样子！"他说，"这肯定是你开学第一天的照片，没错吧？"

"我讨厌那件衬衫。"我说，"上面是不是印着番茄？番茄图案的衬衫？"

他双击空中的像素化图像。"不对。"他说，"是苹果。"

"你是想要努力回忆起一切吗？"

"大概是吧。"

"你得到的记忆是什么样的？"我问他。

他让全息图像开始旋转，快速浏览着缩略图。"不是我的。"他说，"什么人会做出那种事……"他焦躁不安。

"哪种事？什么事？"

"没什么。"他说，"那不重要。"他陷入了沉默，仿佛有人关掉了他体内的开关。

全息图像工具派上了用场。人们想把在脑海中安家的记忆还给它们真正的主人。有些人开始根据记忆制造小型全息影像。有些影像渲染得很精致。有些则只是粗略的草图。很多图像配有文字或语音，说明前后发生的事。

我有一套廉价小型渲染设备。我妈把设备借走，开始在餐桌边创造回忆影像。"这看起来也太蠢了。我怎么这么差劲？"

她把雕刻工具递给我。"你来。"她说，"我实在无可救药。"

"行。"我说，她雕了一个小男孩，但他看起来是一块块的，脸部还是一片模糊的像素。"这孩子到底长什么样？"

我妈开始描述他的鼻子（塌鼻梁）、耳朵（扇风耳）、地包天的牙齿……我开始雕刻。

没几个月,一座废弃仓库就被改造成了公众记忆交换所。

我妈把罗西的全息影像装进一个盒子,带我去了仓库。这是个开阔通风的空间。很多人捧着箱子、拿着袋子,每个都装着全息影像记忆,散发出微微的光芒。他们把影像摆在一排排工业强度的货架上。每座货架都摆满了发光的小型影像,还有些静止画面。

比如:

你养过一条狗,叫奥托。(一条老狗,尖耳朵,灰色的鼻子和嘴)

你在游行队伍中吹小号。(军乐队制服,一段鼓点)

我想你可能看到某个人逝去,也许是中风,也许是你爷爷,在冬天——窗外有雪。(一张床,一位消瘦的老人,在白色床单下抽搐)

如果你觉得这段记忆是你的……

后面会写上地址。

但我们要如何回忆起已经不记得了的事情?

没人有确切的答案。人们对认出回忆的过程有不同的描述。

感觉像我后脑勺有点发痒。

像是听到了一个声音。一个声音在耳边说:这是你的。

这就像我知道一首歌的开头和弦,但我不知道自己知道,直到实际听到它,然后我就可以把整首歌都唱出来。

我妈把她对罗西的记忆也摆到了仓库的架子上。罗西的一颗下排门牙在生日聚会上掉了,他张大嘴笑着。我在雕牙齿时用了很多心思。这段影像是他咧嘴一笑,然后扯开下嘴唇,把缺牙的位置指给人看,笑容里满是骄傲。对细节进行说明的画外音用的当然是我妈的声音,影像结尾是我们的联系方式。

摆好影像后,我妈拉起我的手,在货架间穿行,寻找她自己的回忆。

我的目光扫过各种标题：中年女性，老年男性，男性青少年，女性银行员工二十多岁。

我看见有几段影像的标题都是：小女孩。好几个小女孩的影像：

穿拖鞋。

在水坑里蹦跳——蓝靴子，上面印着鲸鱼。

胳膊肘破了要缝针……

没有哪一段看了让我觉得后脑勺发痒，或是听到一句耳语，一首歌。我看了看自己的胳膊肘。它们看起来仿佛都不属于我。我仍然困在那个在田野里结婚的女人的生活里，她在公租房里长大，参加了某种公社。"我这个女人吃了一种好多层的甜蛋糕。味道像蜂蜜。"在仓库里，我告诉妈妈。

"果仁蜜饼。"我妈说，"也许她是希腊人。"

"为什么不把我的记忆摆出来？"我问妈妈。

"我解释过了。"她说。她想先当小白鼠。"让大人先试试，看看会不会……有问题。"

"什么样的问题？"我问。

"嘘！让我安安静静看一会，行吗？"

在洞穴般庞大的仓库深处，有人找到了他们的过去，哭了起来。

白天，我开始雕刻我不想要的一些记忆，我妈不肯让我摆到仓库里的那些。我觉得必须要把它们刻出来才行。（我还留着"女人在自己的婚礼上唱歌"。她张开嘴，用我的小女孩嗓音唱起来……）

到了晚上，我的梦是我的，也是她的。记忆和梦共享同一片潜意识。

有一个梦里，她漂浮在湖面，有人扔来一座汽车引擎。引擎击中了她的胸口,将她压入湖底的淤泥,就此动弹不得。

在另一个梦里,她和一个男人调情,男人戴着个诡异的面具,上面有只鸟嘴,还插着高高的羽毛。

我学会了怎么把自己唤醒。为了能做属于我自己的梦,我试着回想一些我人生中的细节——比如我在房子的各种角落里藏了纸条,藏在厨房角落开翘的地板下面,直接写在阁楼的木梁上……写给下一个住在这座房子里的人。在我的想象中,那个人和我一样,是个小孩。

亲爱的陌生人:我在这里。

亲爱的陌生人:过去消失的时候,我在这里。

亲爱的陌生人:过去回来了,但是回到了错误的人身上,我在这里。

亲爱的陌生人,我应该警告你……

但我不知道接下来该写什么。

一两个星期后,一个名叫莱姆娜的女人敲响了我家的门。是我开的门。那是一个下午。我爸妈已经拆走了剩下的泡沫壳,但院子里还有碎片闪烁。莱姆娜五十多岁了,有点上气不接下气。她脸上还有不分昼夜佩戴重型呼吸器磨出的茧,很多人都有。她没给自己剪头,头发沿着她后背长得十分狂放。

她的到来不算意外。四处都会有陌生人上门,认领自己的记忆。他们会坐在沙发上,坐在厨房桌边。他们会煮咖啡喝,或者喝酒把自己灌醉。

"我来找罗西。"莱姆娜说,做了个自我介绍,"好像这里有人认得他?"

我爸这阵子开始出现偏头痛,正躺房子后部他俩阴暗的卧室里。我跑到厨房去找我妈。"有人来找罗西了!"

全息影像师　241

我妈十分震惊。"真的吗？"她快步掠过我身边，走向房门。

两个女人在后院的草坪椅上坐下来。我妈允许我在附近徘徊。泥土里仍有微小的发光碎片。我收集起碎片，将它们堆到一起。

我妈没有一上来就讲罗西的事。她说："你在一座淡粉色的房子里长大。"

"对。"莱姆娜说，"我能看到那条小街了。我家有一座鹅的雕塑。"

"你父亲过得不太……顺心？他爱出去打猎。他可能在打猎时出了事故……"

"他就那么死了？"这是个疑问句，但莱姆娜的眼中随即充满了泪水。她抬手捂住嘴，点点头。

她们的进展很慢。莱姆娜的姐姐嫁给了小儿科医生，她弟弟是个同性恋，十七岁就离开了家，她母亲相信一些宠物阴谋论。很快，她和我妈就建立起了一套系统。由我妈来起头，然后莱姆娜会在脑海中看到这段记忆。"有了，是的。都在这儿呢。我姐姐。关于她的一切。我们的那些争吵，她偷我的东西……有一次……"

然后她们会转到下一段记忆，再下一段记忆。

这些对话让两人都疲惫不堪。我妈经常会在莱姆娜离开后哭泣。一天晚上，我看见她在后院走来走去，绕了一大圈，像是在生日宴会上给孩子们骑的小马。我打开窗户叫她，因为我很害怕。我想听到她的声音。"你很快就会回来吗？"

她抬头望着我，仿佛我是一个奇迹。她说不出话。她跪倒在我们寸草不生的土地上。

我转过身，爬进被窝里。我想着我脑海中的童年，想知道那童年会对我说些什么。我听到的是：趁着能走的时候快走。不能相信这些混蛋。我把头钻到枕头底下，决定这不是我的童年。这童年属于那个在婚礼上唱歌、参加公社、吃果仁蜜饼的女人。

我在院子里帮妈妈摆放花盆，植物球茎上撒了层薄土。我们想用健康的孢子繁殖植被，这些球茎应该不错。邻居家的女人走出了门，额头上光秃秃的那一位。经过我们房前时，她冲我们喊了一句。"我找回来了。"她说。她站在她家院子的边缘处。

"你的过去？"我妈问。

"你还没找到是吗？"邻居说。她的语气是试探性的。

"还没。"

"你的记忆是什么样的？"我问。我本来跪在我妈身后的地上，邻居肯定是没注意到我也在。她似乎被我的出现吓了一跳，仿佛本来要说些什么重要的话——成年人只会对其他成年人说的那种。她的脸微微发红。"我没想……"她挠了挠宽大的额头。"很抱歉。"她说，"很抱歉你们要经历那一切。你们两个都是。"

"什么？"我妈说，"我不明白。"

女人冲我笑了笑——堆起皱褶的悲伤微笑，随即快步走回了家。

我妈和我站在院子里，好像两个被人捉弄，却不明白笑点在哪里的人。"她为什么那么说？"我问。

"不知道。"我妈说，"我对她一无所知。"

我爸看起来憔悴不堪。他几乎一个字也不说，一口饭也不吃。我妈发现了一大把止疼药——为了什么样的伤？什么手术？没人记得。她把止疼药一点点分给我爸。他长时间待在压缩服里。压缩服放气收缩，紧紧箍住他的胳膊和腿，他的躯干和头。我听见他们俩在卧室里说话，声音放得很低，不想让我听见。"我每次一闭上眼睛，它就出现。"我听见我爸对我妈说，"每一次。"

全息影像师

"你应该试着去举报他。去报警。"

"我连她的脸都没看清。没有时间，没有日期。真希望我能像其他人那样，摆出告示。真希望我能假装我知道其他记忆，诱使他出现。但只有这么一段。我猜这一段把其它部分都屏蔽掉了。"

周围很静，只有压缩服调整压力的滴答声。

"你的记忆消失了吗？"我爸问，"还给她之后？"

"嗯。但感觉很奇怪。"我妈善于深思熟虑，解释事情需要花时间。"感觉很……空荡。我整个人都空了。我怀念那些记忆。我还知道它们的内容，但已经感受不到它们了。而且我还没找到我自己的。还没找到……我们。"

"我等不及让它消失——杀死那个女孩。"

"别这么说。那不是你。"

"但在记忆里的这段时间，我在游泳池里。我的整个人都在水下，和她在一起。我把她压在水里。如果这段记忆是你的，那个人就是你。"

"不对。"我妈说，"你知道，我只有一个孩子。罗西不是我的孩子。"

"他是不是死了？"

我妈没说话。我在门外偷听，所以看不见她的脸。她是摇头，是点头，还是耸了耸肩？

我妈变得越来越空洞，也越来越饥渴，急切想找回自己的记忆。她经常带我去仓库，目光飞速掠过影像标题，寻找与她或我爸相配的片段。她会紧攥着我的手，拉我往前走几步，突然僵住并以最快的速度扫视，然后再拉我走几步。

有一次，与我视线平行的地方有一张告示——标题是《小女孩》，其中一条记忆吸引了我的注意力：玫瑰香味的唇膏，你把唇膏涂在嘴上，然后把整管唇膏都吃掉了。（胖乎乎的小手，摆弄着从杂物抽屉里找到的唇膏管。）

"我以前吃唇膏吗？"我问妈妈。

她抓住我的双肩，将我从告示旁一把拽走。她猛然捧住我的脸。"你不用读上面写了什么。"妈妈说，"听见了吗？"

仓库中蔓延的能量突然淹没了我，那些深切的渴求，那些急不可耐，仿佛是一种饥荒。里面的人动作狂乱，同时又正在死去，仿佛是失去意识前身体本能的抵抗。他们的渴求染着暴力的色彩。有些人呼吸浅快，有些则喘息粗重。他们在货架边互相推搡。

每次去完仓库，妈妈都疲惫不堪。回家后，不管什么时间，她都会倒头睡上好几个小时，深色窗帘拉得紧紧的。

我爸研究谋杀现场的记忆，搜寻其中的细节。他想拓宽记忆者的视野。最后他说："是夏天的事，感觉我似乎知道是哪一年。我能在记忆里感觉到。我离得越来越近了。"

系统连接恢复后，他登入搜寻警方记录，搜寻新闻报道。他在档案库中寻找谋杀案和失踪案。他看不清水池中溺死的女人的脸；水里很暗。影像在水下，很模糊。但他还是不断查看那个年份的失踪者照片，希望能看到与她留下的印象吻合的人。

他什么也没有找到。

莱姆娜定期来访。她似乎越来越狂躁。记忆返回后，特别是当记忆的基底重新铺好，就有新的记忆不断涌入，像吸烟草似的一波接一波。她会坐得笔直，或在草坪上走来走去，脚步踉跄，发出哈哈大笑，淹没在交织的悲恸与喜悦里。有时她会用手腕压在脑袋两侧，仿

全息影像师　245

佛这样它就不会散架。

一个下雨的下午,我妈和莱姆娜坐在餐桌边。莱姆娜弯下腰,被重担压得俯下了身。"我脑袋装得太慢了。"她喃喃,"别说了。"我妈本来在讲莱姆娜陷入爱河的过程。

"你想喝点水吗?"我妈问。"给她倒点水来!"她冲我吼。

我去水龙头下接了杯水,放到莱姆娜的胳膊肘旁边。

"我还没去掉其他的记忆。有些记忆属于一位难民。"她低声说,"他经历过许多困难。他有过那么……太多了……有两套潜意识——他的和我的。井太深了。水太浑浊,太冷了。怪物太多了。"

"你找过他吗?"

"找过,但他为什么要来认领这段过去?谁会愿意要这种记忆?"

"莱姆娜。"我妈低声说。

"嗯?"她抬起头盯着我妈,我妈伸出手,越过桌面抓住了她的手。她们之间存在着有史以来从未出现过的亲密感。这种被另一个人了解的程度,这种深度,超越了想象。

"我有一些关于罗西的记忆。然后记忆停止了。"

莱姆娜的后背僵住了。她从我妈手里抽回自己的手。一段又一段的记忆充满了她的脑海。她的目光稳定而充满恐惧。她的表情在快乐与悲伤、渴望与大笑间变来变去。她站起身向后退去,整个人都靠到了墙上。"老天。"

"发生了什么?"我妈说,"他后来怎么了?"

莱姆娜哭了起来。她沿着墙壁往旁边滑行,但又控制住了自己。她冲到门边,她的便携笔记本和春季轻大衣都摆在那里。"他走了。"她一边收拾东西一边说,"他走了。他走了。我的罗西……他走了。"

过了好几个月。夏季已经到来,阴沉又潮湿。黏答答的热度让我觉得自己很愚蠢，又无路可逃。政府发起了一场宣传运动：新生活在等你！他们以这种方式承认，我们以前的生活可能再也找不回来了。

我爸说着另一个人的罪恶感是怎么将他活活吞噬的。"这东西在你的记忆里，"他说，"它就会钻进你的身体里。根本没办法除掉。"

我妈继续寻找她的记忆——还有我爸的。谁的都行。她觉得记忆也许还能拯救他们两个人。

我不记得以前的自己，就下决心偷一个以前的自己回来。每当我妈拽着我快步走过门上贴着告示的废弃商店，我都会尽可能记住上面的内容。然后我会试着把这些记忆活一遍。

既然我无法找回自己的过去，也许我可以塞进尽量多的现在，将自己填满。

我找了片水池在里面跺着脚走来走去，假装是敌军士兵。

我在家附近的街区乱晃，寻找流浪猫。我巡视天空，寻找某些具体的动物形状。

我和住在街道另一头的男孩交了朋友，试着说服他来吻我。他不愿意。

每天，我都试着做一些告示上写的事情。我试着去活许多人的人生。渐渐地，我累了，我小小的肌肉都酸痛不已。

然后有一天，在贴满告示的店门前，我妈伸出手，从玻璃上撕下一张告示。她把那张纸贴到肚子上，仿佛这样就可以把它按进体内吃掉。她仍牢牢抓着我的手，快步离开。

一回到家，她就把告示放到滚动书桌上摊开，用手掌平压在纸张两头。她的胳膊肘支成直角，整个人趴到桌上，肩胛骨在背后凸了出来。

"上面写的是什么？"我问。

全息影像师

她不告诉我。"别告诉你爸。也许什么都不是。答应我?"

我答应了。

那天晚上,她离开了家。我在窗边守着,但午夜过后不久,我就睡着了。

凌晨我醒了过来,发现妈妈正坐在我床边。她穿戴整齐。我吃惊地看到,她的目光在几乎伸手不见五指的黑暗中寻找我的眼睛。我知道,这是她每次崩溃后的样子。我很早就知道,还是个小婴儿的时候就知道。我一直知道,只是现在才想起来。她眼睛下方的皮肤是紫色的,她的眼皮浮肿。我见过她这个样子,那时她熬夜到很晚,最后哭着睡着了。

她没开口我就知道,她的声音一定因为哭喊而嘶哑。

我想起了原本遗忘的事情——爸妈相互仇恨,各自出轨,要对方付出代价,一次又一次。我不知道我是怎么知道的,但我知道——类似一种脑后发痒的感觉。

"我把你的行李都装好了。"她低语,"咱们马上离开。"

"离开?去哪儿?"

"我就是那个女人,"我妈耳语,"溺死的女人……但我活了下来。"

把我妈的记忆还给她的老太太坐在车里,停在街边,给车熄了火。我妈和我提着各自的行李袋,没管后备箱,直接扔到了后座上。我在她们身边坐好,拉上安全带。我妈把我介绍给老太太。她名叫米拉。她肤色棕黑,一头纤细白发紧扎成发髻。她很疲惫,但也松了一口气。她是不是费了很大劲才找到我妈?她是否拥有和我爸一样的记忆——以我妈的视角,在夜晚的游泳池里被人勒死?"我有很多很多关于你的记忆,很多片段。"她微笑着说,"都在我脑子里。"

我有很多疑问，但谁也没说话。这辆车很大，有时候几乎有种飘浮感，仿佛在路上飘了起来。我看着高速路旁掠过的树丛。最后我累了，睡了过去。

等我醒来，天色已经发亮。我妈和米拉换了座位。车里弥漫着现磨咖啡的味道。米拉拿甜甜圈给我吃。"你最爱吃的。"她说，递给我一个撒满白粉、塞满果冻的甜甜圈。

我不记得这是我最爱的口味，直到我咬了一口——轻柔的粉末，洒在我嘴唇上的触感，舌尖上甜甜的果冻。

米拉带我们到了火车站，火车带我们到了一个中转站，我们又坐了一辆大巴。到了大巴站，我妈的姐姐在那里等我们。她肤色黝黑，漂了头发，总是容易受惊；我只在还是婴儿的时候见过她。

我们三个在位于四层的狭小公寓里共住了一年半。我印象最深的是薰衣草蜡烛，还有晚餐时的洋葱味土豆饼。

我们再也没见过米拉。也没见过我爸。

我对人生中发生过的一切都记得无比清晰。我并不只是活着而已。我会每分每秒地记住整个人生。我会记笔记。很多人都会这样做；我们是做笔记的一代，贪得无厌地囤积记忆，无法自拔地记录一切。我们记下所有细节。我们得到了实实在在的教训，一处小细节就能打开一整段关于存在的记忆，哪怕只是墙纸上重复的鸽子图案。直到今天，我还能细致描述姑妈家里的每一寸摆设，每一寸街道，每一寸从街道延伸出去的道路——每座房子里的人，他们的冬帽，他们的跛脚，他们的手势，他们绷紧的体态、攥紧的双手、饱受磨难的脸。

我想念我爸，是的，并且在之后很多年里，我都有意识地让自己不去相信我妈的话。每当她提起自己就是那个溺水的女人，我都会让她别说了。但我从来没有真正努力争取要回到我爸身边。我知道真相。我知道。回想起来，很多事都说得通。我认为邻居膝盖后面的瘀青来自于暴力，因为我了解这种事情。那完全有可能只是一簇曲张的静脉。还有她找回记忆后对我们说的抱歉，那也说得通。爸妈青少年时期的影像被封锁在盒子里，因为那记忆很危险——那证明了，他们也曾幸福快乐。当情况发生了转变，他们中的某一方把它藏了起来。

最确凿的证据是——我爸从来没有来找过我们。他放我们走了。也许在内心深处，他也知情，他不想变回以前的那个人。

自那之后，对于我爸那样的记忆片段，出现了许多研究。有些记忆扎根太深，当其他记忆全都消失或飘走不见，它们仍将持续——根深蒂固，对当事人来说却很陌生。

我成了一名虔诚的档案员，研究记忆的历史学家，保存员。我几乎从来不去想未来。所以，当我真的置身于自己的未来之中，一个我从来没有想象过的未来，我感到吃惊。

我去做田野调查。

这个地区的汽车旅馆很安静，也相对干净。我们团队曾经在犬类美容院里搭过临时办公室。我至今仍能闻到那些狗的味道——麝香味的恐惧，化学制的跳蚤药。在办公室搭好后的最初几天里，无预约的临时客户往往会排成长队。

但我总会亲自去家里探望那些体弱多病，无法出门的人。我自己一个人开着租来的车，里面装着各种设备：一箱全息影像设计系统，还有录像和存储设备。我在手提袋里放了催泪瓦斯，以防万一。我总是会自愿接下偏远郊区的任务，那里有不复存在的小镇和孤独的小路。

今天，我站在走廊上敲了敲门，等着有人来开门，他们也许拥有并不属于他们的记忆，想把它捐出来，放回数据库池里。或者，他们被自己的某段记忆折磨得不得安宁。有时，见面的那一瞬间，我就能看出两者之间的区别。那种疾病会逐渐侵蚀人的身体———一种筛选。那样的绝望。在某个层面上，他们也知道。他们知道，那是他们自己的过去——像我爸那样对别人做了可怕的事，或者遭遇了可怕的事，一些让人无法承认的记忆。

我的工作就是重现他们在脑海里看到的片段。我坐在他们的家里，听他们讲述记忆，然后我用纹路、颜色、光影和像素将它们雕刻出来，雕出在逼真场景中活动的人。全息影像有时舞蹈，有时奔跑，有时尖叫。

我的责任并不包括告诉对方我是怎么想的——你就是那个躲在森林里的孩子，把糖果条藏在树洞里；你就是那个为了报复一枪击爆狗头的人。我保存记忆，我收集记忆并带走它们。

我所学到的事情是：记忆会属于我们每一个人，永远，无论那记忆感觉离我们有多远。它们属于我们所有人，是我们是谁、我们不想成为谁的集合。我们的身体很脆弱，但记忆却无刻不在，从四面八方向我们压来，仿佛湖水般稳定而坚实的压力。人生无非就是选择溺水，或者选择学会游泳。

我站在走廊上，提着箱子，等着有人来开门。我觉得自己是那个被母亲拖着在发光的仓库货架间穿行的小女孩，喜欢撒着白粉、塞满果冻的甜甜圈，她爸爸差点杀死了她妈妈。我也是那个吃玫瑰香型唇膏的人，养了一只叫奥托的狗。我有个叫罗西的儿子，我是罗西，我在田野里结了婚。我曾想要溺死我年轻的妻子，我也是那个男人的孩子，写纸条给亲爱的陌生人、亲爱的陌生人、亲爱的陌生人——我也是那个陌生人。

硬斑文身

为了庆祝18岁生日，我弄了个文身。在肩膀上文了颗小红心，上面用黑色花体字写着"卢特"，我哥哥的小名。他失踪的时候12岁。我当时7岁。

第二天早上，我剥开绷带看了看。原本没有荆棘缠绕的地方，长出了一根带刺的藤蔓。它环绕着心脏，就在卢特的名字上方和下方。

我看了看我给文身师画的草图。没有带刺的藤蔓。我又看了看手机里昨天拍的文身——红色的，还没结痂。没有带刺的藤蔓。

我叫醒了损友迪莉娅，她在客厅的沙发床上睡着了。"你记得这个吗？"我给她看了我的文身。

"什么？"她晕晕乎乎的，"对啊。你文了个文身。我看着你文的。"

"带刺的藤蔓，"我问，"之前有吗？"

她坐了起来，靠近一些。"没有吗？"

"回答正确。"我说，"没有。"

我在奥特拉玛美术用品商店卖布里克牌和乌得勒支牌的美术用品给艺术生、情绪化的高中生和拿孩子没办法的父母。下班后，我去了文身店。那家店在同一条商业街。文身店门上挂着铃铛，我一进门就听见电流的噼啪声和一阵嗡嗡声——一个大妈在脚踝上文了点儿小东西。干活的是茉莉。她是个复古派，非常喜欢《爱是战场》[①]。

桌子后面是薄荷。她负责打扫卫生和预约排班，但大多时候都无所事事，就像现在。我问她威尔逊在不在。

"问这干什么？"

"我想和他谈谈。"

"文已至此。概不退款。"她指着贴在她身后墙上的标志：事已至

[①] 美国歌手佩·班娜塔（1953-）于1983年发行的歌曲 *Love Is a Battlefield*。——译注

硬斑文身　　255

此。概不退款。这句下面还有一个牌子：这绝对无法接受，兄弟。——督爷，显然，这是《谋杀绿脚趾》的台词。

"我能和威尔逊谈谈吗？"

她瞪着我，翻了个白眼。"星期二是肋排日。里面很脏。"我没懂她什么意思。她向写着"员工专用"的门点点头。

意思是威尔逊从夏娃的肋排订了餐，那是商业街拐角处的一辆女性主义餐车。他正坐在小桌前，拿着外卖碗啃排骨。房间里放着老式文件柜和折叠金属椅。墙上挂着文身艺术画框。他抬起头，嘴里叼着排骨。他有着发达的肱二头肌、鲜红的胡须，还挺着个高耸的啤酒肚。"怎么了？"

"出了怪事。"我说。

他对出现怪事并不惊讶。"嗯哼。怎么了？"

我一边解释带刺的藤蔓，他一边擦干胡子上和手指上的烧烤酱。"我来看看。"

我给他看了那个文身。

他说："是的，前情未了。"

"什么？"

"你的悲痛和屁话。未了。就是没完没了的意思。"

"这正常吗？"我问。

"罕见。但我顾客身上发生过，时不时。"

"那太扯了，逻辑上说不通。文身是不会变的。"

"没错，但是你仔细想想，手机在逻辑上有意义吗？还有数学里的无限概念。又或是我们为什么在这里？灵魂、意识、无限的平行宇宙……前情未了。可能和悲痛有关系。"

"我哥死的时候我还小。我几乎不记得他。这是我对他的哀悼。这个文身。"

"不,这只能算你意识到了。你得好好思考一下。"他把外卖盒和揉成团的餐巾纸扔进垃圾桶。"你哥死的时候你多大?"他伸了个懒腰。

"7岁,"我说,"而且,嗯,我们觉得他死了。他实际上是消失了。就像你在牛奶盒上看到的那些孩子一样。"

"未了。"威尔逊抬起他的浓眉,摇了摇头,"非常,非常未了。"

我小时候真的很难过。我不再说话。从7岁到10岁,我都没说过话。三年半的时间。

一个字也不说。

一个字也没有。

"这页说,荆棘的遗传信息很复杂,因为它们乱杂乱交。"迪莉娅做作地朝我摆了个震惊的表情,她一手捂着嘴,低声说:"这些藤蔓真淫荡啊。"

"植物学家比我想象的更性感?"我正在煮虾味拉面——两包,仿佛迪莉娅住在这里似的,我想她应该会住这里。"上面还写了什么?"

"浆果。"她举起我手机上的文身照片和她手机网站上的标本图,目光在两者之间游移。"从这些刺的样子来看,可能是……黑莓?我在'野生荆棘'下发现的。"她说。"这可以当我的站街名,你觉得怎么样?"

"我讨厌浆果。"面条逐渐失去硬度。我拿起叉子搅动面条。

"没人讨厌浆果。"

"很多人讨厌浆果。它们会弄脏你的牙齿。种子会卡在你的臼齿里。它们……汁水四溅,很恶心。而且你永远不知道这个是甜的、酸

硬斑文身 257

的还是涩的。"

"我们总在商店里买小盒浆果,你也可以直接去采摘,这很酷。就像在大自然里一样。赫夫和吉去采蘑菇时,总希望我们能信任他们,给我们吃他们的随机蘑·不死·菇。"

我们共同的好友赫夫和吉有一段时间曾在森林里觅食。

"我小时候经常摘野生黑莓。"我告诉她。

"但你不喜欢黑莓。"

"没错,但我还是会摘。在垃圾场。那时候我还小,和我哥一起。"

"垃圾场?你为什么会在垃圾场?"

"我猜小孩子在垃圾场附近徘徊只有一个原因。没人关心他们。"

"你们父母可糟心,糟得独具一格。吉尔和埃德的想法一样,是吗?他们怎么想的?"

"自由放养。"我说,"基于70年代的童年时光,那时孩子们可以自由地探索和闲逛。"

"是啊,那时候。"

"他们整天都为这种想法兴奋。"我对她说,"那根本就是胡说八道。其他小孩上小提琴课、参加足球比赛,我们却在垃圾堆里翻垃圾。"我揉了揉下巴。下巴一直很疼。我睡觉习惯咬紧牙关。我该多去去禅修了。

"也许威尔逊是对的,你的悲痛或是其他情绪,未了。"迪莉娅说。

"我不知道未了是什么意思,"我说,"大多数人文身不就是因为他们放不下,或是永远不想放下吗?"

"真的再也没找到你哥吗?"

"真的再也没找到。他永远都未了。"

第二天早上,文身不见了。皮肤上原本有文身的地方出现了斑点,另外还有三条平行的划痕,仿佛文身被撕掉了,指甲在皮肤上留下刮痕。我躺在那里,盯着看。

说实话,我很庆幸文身消失了。我把脑袋沉进枕头,盯着天花板。这下好了。这很好。已了还是未了。意识还是思考。这些废话都不重要了。

可10分钟后,我在洗澡。这时,我发现了——那颗被多刺的藤蔓缠绕着的写着"卢特"的心。它在我右侧肋骨上,在包裹着最后一根肋骨的皮肤上,在最短的肋骨上。

"小时候,我不会说卢克。我总是说成'卢特'。父母很喜欢这样。'我们的孩子是我们的战利品[①],'我妈会说。'在这个世界上,你必须珍惜你的战利品'。"

我和迪莉娅一起躺在沙发床上,我刚洗完澡,头发还湿着。我双手发抖。断断续续地哭个不停。

"但你说的是……?"迪莉娅问道。

"他们没有珍惜我们,"我告诉她,"卢特失踪后,父亲的毒瘾更重了。但妈妈改变了自己的生活。我们搬到了祖父母住的地方。她拿到了普通高中同等学历证,去社区学院上学。她放弃了自由放养的育儿方式。我被环绕,被关注,被喂养,被爱。你知道的,被珍视。失去我哥可能拯救了我。"

"你什么时候恢复了说话?你重获安全感,感到被爱的时候?"

"我想是的。"我思索了一会儿,"实际上,是学校护士帮了我。她让我去见了位专家。"

[①] 卢特英文为loot,即战利品。——译注

硬斑文身

迪莉娅让我向奥特拉玛告病，我照做了。我能做的，只有服从命令。她给我泡了茶，从塞满棉花的薄荷糖罐里给我拿了片安眠药。"你该睡一觉。睡个又深又长的好觉。"

我打了个盹儿又醒了——感到很焦虑。我找了找那个文身，它还在我的肋骨上。

我又打起了瞌睡。

我又醒了。

文身消失了。

我不想再找文身了。

我睡过去。

我醒来，在我身体上搜索。

我发现文身在我手腕内侧，在一连串细小的疤痕之上。那是我12岁时自己割的，卢特就是在12岁失踪的。"迪莉娅？"

"怎么了？"她在厨房里，"你还好吗？"

"不好。"

她走进房间，递给我一杯水。她往沙发床上一坐，背对着墙。"来。"她说。我搂着她的腰，她抱着我，抚摸我的头发。我能听到她的心跳。"给我讲讲你哥。"

"他还是个孩子。瘦瘦小小的。你知道吗，他胳膊上和腿上到处都是蚊子咬过的痕迹，他自己剪头发，剪得乱糟糟的，跟狗啃似的。他希望我们养狗。然而，我的父母肯定照顾不了狗。他们甚至不能照顾好我们。"

"你当时饿吗？"

"什么？"

"你摘浆果是因为你饿吗？"

"我想不是。"我说,"应该没那么惨。"

"他自己剪头发是因为没人愿意给他剪吗?"

"也许吧。"然后我想:他个子瘦小是因为吃得不够吗?我当时也很瘦。他浑身都是蚊子叮咬的痕迹是因为他晚上溜出去了吗?"垃圾场里有小狗。"我现在都还记得。母狗舒展着肚皮,上面有一排膨大的乳头,小狗们互相依偎——丝绸般的毛上沾满了干土。"我们就是为这个去的。我哥想让我看看小狗。"

"类似流浪狗生的?"

"我猜是的。"

"你见过它们吗?"

"我们不该去垃圾场。"

"那是看小狗的地方还是摘浆果的地方?"

"都是。"我看到了我哥。看到了他瘦削的脸,乌黑的眼睛和下面挂着的青色眼袋。他很累。一个倔强的12岁孩子——鼻梁宽厚,下巴又窄又尖。他刚开始变声。他低声对我说,别告诉任何人我们在这里。我们不该来这儿。"这说不通。我的意思是,我觉得我的父母不会在意我们在垃圾场玩小狗和吃浆果。他们那时根本不在乎。"

"那你为什么不告诉他们?"

我的呼吸变得很浅。右下颌的肌肉一阵剧痛。我想说点什么,但我无法张嘴。如果我能说出口,我就能知道我想说什么。但因为我说不出口,我不知道我想说什么。这说不通。

我把手臂翻过来,给迪莉娅看文身。

文身消失了。

我站起来,脱去内衣和内裤。

"什么也没有。"迪莉娅说。

晚餐吃了麦片。我又检查了一遍,什么也没有。

迪莉娅和我一起听了她喜欢的新独立朋克乐队。我又检查了一遍,还是什么都没有。

那天晚上,迪莉娅和我一起刷牙。我遵从牙医的建议刷舌头,结果文身就在舌头上。我吐出嘴里的牙膏泡沫,朝镜子伸出舌头。

迪莉娅看着文身。"该死。可真够多的。"

"你觉得我的悲痛未了?"

她把手放在我的手上。"我有办法。"她领着我走进我们的小厨房。把手伸进冰箱,拿出一盒黑莓。

她把黑莓冲洗干净,放在我面前的桌上。"尝一个。"

我没有动。

"我在想,"她说,"孩子喜欢浆果。我觉得他们就是单纯喜欢。饿肚子的孩子真的很喜欢浆果。所以,也许很久以前,你也喜欢过浆果。然后,出于某种原因——也许是某种非常可怕的原因——你就不喜欢了。"

黑莓带着光泽。每一小簇都带着圆润、紧实的果实。我拿起一颗。十分圆润。

"至少,你可能会发现,你长大了,而你还是喜欢浆果,对吗?人的口味总是在变。"

我没有长大。我感觉自己仍是个小姑娘。手里捏着黑莓的小姑娘。我把黑莓塞进嘴里。它就在那里,在我的舌头上——在藤蔓缠绕的写着卢特的心形文身上。

然后我把黑莓滑进口腔,咬下去。甜的,带一点酸味。口腔因为它充满了果汁。咀嚼,磨碎了种子。我吞下了整颗黑莓,全部吞了下去。

我回想起一个装满浆果的塑料袋。塑料袋掉在了土里,浆果滚了出来。那时，我还是小孩，伸手去够浆果，想赶紧捡起来，放回塑料袋里。一颗浆果一直滚到了水泥垫的边缘——那是一个笼子。那只生小狗的狗不是流浪狗。那里有笼子。

我感到一阵恶心。我冲向厨房的水槽干呕。什么也没吐出来。"斗犬。"我低声说，声音嘶哑。"他们在养斗犬。"

"谁？"

"在垃圾场。"我吐出几口唾沫。

"谁？"

"我不知道。"

"你哥失踪的时候你和他在一起吗？你在吗？你看到什么了？"

如果你看到了什么，就说出来。"没看到，但是……"

"但是什么？"

"就算我看到了，我也什么都不会说。"

"为什么不说？"

"我不再说话了。选择性缄默症，诊断是这么说的。"

"警察肯定会问话。"

"很多警察，"我说，"我的父母保护了我。妈妈睡在我的房间里，因为我很害怕。"

"警察认为你知情吗？那为什么不说话了？我的意思是，你说不定可以提供帮助。"

别告诉任何人我们在这里。我们不该来这儿。"我答应过我哥。我说过我不会说的。"

我16岁时，我爸吸毒过量。我妈现在在一家疗养院做LPN①。我给她打电话。"嗨。"

---

① 持执照临床护士。——译注

硬斑文身　　263

"哦，天哪！你还好吗？我很想你。一切都好吗？"

我不常打电话。"一切都很好。我只是在想那天的事。"

"亲爱的，哪天？"

"卢特失踪那天。"

"现在？你现在想谈这个？"

"那天我和他在一起吗？"

"不，不。当然没有。不，你和我在一起！我们用微波炉烤了爆米花。"

"那玩意儿致癌。"

"我们还看了电影！在沙发上靠了一整天。"

我们从未紧靠过。"什么电影？"

"我不知道。一部儿童电影。"她充满警惕。提高了嗓门，堪比古怪的无调唱腔。

"我文身了。"

"文了什么？"

"一条狗。人们养来斗狗的那种。"

空气凝固了。我的母亲完全沉默了。

我拒绝填补这段空白。

最后她说。"我想不到谁会做这样的事情。对动物。这太可怕了。"

"我得挂了。"我挂断了电话，转向迪莉娅，她听完了整个经过。"她知道。"

"我得问个问题。"迪莉娅说。

"我不知道答案。"

"你知道我要问什么吗？"

"你要问，我父母靠什么赚钱，对吗？那时，我和卢克还小。你想知道他们是不是参与了斗狗什么的,对吗?"

"不是。"她摇摇头,"不,当然不是。我永远不会指责你爸妈……不,他们是好爸妈。"

"他们是坏爸妈。教科书般的坏爸妈。"

"但他们爱你们。"

"如果他们两者都是呢?爱我的坏爸妈。"

这个想法让迪莉娅感到不安。她的眼睛晶莹剔透,似乎随时要落泪。

"如果你不打算问这个,那你打算问什么?"

"有多远……"她不说话了。

"我小时候的家离垃圾站有多远?"

她说不出口。她看了看窗台上的植物。

"是一样的问题,不是吗?"我走到她身边,握住她的手。"如果我们住得离垃圾场很远,远到我哥哥没法偶然发现这个地方,我们只会听说过个地方——有小狗和黑莓——除非有人带我们去过。至少第一次是这样。在那之后,我哥哥就会知道这个地方很酷,他就会让我骑上我的虎飞①,和他一起骑车去那儿。"

她朝我凑过来,额头碰到我的额头。"你有一辆虎飞?"

"他传给我的。蓝色的。"

我一大早就醒了。心脏在胸口怦怦直跳,我知道——我很确定——心形文身现在就在我自己的心里。在我的体内。我翻了个身。迪莉娅陪在我身边。"我们必须回去。"我轻声说,"我必须亲眼看到。"

"我知道。"她说,"我知道。"

---

① 美国自行车生产公司,是童车辅助轮的发明者。——译注

硬斑文身　265

下午，我们离开了城市，回到了我度过童年的郊区。十元店、宠物美容店和现金快贷。几个拖车公园。一个小型赌场。"我的老邻居。"我说，指着一面白色的砖墙，上面用黑色花体画着蕨类植物丛林。

迪莉娅开着车。"想看看你的老房子吗？"唯一的入口道路通向一条条死胡同，一大堆荒无人烟的地方。"不想。"

她跟着我指的方向走。我们计算出了我家到垃圾场之间的距离。垃圾场很远。太远了，而且不在路上，靠近荒地，和学校、市中心商业街都不顺路。"我哥不可能来这么远的地方，但不大可能是这个方向。"

"也许他只是去找，你知道……"

道路变得平坦而曲折。"他又不是那种会骑自行车度假的骑行爱好者。他是个什么都想要的孩子。是个会在小型超市的过道里慢慢踱步，搜寻50美元的最佳消费方式的孩子。万一它已经不在那儿了呢？"

"垃圾站？"迪莉娅说，"垃圾站就是垃圾站。它不会突然变样。在这里不会。"

她是对的。这个垃圾场一点没变。土路、铁丝网，前面是独立的小办公室。成堆的垃圾。我们扔掉的东西，我们愿意舍弃的东西。

我看着垃圾场，看到的是这么多可悲、无用的垃圾。

我再次看去，看到的是童年。

这块地的边缘有几棵树。我们下了车，走到围墙边上。这里满是杂草和荆棘，没错。毒藤。带刺的藤蔓丛生，没有浆果。我们一直走到远处，被高高堆起的发霉沙发和床垫、汽车零件、电视、大型塑料玩具——粉红色的厨房、一辆红色电瓶车所掩盖。

这里有一个车库，上锁了。6间储藏室。还有一个谷仓。这里曾是一片农田。"狗关在谷仓里。"我说。

迪莉娅握住我的手，拉了拉。"准备好了吗？"

谷仓上了锁，但有一个侧门。迪莉娅一拉，门就开了。

泥土地面。笼子不见了——但还堆着几块方形的水泥板。我依然闻得到狗的味道，一股浓重的麝香，痛苦的味道……我放下塑料袋。浆果在泥土中滚动。我试着捡起浆果。一个男人对我大喊大叫；这就是为什么我走得很快。"你们到底在这里做什么？你不应该在这里！"

"我在找卢特。"我告诉迪莉娅，"他去找小狗了。"我走到其中一块水泥板上。"那些狗被虐待得很惨。它们被训练得很凶。"

谷仓里的空气是静止的，安静的。

"这里发生了什么事吗？"迪莉娅问我。

我低头看了看泥土地。我记得看到了一个浆状的东西，颜色很深——一个血淋淋的小块。像捣碎的浆果。"那不是浆果，"我说，"那是肉块。是身体的一部分。是一块凝固的……"

我转过身，跑出谷仓。身体里所有的肌肉都像我的下巴一样紧绷，打结。

迪莉娅跟在我身后，说："这可能是个意外。他只是和狗一起进去了，要么是狗被放出来了，或者是狗受训攻击……然后……"

"然后他们就把这一切掩盖起来了？他们带走了他遗体的剩余部分，埋在离这里很远的地方？扔在了另一个垃圾场？"我瞪大眼睛，却感觉什么也看不见。"我的父母知道是怎么回事。我的父亲。一定是他把卢克带到了这里。我母亲知道。她一定知道。"

我沿着来时的路往回跑。我感觉双腿无力，步履蹒跚。我无法好好呼吸。是心形文身在体内膨胀了吗？它是不是比我自己的心脏跳得

硬斑文身　267

更响？这就是未了的悲痛吗？这算不算思考？

我抓住铁丝网稳住身子。父亲服药过量是报应吗？我弯下腰喘气。我闭着眼睛，听到迪莉娅的脚步声。脚步在我身边停了下来。她把手放在我的背上。

"我的父母保护我免受警察的问询，"我说，喘着粗气，"因为我知道些什么。"

"听着。"

"学校护士帮了我？她让我去看专家？她为什么非要帮我？我的父母为什么没有让我去找人？他们为什么让我沉默？除非这对他们有利。"我站起来，抓住迪莉娅。我用尽力气紧紧抓住她。她也抓住了我。

"保持呼吸。"迪莉娅说。

我才发现自己屏住了呼吸，我想让迪莉娅继续告诉我要呼吸，不管用什么方式，永远这样下去。

我呼出一口气。我感觉它——更轻、更透气、几乎空无一物、几乎没有重量——文身跳动着，完全不像是心脏，而是像飞蛾翅膀般精致的东西。文身从我体内升起，穿过喉咙，从我嘴里飞出来，进入空气、树木和天空，天空没有被破坏，但试图用云朵把自己缝合起来。

精神性复视根治法

我是首批被召集的流行病学家之一。我穿着白色防护服——后来它成了我的第二层皮肤——走进隔离着零号病人的医院病房，穿过环绕着床铺的消毒帐篷，映入眼帘的是她的表情——洋溢着漫不经心的满足感，令人目瞪口呆。

零号病人是一位72岁的老妇人。她当时正在擦咖啡桌，忽然听到孩子们大声唱起一首她只在孩童时期听过的俄罗斯古老摇篮曲，名为Bayu Bayushki Bayu。孩子们的歌声太完美了，她径直走到收音机前，以为是它自己打开了。但收音机是关着的。慎重起见，她拔掉了收音机的插头。

"你听到那歌声了吗？"她开玩笑似地问她的猫。

这只猫很胆小，但似乎没有受到干扰。

她走到自己位于16楼的公寓阳台上。当时正值冬天，可她没有穿外套。这事儿实在紧急。她期待能看见儿童合唱团。她住的地方离小学不远。事实上，她可以从阳台看到孩子们的操场。她想这也许是多元文化表演的一部分。

可惜不是。操场是空的。

这首歌的歌词很吓人。在她的病床上，她为我们唱起了歌词，并进行了翻译。

睡吧睡吧快睡吧

不要离床边太近

否则小灰狼会来

抓住你的侧腹

把你拖进树林

藏在柳树根下

但她补充说："我小的时候，这首歌一点都不吓人。它是一种慰藉。我解释不了。我当时人在客厅，这首歌在我的指尖起了作用，我

精神性复视根治法　　271

可以伸手握住我母亲的手。她已经去世很久了。"

我自己的母亲将在两个月后去世。不会举行葬礼。我和父亲只能通过电话交谈；病毒肆虐，这时旅行风险太大。我想问父亲，母亲回想起了过去的哪些经历，但悲伤已将他击垮。他几乎说不出话来。

零号病人享受完阳台的惬意后，穿上外套，走到小学。学校已经关门了。她还不知道今天放假。

这时她才意识到，歌声实在是嘹亮——一直如此。歌声没有变大，也没有变小。所以她和声源的距离并没有发生改变。

她抬头看了看灰色的天空，明白过来，这首歌在她的脑海里。"突然，"她说，"我闻到了沃罗涅日①的味道，那是我生长的地方——炼糖厂、肉厂、面粉加工厂、化学厂和铝厂。那里充满了干活的味道。"她想起了自己和母亲在列宁娜广场参加的一次小镇集会，就在列宁在装甲车炮塔上发表演讲的雕像附近。

回家路上，天空开始下雪。人们从她身边匆匆走过。她感到有些摇晃，上半身微微向左倾斜。

一个男人伸出手。她抓住他的衣袖，然而她依旧感觉握住的是母亲的手，而不是那个男人的衣袖。

"你还好吗？"他问，几片雪花落在他乌黑的胡子上，亮晶晶的。

她向他讲述出了什么问题，没讲几句又停了下来，因为她知道这听起来太疯狂。她摇摇头。"我没事，这离我家不远。"她现在能辨别母亲的声音，正和孩子们一起唱着歌。

那人轻轻放开了她，她继续朝前走。

一进公寓，她就爬上了床，穿戴整齐，衣服、鞋子，什么都没脱。她确信自己出了问题。如果不得不打911，她希望医护人员找到她时，她能穿着睡衣。她想知道自己是不是吸入了太多木材抛光剂。

---

① 俄罗斯中央黑土地区沃罗涅日州首府。——译注

她担心自己中风了。她大声唱着这首歌，仿佛只要加入合唱，就能让这首歌离开。最后，她唱累了，声音嘶哑，睡了过去。

第二天早上，她醒来时，那首歌还在。事实上，她确信自己在梦中也一直循环播放着这首歌。

她吃了早餐，但燕麦片尝起来就像母亲总是为她生日做的红醋栗浆果蛋羹。咖啡更像俄式蜂蜜饮料，带着蜂蜜的甜味。

她叫了一辆出租车，去找医生。坐在检查台上，她几乎听不到医生的声音。"我同时生活在两个世界里！"她大喊着，试图盖过脑海中的声音。"我看到的是当下的你。但我听到的是过去，闻到的、尝到的、摸到的都是过去。"

这些都可以解释。精神性复视很罕见，零号病人可能是极端情况，但这并非闻所未闻。19世纪末，约翰·休林·杰克逊[1]就讨论了这个问题。而在20世纪初，怀尔德·潘菲尔德[2]曾在手术中用电刺激探查完全清醒的病人的大脑皮层来创造幻觉。著名的神经学家奥利弗·萨克斯[3]在其1985年出版的《错把妻子当帽子》一书中曾写到两个这样的案例。

医生把病人送到神经专家那里诊治，与此同时血液检查发现了外来病毒的痕迹，无论是医生还是专家以前都没见过这种痕迹。这种痕迹与生物战菌株相似。所以这就是为什么，我和这波专家受召集结后，都穿上了防护服。

但是，什么样的敌人会用，嗯，这种手段来对付我们？疯狂怀旧？不自觉地追忆？

总而言之，零号病人想一个人待着，享受过去。她的母亲早逝，

---

[1] 1835—1911，英国神经病学之父。——译注
[2] 1891—1976，加拿大神经外科医生、神经生理学家。——译注
[3] 1933—2015，英国伦敦著名脑神经学家。——译注

与她在一起的这段时间——通过触觉、味觉、听觉和嗅觉感受着母亲的存在，非常珍贵。

然后有一天，一颗小小的动脉瘤——被我们既不了解也无法避免的病理引爆——在她的大脑中爆炸了。她迅速死去，没有丝毫痛苦。

短短三周，所有在我们穿上防护服之前与她接触过的主治医生、护士和工作人员都死了，他们重蹈覆辙——听见老式流行歌，尝到糖果味，摸到豚鼠，闻到篝火中的烤棉花糖气味。一名男子的视觉停留在当下，但其他感官告诉他在一辆斯巴鲁掀背车的后座上失去了童贞。一名女子听见父母在远处的房间里争吵，其间一直坐在——被遗忘的——泡泡浴里。有人在刚修剪过的田地上狂奔，重演足球比赛，他们太过投入，汗水浸透衬衫，个个呼吸急促，心跳加速。有人无意间听到了新闻，并能准确地指出他们所处的确切日期和年份。而与此同时，所有人也确实处在当下，尽管心不在焉。

街上那个问她是否还好的大胡子男人死了。某天早上在信箱旁和她说话的邻居，也死了。她的门卫，也死了。

那个出租车司机还活着。但一个月内，他死于另一次感染。

她的猫也死了。

而且，据说那只进了收容所的猫，在临死前变得神志不清，目光如梦。

那个收容所已经空了，就像那所小学、那个女人住的公寓楼、医院、这个城市的大部分地区、其他城市、整个大陆一样……

那时候我正在恋爱中。

这样大规模的超级病毒正在流行，而自杀率却远远低于预测。死亡是那么美好；人们选择按照病毒的规律和时间安排赴死。

不过，并非所有的精神性复视经历都是客观美好的。（当然，根本不存在客观上的美好，但我没有时间废话了）有人被迫重温了经历战争、恐惧或创伤的一天。一位妇女报告说，她反复听见火车站炸弹爆炸的声音，感受到玻璃飞溅到她皮肤上，闻见烟雾和肉体烧焦的气味。但是，即使如此，她似乎相信——重复得越多越是如此——这之中隐藏着快乐。她那时才15岁，爱上了一个男孩。她在那一小段短暂的时间里感受到了青春和爱。

值得注意的是：多数人报告，听到母亲以某种方式对他们唱歌，由此我们推测，也许哄睡婴儿和/或孩子的声音已经深深渗入我们身体线路中，甚至渗透到了大脑。

我爱上的那个人，叫奥利弗。当然，我们都很害怕。我们的相爱是另一种恐怖。我们都曾与别人相爱，或短暂，或糟糕，或两者都是。所以爱情越美好，我们就越难面对它难以持久的事实。我们，作为个体，难以持久。

还是说这反而让爱情更加美好？

我们躺在床上，在某个主要生存掩体范围内，脱掉了白色防护服——这么做是违法的，但私下里大家都这么干——我们聊起这些事。

"这是永恒轮回。"奥利弗说。"你在大学里学过哲学吗？"

"我能聊皮钦①哲学，"我说，"够我在鸡尾酒会上装装样子了。尼采？"我们汗流浃背，性爱让我们微微喘息。

"没错。"他往后躺在枕头上，一只手垫着后脑勺，手臂翘起，露

---

① 皮钦语或混杂语言（Pidgin），指由不同种语言混合而成的混合语。从纯粹语言学的观点看，皮钦语只是语言发展的一个阶段，指在没有共同语言而又急于进行交流的人群中间产生的一种混合语言，属于不同语言人群的联系语言。——译注

出下缘苍白的皮肤。我心想，他的皮肤该多么脆弱啊。那几天，很多事情让我感到震惊——人体、生命、人性，最主要的，是人类的脆弱。"永恒轮回，一切都在一直发生，并将继续发生。"

"每一秒都在重复，不断重复。"我说。"我的哲学教授很年轻，很帅。我上了他的两门课，连着上。或者我是不是该说，我每一刻都还在上他的课？"

"正是如此。那么，我们的大脑会不会触碰到了永恒轮回的时刻，并且在某种意识的平原上不断重温呢？"

"神经学对精神性复视有解释。"我说，准备提出神经节之类的概念。

"是的，没错，我知道。但如果神经学解释只是神经学解释呢？"

"就像神经学可以解释偏头痛，但偏头痛的人能看见光环中的上帝就是能看见上帝。各执一词，各有道理。"我不喜欢提起上帝。有段时间，人们把尸体排列在街头，在尸体外衣上贴上身份证，以便家人辨认。但这不是长久之计。

"你想过走出去吗？"他问我，盯着天花板。

这感觉就像一个男人问我是否相信婚姻。不是求婚，只是想看看我在这件事上的立场。

"想过。"

我父亲去世时，我没有接到电话。我假设他已经死了。没有人能打电话。我爱我的父亲。我想知道如果我走出去，是不是会再次听见他的声音，给我念那本封面上有只戴皇冠的亮蓝色小鸡的童书。我渴望听见他的声音。他虽然从事法律工作，但却有着儿科医生般的温柔。他经常骑自行车，停车后忘记解开裤腿，就这样走上好几个小时。

"我的父亲总爱绑着裤腿到处走。"在奥利弗快要睡着的时候,我轻声地对他说。

"我父亲永远在煎香肠串。"他低声回应。

我想起了那些死去的病人,但比起其他人,我更常回想起零号病人。她甜美的声音微微颤抖,填满了消毒过的帐篷,我们的脸遮在面罩下,眼睛凝视着她。我母亲也会在晚上给我唱歌。

后来,我们穿着防护服轮流给温室里的幼苗浇水,进行监测,我说:"我不担心上帝。我担心的是外面有人可能想让我们死。"

对此,人们窃窃私语,即使我们中知识最渊博的人也是如此。生物战的痕迹是不可辩驳的事实。

"萨特[①]在德国战俘营度过了第二次世界大战,其间他阅读了海德格尔[②]的著作。"奥利弗说,"离开战俘营后,他写了一篇伟大的演讲。"

"什么意思?你觉得我们最终能走出去吗?"

"我们依然是自由的。"他说,"我们受到了谴责,正如存在主义者所说的那样。"

"所以说,"我说,"你并不觉得这种生活——这种永远关在防护服和掩体里的生活——像蹲监狱。"

"只有当你说它是监狱时,它才是监狱。"他说。

但是这句话似乎很让他担心。他停下来,环顾四周。通过他的面罩,我看得出来,他很害怕。

我伸出手,想握住他的手,就像零号病人感受她母亲握着自己的

[①] 指让-保罗·萨特(1905—1980),法国20世纪最重要的哲学家之一,法国无神论存在主义的主要代表人物,西方社会主义最积极的倡导者之一。——译注

[②] 指马丁·海德格尔(1889—1976),德国哲学家。20世纪存在主义哲学的创始人和主要代表之一。——译注

手那样。显然,我们无法透过防护服厚厚的指套来感受彼此。

他意识到我在担心,随后笑了。"荒谬会拯救我们。"

掩体通过接入世界各地的监控与外界相连。我们偶尔能透过镜头看见人,也会看见动物。例如,缅因州霍格岛的奥杜邦鱼鹰摄像头能看到一个空的鱼鹰巢,同时背景中也能看到一小部分马斯康格斯湾。能看到一个十来岁的男孩,头发很浓密,划着一条小船经过。那是三个月前。有些人和动物对这种病毒免疫。在镜头中,我们偶尔会看到一帮人,但这种情况非常罕见,而且时常令人不安。

有一次,一个男人开着卡车穿过空旷的停车场,朝电线杆撞去——他企图自杀。他活了下来,从卡车里爬出来,用血写下了一个女人的名字。伊莱恩。然后用血手印留下了签名。

两只松鼠被拍到在伦敦多维茨画廊的地板上乱窜。背景是《大卫的胜利》,他正骄傲地在棍子上展示歌利亚的巨大头颅。

我看着这些松鼠——看着它们流畅的身形,它们毛笔般的尾巴——尽可能地多看一会儿,直到我为自己的需求感到尴尬。然后我就走了。

我们在掩体里参加了几场婚礼。我们称那些新娘和新郎为大胆的混蛋。

终于,有人怀孕了。这真的很疯狂。社会监管型政府爆发了一次小型尝试——有人支持生育,有人反对。但是,像奥利弗和我一样,大多数人都说,为什么不生呢?你不能阻止生命。我们就是生命。

"我们有温室。"我告诉奥利弗,"她只是一个人类的温室。"

那个孕妇把防护服的前片换成了打褶,继续妊娠。

我想，我会成为温室吗？

我想，奥利弗会建议这样的事情吗？

很难看到人们的皮肤——十分罕见，于是奥利弗和我互相看着对方洗澡。

身体具有不可估量的神性，因为它和灵魂一样，都是不可见的。

如果身体和灵魂一样神圣，那么灵魂是否还能作为一种理念而保持其影响力？

如果掩体外的所有身体都化作了尘土，那么该如何处理这些松动的灵魂？

这名孕妇正与一名工程师合作，为婴儿制作一些非常小，但会越来越大的防护服。

"我把它看作是监狱。"一天晚上，奥利弗对我说。我们决定不再做爱。我们看了太多次那个男孩划过马斯康格斯湾的影像。曾经，这影像充满希望，让我们感到高兴，而今晚，它就像一记重拳，看过之后，我们感到无比空虚。

"那么它就是一个监狱。"我坐在床边，防护服在我身边起起伏伏。"但如果我们是那个孕妇肚子里的婴儿呢？"

"婴儿没有意识。"奥利弗的防护服似乎变得更宽大了，好像他在里面缩成了一团。

"对外界没有意识，对这之外的一切。"我说，"但也许我们也没有。也许我们会重生为其他东西。"

他说："不，我不这么认为。在外面，只有死亡。"

"但出生一向如此。所有一切最终都要让位于死亡。出生只是走向死亡的第一个必要步骤。"

"你可真是个老派的德国人,"他说着,接着走到百叶窗前,摆弄。打开又关上。"你知道我今天错过了什么吗?"

"什么?"

"滑水滑梯。"

那天晚上,我想到了零号病人翻译的Bayu Bayushki Bayu。

睡吧睡吧快睡吧

不要离床边太近

否则小灰狼会来

抓住你的侧腹

把你拖进树林

藏在柳树根下

我努力地记住了曲调。

它出现在我的脑海里,我跟着哼唱。

我想,这不会持续太久。

第一个发现他们的是两个CDC工人的儿子,他才12岁。男孩名叫埃利奥特·佩吉。我没怎么见过他。他不爱和其他孩子玩,也很少和大家一起吃饭,现在我知道原因了。他痴迷于监视尽可能多的监控摄像头,在全世界范围内。

发现他们后,他急忙去找父母,他的父母召集了一些能出席的领导,举行了一次会议。

克莱夫·沃尔瑟姆是负责人,他对民主保持抵制,"直到所有这些乱七八糟的事都尘埃落定"。此刻他站在剧院讲台后面,对整个社区发表讲话。"我们听说,我们并不孤单。有情报表示,在我们中间还存在其他人,这些人可能该对为了占领我们的世界而毁灭它负责。"

随后，他介绍了埃利奥特·佩吉，男孩快步走到讲台前，把麦克风拉到靠近嘴边的位置。他戴着牙套，我荒唐地想，我们之中居然还有正畸医生。这个男孩会不会一辈子都戴着牙套？

"我是埃利奥特·佩吉，"男孩说，"我当时正在看监视器。如果你想知道的话，我看监视器是因为我很喜欢看。我在监视器上发现了一个奇怪的生物，位于北纬35.169°和东经136.906°附近。"

人群一片寂静。这孩子是用经纬度在看世界吗？他读懂了我们疑惑的表情，补充道："在日本的阳光荣。是个商场，"他继续补充，"有摩天轮的。"

这就说得通了——男孩、阳光、商场、摩天轮。房间里的人松了口气，但依旧没人说话。

"我会播放录像，但我认为他们来这里是想看看这儿的样子——没有我们的样子。你知道，就像一头没有虱子的头发。"

埃利奥特似乎没有意识到他管我们叫虱子。他只是摆弄遥控器启动录像带。然而，克莱夫快速走上前去，盖住了麦克风。他向埃利奥特表示感谢，不过声音有点阴沉，但还是让他先离开了。

埃利奥特走下舞台，没有回过头对父母挥手，仿佛他刚刚成功地背诵了肯尼迪的"不要问你的国家能为你做些什么……"的演讲。

接着，他消失在幕布后。

录像片段清晰明了。拍摄者对画面进行了放大和优化，消除了颗粒感。

起初，他们看起来像人。他们慢悠悠地走在阳光荣的过道上。外表是各种族和民族的混合体，手臂在两侧摆动，眼睛和人十分类似，四处乱瞥，目光游移，逡巡不定。

但只要他们停下来，身体就会颤抖。他们从货架上拿东西时——拿我不认识的罐头食品——手臂伸出来的速度就像青蛙伸出舌头捕捉苍蝇时一样。事实上，这些动作似乎还没开始就结束了。

我感到孤独，比我一生中任何时候都更孤独。房间里挤满了人，呼吸发出阵阵声响，奥利弗就在我身边，站得很近，我甚至能感受到他的防护服压在我防护服上的压力，气泡对气泡。

但是，我脑海中闪过这样的念头：这还会再次发生——我看着阳光荣商场的外来物种这一刻——而且会不断发生。然而，这个单一的时刻，是我唯一知道的时刻。我被困其中，只有这个时刻，只意识到这个时刻。我的生活感觉就像一只飘过大洋的撇油器。

而这就是我的生活，腾空而起——空空如也。

在这个房间里，我是唯一一个有这种想法的人。我确信自己是海洋上唯一的撇油器。

我死的时候，我知道我会死——当最后的虱子卵在孕妇的肚子里，在孕妇防护服里翻腾，也许最后的虱子就被消灭了——我将留在记忆里，将意识到现在。而我身处那张文氏图的中心，必然是孤独的。

埃利奥特·佩吉不再那么孤独和绝望了。现在有一整队人在不停地观察。如果你懂观察鲸鱼需要多么耐心，就知道，这队人在有所发现前是不可能看其他画面的。其他物种有时独行，更多时候则成群结队。它们似乎相互认识，并能读懂对方的行动，它们安静地移动，但又不断地围绕着对方。它们不知疲倦，似乎很有效率，尽管我们不知道它们的目标。

我们得做出决定。

有的人认为我们应该冒险去迎接他们。

另一些人则表示我们应该准备防暴装备，利用好军火库。

传言说，一些秘密团体组成了不同的联盟。

一天晚上，我睡不着。我坐在床边。奥利弗蜷缩在我身边。我们又开始穿着防护服睡觉了，就像刚来时那样。

我说："大学里有个女孩，埃利·真相·巴托克——我们以为她的中间名是她自己编的。她试图发起一项针对昆虫的人道运动，确保给所有实验室使用的昆虫进行无痛安乐死，就像生物入门课上的蟋蟀解剖那样。她希望我们使用吸入式麻醉剂。简单说就是饲养箱中的雾。"

奥利弗通常会调侃这种奇怪的极端主义，但这次他没有接话。

"就像20世纪50年代，孩子们常追着DDT卡车跑，在人们发现这么做有致命危险之前。"我在杂志和旧新闻片中看到过图片。我感到很奇怪，这些东西在我脑海留下了痕迹——可能奥利弗的脑海中也有——但它们是怎么来的？

奥利弗没有说什么。我以为他睡着了，但我喜欢听自己的声音，喜欢有声音的陪伴，于是我继续往下说。"如果这个物种是在尽量给我们进行安乐死呢？尽可能地甜蜜，因为可怕、痛苦的事情即将到来？"我继续道，"如果他们像拿着网子抓蝴蝶的孩子那样，该怎么办……"

我把这些物种看成孩子了——意识到我们从没有在影片中发现儿童群体。我想象着他们在美丽麦田里奔跑的样子。"他们为什么这么温和？他们为什么要让濒临死亡的人获得永恒轮回？"

我感到思绪正逐渐向悬崖游荡，但我一往无前。"如果他们要抓的蝴蝶不是我们的肉体，而是我们的思想？我们的意识呢？"

我想象出了一块儿软木板。钉在上面的不是蝴蝶，而是一小缕一小缕的——灰色的、薄薄的、轻飘飘的东西；那是孩子的卧室，旁边的窗户开着。"如果他们不在乎我们的肉体，却想保留我们的灵魂呢?"

"埃利·真相·巴托克相信昆虫有灵魂吗?"他的声音吓了我一跳,不仅是因为我以为他睡着了,还因为他说得很认真。他似乎想知道有人——即使是一个很可能已经死亡的陌生人——曾经相信昆虫有灵魂。

我躺在他身边,面罩贴在他防护服背后。"我从没问过她。"

一天吃晚饭时,我们听说有三个人失踪了。他们为了建立联系出去了。他们离开有一段时间了,其他人为他们做了掩护。(这是一个巨大的漏洞。那些为他们打掩护的人将会受到影响。)

重要的是,他们原本持续发回信息,可这些信息已经停止了。

我发现自己脱掉了防护服。进了浴室。我想用水刺激自己的皮肤。我想确信我身体的每一寸都是活的。

奥利弗没有进来看,也没有和我一起洗。我想他正在努力消化这个新信息。我当然也是。

但当我走出浴室时,却发现他坐在床边。他的防护服比之前更宽大了。头盔仍然锁在那里。

我认出了他脸上的表情——洋溢着漫不经心的满足感,令人目瞪口呆。

我用手指碰了碰他的面罩。

他猛地抬起头来。"怎么了?"他问,好像什么事都没有发生。但他的声音太大,双眼微眯,仿佛他在极力集中精力,和我一起留在这个房间里。

"这样多久了?"我问。

他耸了耸肩。"就几个小时。那些混蛋在离开时打破了封锁。我敢肯定。病毒可能顺风而起,进来了。直接进来了。"

手指感到刺痛。脖子上血脉偾张。可我并不害怕。"你的永恒轮回是什么?"我问道。

他笑了。"我和我的狗奇普在院子里。透过打开的窗户,我能听到我哥在练习小号。他真的很厉害。"他透过三层面罩看着我。"我有没有告诉过你,他才19岁的时候就和爵士乐队一起在欧洲巡演了?后来他放弃了,去做了金融。"他的哥哥很早就死于这种病毒。我看见奥利弗在哭,他的脸上混合了喜悦和失落,显得有些扭曲。"他当时厉害到要上天。天啊!"

我伸出手,放在保护他后背气密拉链闭合的双层风暴皮瓣下。他用戴着手套的手抓住了我裸露的手腕。"不要。"

"谁知道末世会不会很温柔?"我说。

"不要。"

"我被判处自由。"我说,"而这是我想永恒轮回的时刻。"

然后——你好,你,读者,其他——我做了什么?

我脱下了他的防护服。